慢慢来，反正也来不及

囧叔 著

百花洲文艺出版社
BAIHUAZHOU LITERATURE AND ART PUBLISHING HOUSE

你去售后解决问题，不能一副求人家的脸，说明你没底气。
你要是不觉得我们有错，你就不要来找我们，我们又不是开粥棚的。
你要是觉得问题在我，你就要非常自信，把问题说清楚。

被人取外号这件事，
一定意义上说明了你受关注的程度，
比如我上学的时候很受欢迎，
上了班就没人给我取外号了。

序一 /

狄更斯在《双城记》的开头这样写道：

“这是最好的时代，这是最坏的时代；这是智慧的时代，这是愚蠢的时代；这是信仰的时期，这是怀疑的时期；这是光明的季节，这是黑暗的季节；这是希望之春，这是失望之冬；人们面前有着各样事物，人们面前一无所有；人们正在直登天堂，人们正在直下地狱。”

在这样一个“最坏”的时代里有幸读到囧叔的新书《慢慢来，反正也来不及》，让我觉得这依然是个“最好”的时代。因为在这本书里，我看到了这个时代的双面性，看到了这个时代的丰富性，也看到了这个时代的真实性。

毕竟，这个时代里好好讲故事的人越来越少了。

而囧叔，我觉得可以算上一个。

看到《慢慢来，反正也来不及》这个书名

时，就觉得很惊喜。在这个鸡汤盛行任何人都会熬鸡汤的时代，这样一个反鸡汤的出现，让我眼前一亮。

看了几篇，越发觉得和鸡汤没一点关系，而是各种家常菜，是囧叔对于这个时代里小人物的细腻刻画，从公司职员到摇滚大哥，从社区大妈到职场精英，应有尽有。坦坦荡荡没有掩饰地描写出的喜怒哀乐贪嗔痴，真实质朴还接地气。

这个大大时代里的小小人物，说白一点就是普通得不能再普通的普通人。在一个个市井人物的世俗故事里，在囧叔的笔下，我们好像能看到自己。我们每一个人，都是这个时代里最普通的人，带着烟火气息的，甚至有些市侩的普通人。会计较，会愤怒，会开心，会难过的普通人。

但是，往往容易被忽略的是，这些小人物一样可以拥有属于自己的独一无二的精彩的人生和故事。

透过故事的外衣我看到了他们那颗热爱着生活的赤子之心。

我们每个人都不相同，所以构成了这个丰富多元的大千时代；我们每个人都相同，因为我们都承载着自己的喜怒哀乐，然后努力地讲述着自己的故事。

所以《慢慢来，反正也来不及》里的每个主角你可能都会似曾相识。他可能是你每天买早饭时炸油条的大哥，可能是你楼下便利店的收银员，也可能是你身边朝夕相处的同事，或者，就是你，就是我。

在你听了囧叔讲完笑话还哭了之后，囧叔又告诉你，“没关系的，慢慢来，反正也来不及”。这背后是囧叔好好讲故事并且想要好好传达观点的一颗真心。他用嬉笑怒骂写世间事，用爱恨嗔痴写人情冷暖。他用这种独特的人物小传展现出了一个多元的世界，时间、地点、人物、场景和全部的起承转合就活灵活现地出现在我们面前，像看走马灯一样淋漓尽致。

透过一个个小人物故事的背后，我们看到了人间百态，看到了生老病死，看到了爱恨别离，看到了属于每一个平凡人身上的不平凡。

这或许就会引起山崩海啸一样的共鸣，或许在这时我们也终于能够看到自己的内心。

我觉得这是一个想要好好讲故事的人所能带给我们的感动以及启发。

这个“坏时代”人心复杂，声音嘈杂。好好讲故事、好好读故事的人越来越少。而恰恰，阅读能使我们每一个人坦诚相见，互相照亮互相温暖，从中汲取力量，继续把每一个平凡又普通的日子过得闪闪发光。

感谢囧叔带来这本《慢慢来，反正也来不及》，我很喜欢，希望你们也喜欢。

祝，安顺，快乐。

耀　一

序二 /

人生首序，献给这本关于人的书。

我自己出过几本书，混来一个作家的头衔，却从来没给人写过序，这是头一回。一是不敢，二是没什么名气。虽然后者是重点，但“不敢”也是真心话，序言毕竟大都是放在书的最前头作为引线存在的，这引线纵使不用多么华丽，起码也得把线引到该引的位置。因此一开始对这个“序约”，我内心是拒绝的。但是看了几篇文章之后，我改变了主意。

我有话要说。

如开篇言，这是一本关于人的书，写人的书从主人公角度大概分为两类：一类写特别之人，一类写朴素之人。何谓特别之人呢？如“风萧萧兮易水寒，壮士一去不复返”的荆轲，或“侠之大者，家国天下”的靖哥哥，这类主人公必然是气干云天，让人读来心生敬佩与向往之情，但这类人物却总会或多或少有种雕琢感，距离我们很远。朴素之人则不然，所谓朴素之人更多的其实是“你、我、他”，每个时代都有每个时代的英雄，他们是大人物，大人物会有他们精彩的人生和事迹，然而这些事迹与我们常态的生活却相去甚远，更能够触动我们的总是身边的甲乙丙丁，这甲乙丙丁便是囧叔笔下鲜活的主人公。

这些主人公，就是我们遇见过的男女老少，这些人形形色色地正向分布在我们的生活当中，士农工商、三教九流，他们每个人都有自己的故事，这故事与那些大人物的故事相比，读来可能不会让我们热血激荡或扼腕叹息，却可以让我们心潮澎湃，因为我们能在其中看到自己，看到身边的人。

我们看到英雄弯弓射雕会心生艳羡，却未必激荡。而我们见到一个小女孩穿过早市，带着一脸生机盎然的笑，却会有真实的温暖感受。其实这个世界更多的改变就是源于小人物的蝴蝶效应，所以我更喜欢写朴素之人的作品。囧叔的这一本书，恰恰是一部属于小人物的纪传体通史。

我跟囧叔在“798”的一次活动上有过一面之缘，因为现场人比较多，相互简单交流了几句，印象不错，了解却没那么深。现在读了他的书，很想跟他吃饭，因为我相信他心中一定还有很多关于路人甲乙丙丁的故事，我想听。

囧叔请我吃顿饭，你可别哭啊。

痞人周鱼

目录

Contents

打过架的人都知道，开头要么没废话，
一旦有废话，首先要从盘道开始，废话是很多很多的。
有时候盘着盘着，
发现哥们的哥们的哥们都认识，就不打了。

我们往往对陌生人，
甚至欺负我们、侮辱我们的人，都保持着礼貌和风度，
但是对自己信赖和依靠的人，却会生气。

暗恋的可悲之处：暗恋的人鞍前马后地跑，

一边觉得自己委屈得要死，一边又对这种委屈甘之如饴，还挺上瘾。

被暗恋的人心想，鬼才想让你鞍前马后啊！

但她们又总是乐于保持这种关系，因为这种关系有一种水果糖味儿。

阿软

阿软本名叫阮甜甜，是个人如其名的小姑娘。那时候我们在同一家网游公司干一些不靠谱的事，大家都喜欢她，给她起了很多外号。被人起外号这件事，一定意义上说明了你受关注的程度，比如，我上学的时候很受欢迎，上了班就没人给我取外号了。而阿软总是顶着变幻莫测的外号。一开始大家管她叫“阮绵绵”，因为她长得有一点点胖，说话轻声细气，走起路来像一团春天的柳絮。她的脾气好得简直让人着急。我看她天生就没有“生气”或者“发怒”这一系列功能。渐渐地大家觉得叫她“阮绵绵”不好玩了，也可能是太长了。你仔细想想就会发现，在公司里同事之间的称谓不论怎样变化，最后都会简化为两个字。比方说，三个字的名字会被省略姓氏，而两个字的名字就会变成“小张”或者“老王”。有人给你起外号，也多半是两个字的，此乃大势。所以，阮甜甜后来的名字就顺理成章地变成了“阿软”。

阿软怎么会进入游戏行业，还当了客服，这是个谜。我印象里她是学历史的。不过我自己是学法律的，也没什么资格说人家。但是当客服这件事还是很奇怪，因为它需要你拥有无比强大的精神抗击打能力。关于在游戏公司当客服，我们需要普及一下：一般网游玩家所说的“GM[1]”，和接电话的“客服”，实际上是一个部门的两种职能，一般不会混着来。客服的主要工作就是接电话，刷论坛，平息玩家的怒火，解决那些看似无法解决的问题。而GM则拥有实权，能删号，能发钱，有的公司GM权限大了，甚至能开服、关服。在那个网游蛮荒时代就是这么不靠谱，现在这些事情已经不会发生了。可想而知，以阿软这种软绵绵的性格，是不适合当客服、接电话，面对玩家的。而GM一般都是由男性员工担任，因为这个岗位的操作相对复杂一些，女孩子游戏玩得少，学不会。所以怎么看，客服部都不适合阿软。但是一个历史系毕业生要进游戏公司，也只能进客服部。所以，跟我一样，阿软也只能把这归于宿命。

可以想象，以阿软这种显然从小被人欺负到大的性格，做起客服这份工作来是多么艰难。比方说，玩家打进电话来，很多时候根本不说问题，张嘴就是一句：“×你妈！”正确的处理方式是无视这句话，晾他一会儿之后再问：“先生您有什么问题？”而我们有一次在后台监听的时候，听到玩家骂：“×你妈！”阿软说：“嗯……好的。”客服经理顿时疯了，马上派人过去接过了电话，然后对阿软进行了说服教育。经理问她：“人家要×你妈，你为什么要说好的？”阿软说：“我不想让他生气。”说着眼泪就掉下来了。

阿软特别爱哭。具体来说，应该说是“泣”，因为她总是有泪无声。哭的时候，她就低着头玩自己的头发梢。她的头发又长又直，滑

① GM：Game Master之略，网游中的管理员。

过肩膀垂在胸前。她把那些黑亮亮的头发卷来卷去，让你不知道该心疼她还是心疼她的头发。这反而成了一种无形的武器。

有时候玩家会闯上门来，很多还是从外地开车或者坐火车来的。有一回，一个愤怒的玩家闯进门来，要找24号客服。24号就是阿软。一般来说，我们不给玩家找特定的客服，如果客服经理在场，来访玩家都是由他亲自处理。偏巧那时候经理开会去了，愤怒的玩家在前台喊得震天响，前台妹子扛不住了，只好进客服部去问："谁是24号呀？能不能出来一下！"还没说完，愤怒的玩家就跟着闯进来了。如前所述，那是网游行业的蛮荒时代，大家没有经验，很多事情没准备好。后来游戏公司都学会怎样应对这种事了，这是后话。当时玩家进来大喊："谁是24号？"阿软放下耳机，怯生生地举起手来说："我是。"玩家叫道："你给我出来！"阿软说："嗯……好的。"她对任何问题的回答估计都是"好的"。然后她就跟着玩家到走廊里去了。

当天值班的客服全部都是女孩子，没人敢出面阻拦。于是一个年龄大点的客服和前台妹子分头行动，一个赶往会议室找客服经理，一个去市场部找到了我。我是客服部出身，客服有了事常常来找我。我听了先问："老虎呢？"老虎就是客服经理，此人极悍勇，要是有他在，怎么也不会让人带走自己的人。前台妹子说："老虎哥在开会，您快去看看吧！晚了就出事了。"我啐道："嘿，要你们何用！"叫了两个人出去了。到走廊一看，三个人顿时呆在当场，说不出话来。

只见那个愤怒的玩家，若站起身来大概有一米九，肩宽背厚，光头，脖子上戴着大金链子，手上戴着大金表。可是此时他蹲在地上，看上去像只大猩猩。阿软靠墙蹲在他对面，头埋在两臂内，呜呜呜地哭个不休。大猩猩一手挠头，一手轻轻拍着阿软道："别哭了，别哭了，不就是一把破刀[②]吗？哥不要了，你别哭了行不行？哥给你买冰激凌去。来人哪！还有没有人管啦？”恰在此时，老虎从会议室跑出来了，一路喝道：“哪儿呢，哪儿呢？”大猩猩一听，站了起来，回头一看，忙倒退了两步，连连摇手道：“大哥，我什么都没干，您听我解释。”据说，常打架的人互相之间拿眼睛一照，很多时候不用动手。老虎就属于这种挂相的人。

老虎的部门其实是很安全的，因为我也在他部门里待过。有个葫芦岛的玩家，打电话找38号（就是我），说要砍我一只手、一条腿，让我等着。过了半个月，果然来了，结果老虎出去跟他谈了谈，这个玩家再见到我时，非要邀请我去葫芦岛玩一个星期，管吃管住，后来还给我快递了一盒大对虾，价值不菲，可惜到手时已经坏了。

阿软在这样一个部门里，按说不会真有什么事，顶多就是在电话里被人骂几次“×你妈”。阿软后来的生活波澜壮阔，软得一塌糊涂，惹下不少塌天大祸，所以在电话里被骂并不算什么。那些波澜壮阔的事，一会儿就会说到了。现在先讲讲她被人从公司骂跑了的事情。

阿软比我先几个月离开了公司。事情发生在圣诞节，或者元旦，总之是游戏公司最忙的那几天。公司有个游戏在线上做活动，人数很多，结果服务器出了状况。阿软汇总了一下收集到的反馈，准备到对面的市场部反映一下。因为活动期间，这种部门都有人加班，处理突发状况。市场部有个奇葩，名叫董青青。关于董青青的故事，我在别的书里讲过，就不啰嗦了，总之她在某种意义上是一个神经病，但并不是坏人。董青青的性格，跟阿软相比，就像天对地，雨对风，大陆

② 此处指玩家丢失的网游中的虚拟武器之类。

对长空。她一头短发，一点女孩的样子都没有，说话粗声粗气，走路一阵罡风，所过之处，杯盘摆设经常扫得满地都是。那天晚上董青青值班，因为节日气氛正浓，她十分开心，在办公室里关着门放摇滚乐，边听边跳，边跳边跟着唱：“×你妈了×！”正在此时，阿软开了门，董青青忽地跳了过去，唱道：“×你妈了×！”

有关董青青的性格，我需要补充一点：她实际上是个很善良的姑娘，不想伤害任何人，只是有些神经病罢了。后来董青青跟阿软道了歉，我们都觉得这件事已经过去了，不算什么大事。没想到阿软还是辞职了。这让我们十分费解，陌生玩家骂你都没事，隔壁部门的同事唱歌误伤，你就受不了了？后来仔细想想，这里面逻辑问题大得很。那时我还没做产品经理，逻辑思维能力很差。

董青青跟公司另一个软妹子关系很好，她总对那个妹子说“不要怕，凡事有我，我会保护你”云云。她对“保护”这个词的执念非常深。阿软辞职时，董青青对她说：“都怪我，现在怎么解释你也不听了，只有一句话送给你：找到一个能保护你的人吧，你太软了。”阿软抽了抽鼻子，没说话，走了。

几年后我在另一家公司跟阿软偶遇时，并没有觉得意外，因为北京的游戏圈太小了。意外的是，阿软还真的找到了保护她的人。按说，一个软妹子，虽然有点胖，毕竟长得不差，性格又好，找个男朋友是很正常的事情。可是她这男朋友却不太正常。

关于阿软不正常的男朋友的事情是这样的。有一天凌晨，阿软下夜班出来，准备坐上男朋友的车回家，结果男朋友迟到了。到此为止，该男朋友最多只能说是一个普通的男朋友而已，我们知道，普通的男朋友都是会迟到的。阿软联系不上他，无奈之下只好坐公交车回家。彼时天还没大亮，地下通道的灯却关了，里面伸手不见五指，阿软刚走进去，后面就跟上来一群青年，围住阿软欲施无礼。从领头的青年说的只言片语分析，这些人应该是该公司的游戏玩家，因为丢了装备投诉无门，怒火攻心，找上门来闹事。这是2005年或者2006年的事情，游戏行业已经很成熟了，很多公司的客服部都有一位看上去就惹不起的壮汉把门，有的公司还请了保安。几个人只好尾随出门的客服（这个点儿只有客服从里面出来），以为抓住一个就能解决问题。这虽然听起来有点离谱，但并不是游戏玩家做出来的最离谱的事情。那些与本案无关，就不赘述了。单说愤怒的玩家捉住阿软之后，拖到地下通道另一头，下一步准备干什么，谁也不知道，因为他们没来得及干出来，就听脚步声响，接着一声暴喝："干什么呢！"回头一看，通道里模模糊糊一个高大的人影追了上来，此人就是阿软的男朋友卢照龙。

卢照龙后来跟我做过一阵子同事，但我不喜欢他，一直没怎么深入了解。其人身高体阔，走起路来四周空气扭曲变形，头发根根直立，一对大眼珠总是瞪着。如果你仔细观察，就会发现，一般人的眼珠不是被上眼睑遮住一点，就是被下眼睑遮住一点。像卢照龙这样全露着的，我没见过几个。以前那个客服经理老虎哥也是这样的眼睛，看一眼就让人遍体生寒。

卢照龙停好车之后，知道自己迟到了，就一路小跑，恰好看见阿软扭身往地下通道走去，便追了过去。已经到了二十一世纪的第六个年头，这厮还是舍不得拿出手机来打个电话。而阿软事后则表示："既然他迟到了，一定有他的原因，打电话也没用，何必麻烦他呢。"我们听了之后，不由叹道："自己的男朋友，都能用上'麻烦'这个词，这真是亲生的女朋友啊！"却说那卢照龙追上前去，一看阿软被架走了，当下一声大喝，也顾不得对方人多，就冲了上去。

按说他经验丰富，估计也判断得出来，干这种事的人经不起吓唬，一吓唬，人再多也散了，这就叫贼人胆虚。可是，有经验的人一旦遇上没有经验的人，就会犯经验主义错误。这些惹祸的玩家，其实都是些十七八岁的半大小子，正处于对自己的战斗力充满错误认知的人生阶段。这下双方都倒了霉。

有关卢照龙的专业背景，我没有考证过，据同事说他并没有练过，就是街头打架的底子。这比较可信。因为我见过散打运动员被街头流氓干倒的，他们不按规矩打，很难防范。但是一个人干倒六个，这种事情还是比较少见的，更何况其中一个被打成了粉碎性骨折。我听了之后先问："用了什么家伙？"跟我讲这事儿的同事说："没用家伙，就是徒手打的。"我心说，这不是吹牛×吗？用一双肉拳能把人身上哪块骨头打成粉碎性骨折啊？后来听说是耻骨。这事一听就会有同感，觉得很疼，其合理性也就不敢追究下去了。更离谱的是，后来这位卢照龙竟然跑到我们公司当客服组长去了。因为老总慰问阿软时听说了这件事，觉得这种以一敌六的人才不可多得。

我之所以不喜欢卢照龙这个人，是因为他处理问题的方式太极端。他似乎只会用暴力这种手段来解决争端。虽然阿软的性格正好与其互补——她不会与任何人起争端。但这恐怕也不是一辈子的事情。事实证明，这个男人实在太危险了，说不定只有阿软才能跟他共处那么长时间。所谓"那么长时间"，其实不过是三个月而已，但三个月之内他就已经惹了好几次麻烦了。

有擅许负之术者云：阿软长了一张惹事的脸，走到哪里都会惹上麻烦。阿软身边的一些人深信不疑，因为事实反复印证着这一点。我觉得这纯属封建迷信。金、皮、彩、挂四门，以金门最不靠谱，因为他们说的永远都是对的，这都是心理游戏。当阿软在饭馆、酒吧、电影院屡屡被人骚扰、惹上是非时，人们倾向于相信封建迷信，而不去想想任何漂亮姑娘在这些地方都有可能惹祸。如果说阿软惹得格外多的话，那完全是身边有个卢照龙的缘故。

有一次阿软跟卢照龙去看电影，身后那排正中坐着两个汉子，一边看一边大说大笑，旁若无人。卢照龙几次回头去看，阿软总是揪着他的衣角，低声说："算啦，别惹事。"卢照龙大概是觉得左右全是人，出不去，动起手来麻烦，所以憋着气看完了这场电影，简直要爆炸了。没想到散场一回头，人没了。气得他三尸神暴跳，要不是阿软拉着，简直就要把电影院砸了。事情发展到这里，本可以结束了，但世界上永远都有不知死的货。到了地库，两人正要开门上车时，那两个汉子居然晃晃悠悠地吹着口哨出来了，嘴里说些不三不四的话。

这一场架打得十分奇葩。卢照龙以一敌二，想是没什么问题的，六个都打了还怕两个吗？但打架的全程，阿软都像一只树袋熊一样挂在他腰上，双手环抱，两眼紧闭，涕泪横流地大哭道："别打了，别打了！"根据经验我们知道，打架时这种情况是最烦人的。你要不就跑，要不就在一边看着，别捣乱！搁我也得这么想。卢照龙的怒火经历了120分钟无聊电影的压缩，一点火就是一朵蘑菇云，此刻仇人见仇人，分外眼发红，要解心头恨，拔剑斩仇人，身后却挂了个胖姑娘，这怎么打？一边打，一边还得小心别打到她，这么一来难免挨了一两拳。等到打趴下其中一个，卢照龙发了狠，大喊一声："你给我滚！"然后发蛮力把阿软给甩飞了。

等阿软再醒过来时，约莫也就是十几秒的光景，只见卢照龙骑在那汉子身上，左右开弓，嘴里赫然有声，势如疯虎挥拳不休。过了半晌，显然打得对方已经没了动静的时候，他站起身来，转身对着阿软举起鲜血迸流的双拳，咬着牙，拧眉瞪眼，低声咆哮个不停，像一只失控的嗜血猛兽。从那一刻起，阿软突然明白了，自己不需要这样一个人来保护。你不能因为怕被洪水淹没，就搬到火山口上去住。

有一段时间里，无论是公司活动，还是团队建设，甚至是年会，阿软总是缺席。阿软这孩子任何时候都是一副心情不好的样子。因为她总是被人欺负，又把所有的欺负一口气吞下去，再喝口水顺一顺，这种性格能心情好，心理学和生理学就都无法解释了。后来我们知道了一件事，事情本身不大，但阿软的处理方法简直让我们所有人都忍无可忍了。现在有必要来说说这件小事。

事情的起因是，阿软为了工作方便，跟同事在公司附近租了套两居室，四楼，南北通透，一人一间。洗手间和厨房当然是公用的。租房的时候家具电器齐全，唯独没有洗衣机，因为房东说："我们原来都是用搓衣板的，你会用搓衣板吗？"阿软和同事答"不会"。为了方便，她们决定去买一台简单的小洗衣机。她这个同事，我不知道叫什么名字，姑且给她起个名字叫碧池吧。这位碧池说："阿软，这月我手头有点紧，洗衣机你先买了，下月我还你钱好不好？"像这种问题完全多余问，阿软肯定说："嗯……好的。"我现在一听她说"好的"就想脱鞋给她一鞋底子。

阿软自己掏钱买了洗衣机之后没多久，事情就发生了。有一天阿软上夜班，碧池上白班，一个没回来，一个已经出门了，家里没人。碧池走时洗了一堆衣服，想让阿软回来晾上，她大概知道阿软是眼里有活儿的。洗衣机兀自嗡嗡嗡地转着，结果进水管掉下来了，水龙头哗哗地流了几个小时，房间里发了大水。几个水钱事小，问题是水流得太久，顺着四壁渗到了楼下。三楼刚刚装修好，刷墙吊顶，里外三新；这一来可遭了殃，房顶四壁斑驳陆离，轻体墙倒塌损毁，家里跟喀斯特地貌似的。不消说，这件事打了官司。阿软这种性格，出庭打官司，这个画面我实在想象不出来。只能说庆幸的是，三楼的阿姨上楼破门大骂，要阿软赔装修全款25万元的时候，阿软没有立马说“嗯……好的”。灾难发生在阿软头上时，她的处事方式简直就是一种次生灾害。

一开始，大家坐在一起商量怎么解决这事，因为无论是哪一方都不愿意也无力单独完成对三楼的赔付。这件事情里涉及房东、阿软、碧池、中介公司、洗衣机生产厂家和三楼阿姨，错综复杂。我虽然是学法律的，但我最讨厌这种民事案子，懒得分析。要是发生在我头上，我都不知道怎么办，我可能会进一步做出违法的事情来。阿软当然不会了，整个调解会上她就是哭，哭，哭。

房东说：“我房子租出去，水管可是没问题的，你关着它，它不会自己喷水把楼下淹了。”

中介说：“房东说得对，然后我租给你们的时候也是一样的。”

碧池说：“洗衣机是我开的，但我是按规范操作的，管子掉了不是我的问题。”

洗衣机厂家没有出席。

于是大家提议去找洗衣机厂家解决这件事。这时大家一致把脑袋转向了阿软。碧池说：“洗衣机是你买的，你去协调吧。”阿软瞪大了眼睛，穿过湿漉漉的刘海看着碧池，好像不认识这个人。但是最后她还是说：“嗯……好的。”

阿软无比头疼，几近崩溃，因为她实在不愿意去干这种上门打架的事情。她打了几个电话，听到的都是无尽的自动语音提示，按了七八个数字之后，电话竟然挂断了。她又去电器城拿着发票找经销商，经销商说：“哟，坏了啊，那可以给您换新的，或者修，但是漏水的事情不归我们管，我们是卖洗衣机的，不是生产洗衣机的。”无奈之下，阿软只好去了趟该洗衣机品牌的售后服务中心。可想而知，被人家软刀子一顿砍，砍了回来，在家默默地哭。三楼阿姨三不五时地打上门来，碧池把门一关，装听不见，又得由阿软出面处理。这时，一点点微弱的好运之光降临了。

阿软接到一个电话，是她的高中同学打来的，这人的名字很好记，叫岳光。其父母当年可能还不知道这个词的寓意之丰富，不过这个名字并没有左右他的一生，现在他不但不是月光族，而且当上了某品牌下属品类的客服总监。在这种大公司里，这是个很高的职位了，几乎相当于一个小公司的副总。不用问，这个某品牌就是那个某品牌。该品牌不但生产洗衣机，还生产电视机，岳光就是管电视的，治下有座席数百名，主管几十员，还有分管网上客服的部门，几可谓一方诸侯。多年以后，我问阿软："你跟岳光同年毕业，这么几年间，怎么你才混成客服主管，人家已经在那么大的公司当了总监？"阿软说："我想，因为他没有学历史吧。"我问，"那他是学什么的？"阿软说："汽车维修。"我惊道："什么大学？"阿软答："技校。"

阿软去售后投诉时，岳光恰从大厅匆匆路过，当时没敢认。回去之后越想越像，决定还是打个电话问问，万一能帮上什么忙呢？你看，此人脑后必有反骨，乃是公司的叛徒。而且这显然是有预谋的，我的高中同学，大街上碰见了都只是打个招呼便走，谁会打电话来主动帮你？还用问吗，高中的时候关系肯定不一般。

阿软接到岳光的电话后，大喜过望，觉得抓到了一根稻草，很快两人就吃了个饭。阿软想请客，岳光瞪了她一眼，喝道："一边儿待着去！"阿软说："嗯……好的。"这是插曲。席间，阿软讲了漏水事件的前因后果，岳光静静地听完，摇头笑道："愚哉！痴女子。亏你也是做客服的，你这样能解决问题吗？”阿软怯生生地问：“我哪儿做错了吗？”岳光说：“简直全错。”

“首先，”岳光开言道，“你去售后解决问题，不能一副求人家的脸，说明你没底气。你要是不觉得我们有错，你就不要来找我们，我们又不是开粥棚的。你要是觉得问题在我们，你就要非常自信，把问题说清楚。

“其次，你得找对人。你自己就是客服，这你还不知道吗？有很多问题客服是解决不了的，有很多问题是能大事化小小事化了就不给你解决的。你要是不折腾，你就是这么一类用户。我们只给麻烦用户解决问题。

“最后，你得知道对方怕什么。怕什么你就来什么，施加压力才能获得反馈。你一来就先要问清楚三件事：你工号多少？你这儿有监控吗？我的问题有记录吗？如果他说有，你就一一拿笔记下来。他要说没有，你就问他上级主管是什么部门。他如果还不说，你就问他你们行业主管是什么机构，归国家什么部门管。客服的基本素质就是分清紧迫的问题和可以搁置的问题，因为所有公司遇到的问题都是海量的，不可能全都处理。如果遇见一个麻烦的用户，客服没处理好，被捅到上面去，饭碗就没了。这比什么接待态度不好、被客户在电话里打了1分都要命得多，那些都不叫事儿。

“总之，你从一开始就要摆明一个态度：老娘今天来了，就是要让你们给我解决问题，不是来求你们的，你给老娘看清楚，我就是你们培训的时候说的那种麻烦客户。”

阿软完全听傻了。

岳光叹口气说：“你的性格我太了解了，这事儿你办不了。除了我们，你还得搞定房东、中介公司、电器城，还有你那个碧池同事。

最后要争取到一分钱不花解决这件事，因为本来就没你什么事。”

岳光临走时说：“你甭管了，你也管不了。”然后他用手机记了几个电话，又给不知道什么人打了几个电话。一个月之后，这件事圆满解决了，洗衣机厂家赔了大部分的钱，倒霉的房东也象征性地赔了一些，这真是无法想象。碧池辞了工作，搬走了。阿软觉得自己没法面对三楼的阿姨，也想退租，没想到事情解决之后，阿姨的态度像翻牌一样完全变了，见着阿软和颜悦色，说话时满脸跑眉毛，看来是没吃亏。这样一来，阿软就放心了，所遗留的唯一的问题就是再找个室友来分摊房租了。

又过了一个月，岳光住了进来，成了室友。事后我问阿软：“你们会不会太快了一点？”阿软低着头说：“不会啊，我们又没住一个屋里。”我怒道：“你们真他妈有钱！堂堂××公司的客服总监就住你那破北屋，这是图什么啊？”阿软又说：“岳光高中的时候就……嗯，你明白的。”我说：“我明白屁啊！你俩高中处对象来的？”阿软腾地脸红了，连连摇手，其速度简直能用来发电。“没有，可没有啊。就是喜欢。”她说。你很少能听见阿软这么大声音说话。说完她就后悔了，一低头，刘海遮住了整张脸。我说：“喜欢干吗不处对象啊？”阿软磨磨叽叽地说：“他没说啊。”我大笑道（我不会笑，此处为想象，作者注）：“他要是说了，你待如何？”阿软说：“那，那我就说，嗯……好的。”

事情本来已经完了，又是个大团圆结局，没啥可讲的了，结果又出了个岔头。所以说，能别租房，尽量别租房。三楼的事情处理完了之后，二楼突然冒了出来，是个光头大哥，说话口音极重。他说他的房子也被阿软给淹了，也要赔偿。此时岳光已经是四楼的租户了，当然是他出面解决这件事。岳光出来看了看光头大哥，提出了一个准确得让人联想到狙击手的问题：

“你那房是买的还是租的啊？”

光头大哥一愣，没反应过来，说：“租的啊！”

岳光说：“那你叫你房东或者中介来找我谈，不用你费心。”说完把门一关进屋了。阿软吓得够呛，跟岳光说，这个光头估计不是好人，他那屋老大喊大叫的，还有搓麻将的声音，一打就打到半夜，让人睡不着觉。这个楼都不敢惹他，敢怒不敢言。岳光想了想说：“我有数了，睡觉去吧。”

过了几个小时，岳光刚关了北屋灯，就听外头砸门咣咣有声，披衣出来，阿软也已经醒了。两人头碰头对着门镜一看，外面楼道里挤了六七个人，全是统一着装：光膀子。“这刚开春，大冷天儿的，不神经病吗？”岳光叹道。阿软问：“怎么办啊？”岳光说：“没事，我打个电话。”阿软说：“对对，快报警！”岳光就进屋打电话去了。打完电话，开门出去跟光膀子们对付了没有五分钟，架也没打起来。打过架的人都知道，开头要么没废话，一旦有废话，首先要从盘道开始，废话是很多很多的。有时候盘着盘着，发现哥们儿的哥们儿的哥们儿都认识，就不打了。我没打过架，这都是听别人说的，天地良心。正对付着，楼下“突突突”声音响亮，一队非法悬挂外地号牌的三轮挎斗摩托车停在当街，闯上来十几号人，全都西服领带，赤手空拳，来了也不说话，就往楼梯上一站。岳光摆摆手叫他们不要动，然后继续跟光膀子们谈。其实也没什么可谈的了。最后场面非常和谐，光膀子的大哥说：“误会，一场误会！”然后给黑西服们一人发了一根烟，从此两家和平相处。衣服都没穿，从哪儿掏出来的烟？殊为恐怖。

回到屋里，岳光一看阿软，在墙角缩作一团，指着岳光说：

“你……你是黑社会！”岳光气得一翻白眼：“你才是黑社会呢，你全家都是黑社会！”阿软问：“那……那些黑西服是干吗的啊？”

岳光气乐了。“这你还看不出来，你怎么上的班啊？”他说，“那是我手底下的客服兄弟们。”

阿软把嘴一噘：“哦。我哪知道啊。我们客服都是姑娘。谁知道你说的真的假的。”

岳光一愣，接着大笑起来，声震屋瓦。“哎呀，”他扶着墙乐道，“我们阿软学会生气了。”

阿软心里想，我也不是跟谁都会生气的。这件事说起来真没有天理，我们往往对陌生人，甚至欺负我们、侮辱我们的人，都保持着礼貌和风度，但是对自己信赖和依靠的人，却会生气。这叫什么事儿呀。想到这里，阿软拉着岳光进屋了。“睡觉吧，明天还上白班呢。”她说。

喧哗夏令营

我在网上看到过一种说法，说日本的校园题材动画片里，各个角色的座位基本上是固定的。主角一般坐在后排靠窗的位置，前面是沉默寡言的美少女，后面是呆头呆脑的小姑娘，右边的同桌是一个性格粗鄙、喜爱收集女生小道消息的好基友，左边是窗户，窗外不是异次元就是空间震，十分危险。

这个情形在大学里不太适用，因为大学基本没有固定的座位。大学的座位是，东南五省来的尖子生中的女生坐在前排，她们个子小巧，不戴眼镜，但都戴花色各异的套袖；中间部分是一片眼神不好的男生，再后面是眼神好的男生和学习不好的女生。上面所提的“神之座位”一般由一个勉强考上该所院校的男生占领，他的成绩在班里属于中等偏下，再往下的则都不来上课。

北京有一所大学，由很多分散在各区、像初中一样大小的学院联合而成，十分有趣，出了好多有意思的人和事。我今天要讲的就是这所学校的一个男生的故事。该男生坐在“神之座位”上四年，没动过地方。假设没有发生我要讲的这件事，历史就会在大二发生一个微妙的分支，走向另一个时空，在那个时空里，该男生因为被人打成残废而没能毕业。

这个男生叫陶达，从小到大，同学们都叫他讨打，因为他长了一张讨打的脸。只能这么解释。因为连不认识的人都忍不住要打他，这些人不知道他的名字，绝不会是因为谐音而想要揍人。陶达从小营养不良，个子小，身体瘦，胳膊细得不像话，且极长，走起路来像自带一对徒步杖一样。其头又极大，还戴眼镜，近视十分严重。由于不擅长任何体育运动，他从小不怎么出门，皮肤白得令人联想起吸血鬼中营养不良的那一种。即便如此，你也不能因为他长得瘦小就揍他。没有人能解释为什么他总被欺负，身边的人几乎没有不欺负他的，包括同学、邻居，甚至父母和朋友。这其中有一位老资格，名叫阳天姿，是个跟陶达同岁的姑娘，在欺负陶达的方式方法上充满想象力，且耐力极强，从记事起就欺负他，不出意外的话，估计会一直欺负到老年痴呆。

阳天姿是陶家对门的孩子，生得身材魁伟，面貌粗豪，一副男孩子性格。这孩子家境比陶达好得多，从小没挨过饿，没缺过肉，故而长了一身横肉，捏起来又瓷实又筋道；而且皮肤又黑又亮，小时候从远处看，颇与骡子的粪便相类。该少女不但长相和性格像男孩子，而且天生膂力过人，胆大手黑，打起架来不怕疼、敢招呼、有气势，从小称霸小区附近各街心花园。

陶达基本上是在阳天姿的保护下长起来的。阳天姿虽然也欺负他，但要是别人欺负陶达被她看见了，场面就十分骇人。比方说，她听说了某某班的男生扒了陶达的裤衩，就要在人家上着半节课的时候闯进门去，揪起那个男生来，扒掉裤衩，拽到讲台上示众，把老师惊得目瞪口呆。被她揪住的男生没什么好下场，想跑也跑不了。托阳天姿的福，不少男生在青春期之前都在女生面前展示过生理卫生课上讲的器官。

小学，初中，高中，加起来一共12年，陶达和阳天姿就在这样的血雨腥风中度过了。陶达在操场上被踢球的小子撞了，还挨了人家的骂，说他穿操场不长眼，这种事被阳天姿知道了，最后准要闹到需要体育老师出场才能制住她；陶达在教学楼里被人搡下楼梯，险些摔个万朵桃花开，回头一看，楼梯上站了两三拨男生，有认识的有不认识的，分不清是谁推的——说不得，阳天姿知道之后，就得把这些男生全都揍一遍。严格来说，学校里当然有男生打得过她，但是正如阳天姿常挂在嘴边的那句话——“打架这件事，主要看气势”。没有一个男生能像她那样气势十足地打架，包括那些觉得自己在“混社会”的早熟少年。陶达在小花园里被这样的少年劫了钱，阳天姿骑着自行车带着陶达满街找人，转遍各个小花园之后都没有找到，阳天姿竟然闯到台球厅去——那是成年人的地盘。孩子小打小闹是一码事，在台球厅闹事又是另一码事。阳天姿再怎么混，技术上讲，也是一个14岁的小姑娘。

结果那件事的结局是，台球厅的老板把小混混们审问了一番，揪出一个劫了陶达钱包的小子，交给阳天姿处理。这种事放在今天也很难理解。根据推理我认为，大概是阳天姿的口儿太正了，老板搞不清她是道上哪个大哥家的千金，不如索性看个乐儿，反正孩子闹事，算不得丢面子。最后阳天姿让那孩子咬着一颗黑8趴在台球案子上，抄起杆照着白球就是一杆，白球擦着那小子的腮帮子过去了，吓得他尿了裤子。老板问：“行了吗？”阳天姿指着那小子说：“你把裤子脱了。”然后她拿台球杆挑着那条湿裤子往台球厅门口一插，走了。这么精彩的场面，可惜陶达是个软蛋，没能亲眼看见。

高考的时候，阳天姿犯了愁。她跟陶达说："你考试那么牛，我怎么才能跟你考同一个学校？"陶达白了她一眼说："你干吗跟我考一个学校？大学里已经不时兴打架了。"阳天姿把脸一沉，半晌没说话，摇了摇头，转身走了。那年是先考，后报，再出分，跟现在的规矩很不一样。考完之后，阳天姿兴高采烈地找陶达问："你大专报的啥？我觉得我能考上了。"陶达又白了她一眼说："我没报大专，我用得着报大专吗？"这次阳天姿的脸色很不好看了，但是她依然没有揍人，让旁观的同学很是扫兴。

结果分数一出，陶达哭了，阳天姿乐了，他们考上了那所由很多分散在各区、像初中一样大小的学院联合而成的大学。陶达考砸了，阳天姿则从没想过能考上本科，关于此次超常发挥，阳天姿总结道：

"果然考试也得有气势！"

总之用气势可以解决一切人生难题。

大一在廊坊大学城度过。这让陶达有一点庆幸阳天姿在身边了："那是一个人间地狱。"当然这个说法只限于对陶达这种"弱鸡"来说。大学城是强者的天堂，基本上只要你能打架、能喝酒、能混，你就能洗上24小时热水澡、不用去水房打水、在宿舍等着吃热乎乎的午饭、去网吧用最好的电脑。

网吧是地狱之核心。一个男生在大学城生活一年，不可能不去网吧。大学城有很多网吧，但大部分都有一些一看就不是大学生的青年长期盘踞在里面。夜里，他们会突然跳起来大喊："掉刀了！掉刀了！"或是"掉矛了！掉矛了！"一类很可笑的话，然后网吧上下一片沸腾，四下里一瞬间变成了拍卖行，吵吵嚷嚷，讨价还价。在一旁跟远在他乡的女朋友视频的大哥恼将起来，就要摔鼠标；他一摔鼠标，老板就要骂街；老板一骂街，陶达就要尿裤子，两腿打战地往外跑。

阳天姿彼时对网吧这个新鲜事物完全没有兴致，也不能理解。她的娱乐活动是带着自己的部队在大学城里压马路，巡查治安，跟各路人马举手点头打招呼。干这种事时，阳天姿显得意气风发，格外有精神。她带着人打过几场硬仗，基本上夺回了2·23水房高地，掌握了9·25关东煮重镇和10·18打印铺。其中，2·23战役由于发生在寒假期间，许多回家的同学并不知情，等到开学才发现水房有了重大改观，打篮球的男同学已经不在里面裸奔了。那些男生看见阳天姿，就本能地护住裆部。

阳天姿此时得了一个绰号，叫“阳电子炮”，因为她打架时喜欢抛掷电器。杀伤力虽然不大，但实在气势惊人，一时间没人敢惹她了。

后来阳天姿知道陶达总去网吧，就嬉皮笑脸地跟着一起去玩了几次。在大学城，随便在网吧里过五个晚上，有三个晚上能赶上打架。阳天姿一下来了兴致，心想这块高地还没有拿下来，自己在大学城的“军事生涯”只有半年了，一定要好好啃一啃这块硬骨头。

结果冬天里，阳天姿的爸爸就开着车，给人家网吧赔显示器来了。阳天姿的爸爸是一个老牌浑蛋，打遍街骂遍巷，生就一副美国得克萨斯州人民的体格。网吧老板见了连说：“公之虎女颇有乃父之风，壮哉壮哉！”

有一天陶达告诉阳天姿，自己在网吧里惹上个仇家，叫朱德彪。阳天姿笑了半天，心想，你能惹上什么仇家？细一问才知道，是他在网吧跟人家打CS，因为枪法太准，被这个叫朱德彪的喊“那个使狙的孙子作弊，哪儿呢给我站起来”。话音刚落，该孙子就听话地站了起来，还举了手。阳天姿笑得直不起腰来，问他："你举手干什么？"陶达说："我也不知道，就觉得这种时候应该举手。"

朱德彪要打陶达，被老板劝开了。老板说这是"炮姐"的朋友，给个面子吧。"炮姐"者，"阳电子炮大姐"之略也。朱德彪一听，笑道："什么'炮姐'，没听说过，是个女的吗？你他妈的让个女的罩着算什么玩意儿，打你脏了老子的手，赶紧给我退了。"所谓退了，就是让陶达退出那个CS局域网。陶达不但退了CS，还退了钱，屁滚尿流地跑了。

阳天姿一听，气得头发根根倒竖，要去网吧蹲守那个朱德彪。然后她忽然问："哎？不对啊，你怎么知道他名字的？"陶达说："他CS的ID就是这个名字的拼音，实在也拼不出别的名字来。"阳天姿撇撇嘴说："这年头谁叫这名字啊，这听着像四几年出生的。"她坚持要去网吧找人，陶达苦劝半天，才算劝住了，因为当时已经是结束大学城生涯，回城里上学前的最后一周了。

没想到第二天，朱德彪到陶达的系里找上门来，把陶达吓了个魂飞天外。定睛一看，原来不是来找他的，但比找他更令他难以接受。

朱德彪找的人叫崔萌萌，跟陶达一个班，上课时喜欢坐在后排靠窗的一个位子。崔萌萌上学早，比班上所有人都小两岁，个子也小小的，但并不像麻雀一样咋咋呼呼。她说话慢悠悠、轻飘飘的，笑起来声音不高不低，不尖不沉，也是慢悠悠、轻飘飘的。一笑，就握起小拳头托在嘴角边。这个莫名其妙的习惯动作，每次都能要了陶达的命。陶达第一次看见崔萌萌，眼睛就直了。阳天姿撇撇嘴说："又来了。"她目睹了陶达从小学到高中喜欢的所有女孩子，全部都是这个类型的。其中没有一个能修成正果。这主要是因为，陶达没有向其中任何一个表白过。

朱德彪在上课前的间隙闯进门来，虎虎生风地几步走到崔萌萌跟前，说了两句什么。崔萌萌握起小拳头笑了起来。朱德彪离开时看了陶达一眼，露出惊愕的表情，但没说话。也确实没什么可说的。可是陶达这时候不知道是感受到了哪位神灵的暗示，突然想要表现得“社会化”一点，于是没头没脑地说了一句：

“你男朋友啊？”

崔萌萌回头一看，笑了笑说：“不是，高中同学。”她说完话，还没转回头去，朱德彪就像一头豹子一样出现了。他大概听见了陶达说话的声音，但不知道误解成了什么不得了的话，愤怒得不行，粗暴地一把揪住陶达的领子，一路经过讲台拖出了门，扔在墙上。

接着，他把鼻尖贴在陶达的鼻尖上，恶狠狠地说：

“你他妈的给我少废话，知道吗？”

陶达马上微笑着说：

“好吧，不废话。”

他答这句话，完全是一种本能反应，没过脑子。如果过了脑子，他也许就什么都答不出来了。这件事很多同学都看见了。在大学里——即便是大学城里——这也是一个罕见的场面，因为正如陶达自己所说，大学里已经不时兴打架了。而且关键在于，谁也不知道朱德彪为什么发火，他到底把那句话听成了什么，到现在都是未解之谜。

陶达回到位子上时，路过了崔萌萌的位子，尴尬得不行。他坐下时想说两句什么自我解嘲一番，但又怕朱德彪从哪里又以鬼神之姿突然冒出来。崔萌萌埋头在本子上写着什么，装没看见。这时候，“阳电子炮”回来了。

“嘿！”她一坐下就猛拍了陶达肩膀一下。结果陶达除了瘦弱的小身板儿剧烈地一抖之外，别无反应。阳天姿捅了他胳肢窝一下，问道：“干什么哪？又看崔萌萌脖子呢？”这么一说，陶达和崔萌萌都从椅子上弹了起来，一个走前门，一个走后门，双双夺路而逃。

阳天姿心想，真是莫名其妙，看看脖子怎么了，我小时候尿尿他都看过，有什么可害羞的。

结果这堂课老师画重点，陶达和崔萌萌都错过了。阳天姿想，这俩人最好是他妈的跑去约会了，不然太不值得了。对于阳天姿来说，画重点这堂课的价值等于之前几十堂课的总和。下课时，她给陶达打了个电话，没人接。她觉得很奇怪，一个没有女朋友而又运动白痴的“弱鸡”，新近在网吧得罪了人不敢去了，还有什么理由逃课？百思不得其解。于是她礼貌地问旁边的男生：

“嗨，傻×，刚才是不是他俩闹啥事儿了？”

阳天姿跟同学打招呼一般都以“傻×”开头。旁边的男声十分生气，愤怒地答道：“是这么回事……”绘声绘色地讲了五分钟之后，阳天姿的脸色由晴转阴，最后“啪”地一拍桌子，腾腾腾地跑出去了。那个男生准以为她去找朱德彪了。其实不是，她去找陶达了。

一般来说，你可以在教室以外的三个地方找到陶达：网吧、宿舍、操场。陶达既不会打篮球，也不踢足球，若论跑步，1000米足以要他的命。他到操场上的目的是玩单杠。但是他只能做一个引体向上，其他时间就只能一次次地双臂伸直在单杠上吊着。阳天姿曰：从心理学上解释，这样做可以得到一种类似于上吊的感觉。

找到“上吊”的陶达之后，阳天姿飞起一脚把他从单杠上踹了下去。

“你他妈真把我气死了！”她愤怒地咆哮着，“你竟然在大学的教室里，被一个男生拖上讲台，又拖出去了！还他妈当着女生的面儿！我他妈弄死你！”除此之外，她还说了非常非常多的脏话，此处不宜复述。

有关大学生涯中最可耻的事儿，我走访过一些大学生，答案精彩纷呈，没法排出名次来。但是说起当着女生的面被男生揪出教室，大家纷纷低下了骄傲的头颅，承认自己没干过比这个更丢人的事儿。所以说，阳天姿对陶达就这么被朱德彪拖出去非常不满。至少你也应该挣扎一下啊！她这样质问之后，陶达委屈地表示，朱德彪太壮了，自己反正也打不过他，所以没挣扎。阳天姿目瞪口呆，约13秒之后她才说："我的妈呀，你居然认真考虑过打架的问题吗？你打不过任何人，你知道吗？你首先应该做到不挨打啊！"陶达顿足道："对啊！我现在不就没挨打吗！"说完这句话，他马上就挨了打。

考完试，学生们收拾行李，准备回家。在最后的两天里，陶达忽然觉得身边的同学看他的眼神都鬼鬼祟祟的，似乎有什么阴谋。在教学楼里碰见崔萌萌时最是奇怪，崔萌萌迎头撞见陶达，大眼睛忽闪忽闪地看了看他，然后一跺脚，说了一句："加油！"然后就抱着书跑了。

陶达正准备出门找阳天姿，分析分析案情，没想到出门就遇见了朱德彪。这厮穿一件黑皮夹克，叼着根烟站在教学楼门口，跟三五个朋友在聊天。看见陶达，朱德彪就主动上前，"啪"地立定，接着"唰"地敬了个礼。"你牛×！"他说，"你这么牛×干吗还等开学啊，就今儿吧？就这儿吧？"

陶达被问了个莫名其妙，皱着眉头摇了摇脑袋，一溜烟跑了。朱德彪在背后喊道："你牛×你！我他妈等着你，开学谁不去谁是那个！"

傍晚，陶达遇见阳天姿，跟她说了这件事。阳天姿若无其事地仰起头看着快黑了的天边，轻描淡写地说："我替你给朱德彪留了个条儿。"

陶达大惊："啊？你说啥了？"

阳天姿说："我说，开学那天中午在学校门口见，弄死你。"

陶达想问，弄死谁？转念一想，问也是白问，字面意思肯定是弄死朱德彪，实际意义肯定是弄死我。他气急败坏地喊道："你要弄死我干吗不直接弄啊！"阳天姿说："那多没劲啊？我要用暑假的时间给你上上课，开学你去弄死他，你弄不死我再去弄。"

暑假有将近两个月的时间。阳天姿制定了一份课程表递给陶达，让他按时上课，否则就直接跳到最后一节课：实地演练。陶达无语凝噎，只好硬着头皮先上了课，心想开学时候的事只有等开学再说了。

第一堂课是挨打。

阳天姿带陶达来到小区花园的角落，指墙上喜鹊令观之，然后趁其转头二话不说开始痛打。一边打一边说："护头！护裆！膝盖收起来！"如此练习了一个晚上，心满意足地走了。

第二堂课是理论课。此时二人已满18岁，阳天姿带着陶达来到家附近的一家咖啡馆。这家咖啡馆陶达也来过，但没在晚上来过，没想到天黑了就会变成酒吧。阳天姿指着酒吧里分布在吧台和卡座的各色人等，一一向陶达讲解这样的人应当如何如何出手，那样的人应当怎样怎样应付。陶达指着角落里一个孤单的巨大背影问："这个呢？"阳天姿眯着眼睛看了看说："那是我爸，遇见他快跑。"

第三堂课是对练课。阳天姿站在原地不动让陶达打。陶达比画了半天，没有下手。阳天姿急道："你打不打，你不打我打你了！"陶达说："怎么打啊，你身上都是雷区！"阳天姿愣了一下，低头看了看，怒道："别装×了，你小时候哪儿没摸过啊，快来！"路过的大妈听了，手里的冬瓜掉了都顾不上捡，飞也似的跑了。

对练课不是很成功，因为陶达从来没打过架，不敢下手招呼。阳天姿强调：“当一场搏斗无论如何也无法避免时，最重要的就是先下手，尤其是你这种‘弱鸡’；如果让你先下手你都不会打，你就死定了，打架最重要的就是气势，有没有？”陶达说：“有。”阳天姿猛地提高了十倍音量，大喝道：“大点声！”旁边的房地产中介条件反射地肃然起敬道：“勇！攀！高峰！”

经过训练，陶达终于学会了基本的出拳，但是他打起架来就像一个情绪失控的小姑娘。阳天姿十分不满，嗔道：“跟我学出来的怎么能打娘儿们拳？重来！”于是对练课又连续上了很多节。有一回陶达问：“遇见胖子应该怎么办？我觉得胖子浑身都很禁打，无处下手。”阳天姿答说：“一般来说应该用阴招，踢裆踹腿，戳眼锁喉。但是估计你下不去手，你是一个‘弱鸡’，所以你应该——”说到这里，她突然想起了什么，猛地双掌一推，把陶达摔出两米，怒道：“你说谁胖子！”

夏天的傍晚，两人打累了，就坐在满是蚊子和蛾子的凉亭里喝北冰洋，聊天。陶达问：“你为什么这么热衷于看我出丑？”阳天姿说：“谁想看你出丑了，看你出丑都看烦了。”陶达说：“那你留那张字条是什么意思？你明知我不可能打得过朱德彪的。”阳天姿说：“打架的事，你还有很多不懂，将来你就懂了。”末了她又补充道，“我只是不想让你在崔萌萌面前表现得像只‘弱鸡’。”陶达叹了口气，站起来拍拍屁股说：“明天什么课？”阳天姿说：“明天接着去酒吧上理论课，我大姨妈来了，不能上实践课。”陶达愣了愣说：“有时候我都忘了你是个女生。”

陶达走了之后，阳天姿抽了根烟，默默地骂道：“你个傻×。”

有关打架这件事特训一个月能有多大的成果，我曾经问过一些专业人士。散打界人士表示，没什么大用，练十年遇见能打的还是完。

散打看起来是个无比实用的流派。练咏春的朋友告诉我，练一个月咏春，普通的小流氓打不过你，但他们可以用十几年的丰富实战经验弥补，你不知道怎么应付板砖和酒瓶子。此言近乎真理。我又问一位流氓界的老前辈，老前辈说："要是我教的话，一个月能打死人，三个月能学会别打死人，一年能上一线打群架。"我说不算群架，就一对一，老前辈说："那你打不过经验丰富的基层干部，这事还得靠经验。但是如果你学一些阴招，有时候能出奇制胜，很多经验丰富的老同志都被小痞子打过。"

我想阳天姿教给陶达的一定是这种阴招。

9月1日，天高云淡，学校门口聚集了不少人，社会各界同人纷纷到场祝贺。大学就这点好，出多大的事，没人告老师，也没人拦着。保安好像也听说了，在门口抱爪儿看热闹。

陶达来晚了一点，因为他心里很忐忑，总是忍不住弯下腰系鞋带。这是他从小就有的毛病——一有什么烦心事就把鞋带解开又系上，系上又解开，好像这能拖延多少时间似的。这大概跟懒驴上磨屎尿多是一个道理。结果等到12点半，朱德彪倒没来。

陶达松了口气，但在某个意识角落的阴影里，他又似乎感觉到一点点失望。他隐约觉得，自己有点期待跟朱德彪动手打一架；输也好，赢也好，她肯定会在某个地方看着。如果输了，她会不会心疼？如果赢了，她会不会高兴？继而他又开始审问自己：这个她说的是崔萌萌吗？怎么一想到崔萌萌看到自己打架的反应，心里有一种打了Boss什么都没掉的感觉？此时他又觉得自己是个傻逼，朱德彪那么壮，那么凶，自己怎么可能打得过？

然后他开始回忆阳天姿的嘱咐："打架最重要的是气势！你见了他，二话不说就骂他，然后说'××，×××，××××'一类的话，一边说一边大步上前；打不打得赢再说，这三步先得迈出去。动起手来，不要往后退，不要跟他缠斗，就当他是沙袋，连续往他身上招呼，就像我平时打架那样，你见过不少次我打架吧？”当时阳天姿说到这里，陶达并没有细想，只是大概数了数阳天姿为自己打过的架。现在他站在校门口一端，一边活动着肩膀的肌肉，一边一幕一幕地往脑袋里拉进阳天姿打架的样子。幼儿园、小学、初中、高中，打小男孩、打小流氓、打小痞子、打小团伙、打胖子、打中年壮汉、打居委会大妈、打德国黑背——阳天姿打过的架不可胜数。现在想起来，她打的每一架不都是为自己打的吗？每次不都是因为自己像个小姑娘一样哭鼻子，惹恼了阳天姿就出去打一架吗？跟狗打架那次，她被狗咬了手背，但是她骑在狗身上，两臂紧紧扭住狗的脑袋，双手攥着狗嘴的两边，直到狗主人赶来，说不上是救了谁的命。那条狗并没有咬陶达，只是追了他几百米而已。阳天姿现在手上还有那条狗咬的伤疤。陶达想到这里，抬起手来看了看手背，想象了一下被黑背在上面咬一口是什么感觉，这时候朱德彪来了。

朱德彪走到校门口站定，一言不发，眼神有点闪烁。陶达想着阳天姿说的话，咬了咬牙，大步向朱德彪走去。

“我×——”他学着阳天姿的样子准备开口骂街。

没想到朱德彪突然竖起手掌，叫道：“等会儿！别打！”

“什么意思？”

“行了，”朱德彪喘了口气，“你今天能来，我就知道你是个爷们儿了。都打完了，没必要再打一遍了吧！”

说完，他吸了口气，转过身去，迈着奇怪的小步走开了。走了两步，他一手扶着路灯杆，另一只手在小肚子下面揉了揉，夹着大腿慢悠悠地走远了。

陶达长出了一口气，觉得过了一大难关，浑身都要虚脱了。但他闭上眼睛感受了一下，觉得以前那种害怕得快要尿出来的感觉一直没上来，反而有一种兴奋得想要挥拳打两下什么东西的感觉在皮肤下面怦怦直跳。

他又想起阳天姿的话：

"你长这么大，错过了多少男孩子应该体验的事啊！"

说这话的时候，阳天姿眼睛里闪着光，似乎恨极了自己是个女孩。现在陶达有一点懂了，但还没有全懂。他往四周人群里看了看，既没有崔萌萌，也没有阳天姿。他又穿过人群往远处看，看见崔萌萌在草坪上的旗杆后面露出半张小猫一样的脸，而阳天姿则在宿舍楼门口的车棚里抽烟。

陶达抬起手，张开五指，握紧，又张开。最后他握紧拳头，呼地向前挥出一拳。这一拳间，他想明白了很多事，比方说，他应该往草坪上去，还是应该往车棚走去。还有，虽然没有真的打架，但打架这件事带来的危机感、紧张、刺激和兴奋，他都感受到了。他知道自己是一个男人了。这些感觉能令他兴奋，这可以用性别来解释，但这不能用来解释阳天姿为什么打架。陶达心想，阳天姿在打架时，也同样面临着这些危机和风险，她甚至愿意去面对一条成年黑背。这么简单的事情，自己到今天才想明白，这说明至少有一点阳天姿没有说错：他确实是一个傻×。

现在他知道哪边才是他应该走的路了。

爱的顺势疗法

在高三毕业的“谢师宴”上，余大海的班主任发表了三条感慨。

第一条是说：“老子教了你们三年，花费心血无数，怎么最后请我吃饭就来这么俩人？”

众学子无语。

第二条是说：“我就知道余大海跟王希堂得来。”

这两个男生是他的左膀右臂，可以用来煽动情绪，镇压暴动，拿体育成绩，等等。余大海不好意思地摸摸脑袋，好像摩擦脑袋能发出什么缓解尴尬的香味儿似的。王希堂倒挺自然，世界上没有能让他不自然的事情。老师接着又补充道：“你们俩的名字也太老了，高一的时候我还以为你们是新来的老师呢！”于是余大海又进一步摸了一会儿脑袋。

第三条感慨则是说：“但是，我没想到马晓凡能来。”

马晓凡坐在班主任正对面，闻听此言，眯起眼睛笑了起来。她笑的样子很好看，桌上所有的男生都看她。班上有多少人喜欢这孩子，班主任也摸不清楚，他只知道一个余大海。余大海怎么可能得手？这孩子是个钝货！班主任把嘴藏在酒杯里默默地念叨着。

余大海当然也在看马晓凡，他最爱看马晓凡的侧脸。她的长头发有时会从侧面遮住她的眼睛，这是一个充满想象力的画面。余大海曾经跟王希堂说过：

“女生最好看的时候，就是她不看你的时候。”

两个男生要是交谈过这种话题，那关系跟桃园结义也差不多了。王希堂听了，很不以为然，问道：“你是说女生后脑勺好看吗？”余大海摸摸脑袋说：“唉，我不知道怎么给你解释——就是她不知道你在看她的时候，你明白吗？跟侧面背面没关系。”王希堂说：“我不明白，我就喜欢看正面。”这种话题，在榆木般坚实的余大海和蜂窝般多窍的王希堂之间本来就没什么讨论的必要。

“谢师宴”散了以后，余大海跟王希堂推着自行车往家溜达，猛听得身后有人呼唤：

“哎，余大海！”

王希堂回头一看，马晓凡。他立起左掌对余大海说：“最后一战，虽然没戏，但别丢人。”说罢就骑上车拐个弯走了。

王希堂这么说的原因是，余大海已经在马晓凡身上花费了太多无谓的精力，却毫无回报。马晓凡是个安静成熟的姑娘，不难接触，不好深入。王希堂给余大海出过三十六条计策，无一奏效，因为余大海总是犯两个错误：一是临阵畏缩，该说的不敢说，该做的不敢做。王希堂判断，马晓凡对余大海并非没有意思，至少并不反感，因为余大海虽然是个木头疙瘩，但还算个挺帅的木头疙瘩。余大海又高又壮，身体结实有力，头发干净整洁，脸虽然黑，但没有变成千疮百孔的青春期遗址。而且两个人英语都好。我们知道，在高中生里，英语好的容易形成一拨，因为他们的审美情趣差不多，喜欢看些装腔作势的东西，听些别人听不懂的歌，余大海在这一点上跟马晓凡正是同党。

另一个原因则是余大海的爱好。他没有五句话就得谈到他奇怪的爱好，还邀请人家去他家看他的收藏品。要命的是，他还摸着脑袋补充道："我家没人，就我，随时能来。"这但凡是心智正常的女生就更不敢去了。

马晓凡没骑车，小跑了几步，头发一甩，余大海立刻眯起眼睛来，好像这样能把眼前的景色拍下来似的。他喜欢马晓凡的一切，包括她有一点胖，包括她笑起来眯成一条缝的黑眼睛，包括她不骑自行车。但他从没说出来过。

两人并肩走了起来，谁也没说话。马晓凡总是很安静，如果没人开头，她能这样沉默地走回家去。问题是两人的家根本不顺路，马晓凡从来没往这边走过。于是余大海摸摸后脑勺，问道：

"你怎么到这边来了？"

马晓凡说：

"不想回家，瞎走。"

然后两人瞎走了大约20分钟。20分钟后，马晓凡突然站住了。她抬头看着余大海说：

"能去你家吗？"

余大海愣了一下，然后摘下手表给自己测了测心率。他的行为不太好解释，不解释也罢。然后他说："好啊，前面那个红楼就是。"马晓凡抬头一看，一座临街的红楼，十二三层，干净洋气，顶上有个霸气四射的灯箱，写着什么专家公寓一类的词，中英文对照。

余大海不好意思地补充道："专家是我爸妈，不是我，他们都是搞地质的，这会儿在外面挖矿呢，家里没人。"

临进楼门时，马晓凡突然说：“我想喝酒。”

余大海毫不犹豫地去买了一瓶啤酒。在他的立场，完全没有思考未成年人是否可以喝酒这个步骤的空间。倘若马晓凡说，我要吃人肉，说不定他会去打电话把王希堂叫来宰了。

王希堂此时正在自己家里为自己的发小儿祈祷：神啊，各路神，请让他告别处男吧！哦，不，这个要求太过分了，给他个初吻也行啊，他太可怜了。而余大海脑袋里根本没想这些事。他想的是更令人发指的事。

他家没有啤酒杯，于是两人用印有某研究院标识的陶瓷茶杯喝起啤酒来。喝着喝着，余大海不安起来，觉得自己进入了一个从没有预习过的剧本，不知道该站什么位置，说什么台词。于是他摸了摸后脑勺，飞奔而去，飞奔而回，抱着一个箱子。

“来，给你看看我的藏品。”他开心地说。

然后他打开箱子，从里面拿出一块一块的晶体。晶体们大约有拳头大，有方的，有三角的，有珊瑚状的，有棱锥林立的，颜色不一，各放异彩。

“这些都是我收集的晶体，大自然的杰作。”他露出一种成年人介绍自己儿子的表情。然后他一个一个地讲解起来。

“这是霰石，”他拿起一块橙红色、形状复杂的晶体，“这个字不念散，念现，很多人都会念错。它的成分是碳酸钙。你知道吗？在西方，有人佩戴这个东西做成的首饰，说它能治疗失恋的伤痛。”

马晓凡点点头。

“这是萤石，”他托起一大块绿油油的晶体，“它是我们从自然界提取氟单质的主要来源，好看吗？”

马晓凡又点点头。

“这是菱锰矿，”他捏起一块玫瑰色的大晶体，“它的学名Rhodochrosite，在希腊语中是‘玫瑰的颜色’之意。人们把它做成首饰，认为它含有全世界所有玫瑰的精华，是爱情的象征。”

说到爱情的时候，他有点结巴。接着他又介绍了十几种晶体，摆了一床。摆完之后，两人陷入了可怕的沉默，马晓凡默默地喝酒，余大海抚摸晶体。

他拿起这块，放下那块，踌躇良久，忽然把所有晶体装在盒子里，往前一推，递到马晓凡面前，然后大声说：

“这些是我最最喜欢的东西，你喜欢吗？我都送给你！”

多年以后，马晓凡谈起这段剧情时笑道：“当时我还真差点哭了，被你蠢哭了！”而真正为这件事哭过的人实际上是王希堂，他听了之后，先是露出无比心疼的表情，然后踹了余大海一脚，哭道：

“傻逼！”

那天晚上，两个高中生之间什么都没有发生。马晓凡低下头，头发遮住了眼睛。她玩了一会儿裙子角，小声说：

“我不要。”

那一瞬间，余大海感觉自己变成了某种晶体，比如辉锑矿。然后还咔咔地裂开了。他想问为什么，但马晓凡接着说：

“你为什么不问我怎么了？你看不出我不高兴吗？”

余大海在内心感慨道：妈呀，连生气都这么好看。

马晓凡站起来整理整理衣服，喝光了杯子里的酒。余大海也喝了，其实他没喝过任何酒，现在他觉得有点头晕。然后马晓凡又坐下了。

她从盒子里拿出第一块晶体说：

“好吧，你不用说，我明白的。我接受这一块。你是不是说，这个能治疗失恋？”

余大海点点头。

马晓凡把那块霰石举起来对着灯光看了看。

“真好看。”她说，“现在它归我了。我可以随便处理它吧？”

余大海又点点头。

马晓凡把霰石递给他说：“送给你。接受霰石吧。”

说完，她走了。

余大海把这事儿跟王希堂讲的时候，事情已经过去一年了，两人都上了大学。高考不但把余大海和马晓凡分割到两个学校，还让他们各自成了两个巨大阵营的一分子：理科生和文科生。马晓凡如愿以偿地上了中文系，她从小就是照着中文系才女的样子设计和培养的。余大海也差不多，他考上了矿院，天天玩晶体。想起霰石事件，他最伤心的不是被拒绝，因为被拒绝是必然的。更让他难过的是，上了大学他才知道自己的收藏有多差劲，他竟然给喜欢的女孩子看了那种东西，这让他觉得自己是个暴露狂。王希堂对此评价说，你他妈的要是能有女朋友，我王字儿倒着写。

但是王希堂作为旁观者，保持了一分可贵的理智。他小心翼翼地提出：“这个马晓凡也不是个东西，失恋了就去你家喝酒，什么意思呀？幸亏是你，要是我就出大事了。”为此余大海揍了他一顿。余大海一个可以揍四个王希堂。

大二时，万恶的同学聚会终于来了。余大海此时已经不是17岁的少年了，他知道如果问明白马晓凡去不去再表态，未免矫情，大家都是成年人了。而且马晓凡是个中文系女生，矫情的应该是她，八成她不会去。这太天真了。

聚会后，马晓凡一个人落寞地走着，像没了魂一样。余大海跟王希堂挥别，刚抬腿儿上车骑了两步，就看见彳亍而行的马晓凡。他下车了。

这次没回家，两人找了间咖啡馆，刚坐下，外面就下起雨来。马晓凡的脸色更阴沉了。余大海长了记性，问她：“怎么了，心情不好？”马晓凡低着头，也不铺垫，开门见山地说：

“我爸爸去世了。”

这一下差点把余大海KO了。他哪经过这个！简直晴天霹雳。霹雳之处在于，他根本不知道这种场合应该说什么、做什么，手脚没地方放，最后说了句：“哦。”

然后他又问了一句比“哦”更蠢的：

“那你怎么还来参加聚会了？”

问完他就后悔了，恨不得给自己扣一杯热咖啡。

“我在家待着，”马晓凡说，“看哪儿都是我爸爸的影子。我受不了，我看那些平时最讨厌的东西，他的烟，打火机，酒瓶子，还有他养的那些破鱼，我都受不了。我老觉得他没死，他什么都没交代就走了，他连烟都只抽了一半，那半盒怎么办？那些鱼，那些鱼我也不知道该怎么办。我爸每次出门，都反复交代我跟我妈照顾好这缸鱼，我们俩从来没认真听过，瞎喂瞎换水，每回都死一两条。现在还剩17条，11条小的，4条中的，2条大的，怎么办，怎么办？”

伴着这句话的尾音儿，她无声地哭了起来。她哭的时候跟笑的时候有个共同特点，动静极小，连身体都不怎么动。余大海在旁边看着，感觉有一台液压矿石拉拔器在拔他的心。但是与此同时，他突然福至心灵，想起一件事来。这件事让他觉得自己冷静了不少，而且还多少成熟了一些。他等马晓凡哭了一会儿，对她说：

“你知道顺势疗法吗？”

马晓凡愣了一下，摇了摇头。她是低着头发愣、低着头摇头的。她对余大海这种没头脑的台词早有准备。

“顺势疗法是一种德国人发明的替代疗法，大概来说，就是你中了什么毒，就还给你打什么毒来治。我告诉你，这个很管用，能治心病。”

马晓凡抬起头来，看了看他。这一看差点要了他的狗命，因为他第一次看到这样的马晓凡。她的眼睛哭成了八字形，眉毛也是，眼泪顺着两边的眼角同时往下流，流了四行。此乃真哭。余大海咬了咬牙，硬起心肠把话说完。

“我管它叫‘爱的顺势疗法’。”他说，“它用于心里受伤的时候最好不过。你受了什么样的伤，你就反复地让自己受这种伤。很快你就痊愈了，人的康复能力是很强大的。这也是顺势疗法体系的基础。”

马晓凡问：

“怎么治？”

这是无比沙哑的三个字。液压矿石拉拔器加到了四挡。

“一切让你难受的东西，你都不要动它。你反复看它，接受它，如果你因为看了它们而想到了什么，就使劲想。想得难过了，就哭。”

马晓凡若有所思地看了看他。“嗯？”她有了点精神，“好像有点道理，我小时候这么干过。我养的小猫死了，死的时候家里还有给它看病剩下的药，我把那管药偷偷藏起来，晚上在被窝里看着哭，看着看着就不难过了。”

“对！就是这个方法。”余大海十分得意。

“有科学道理吗？”

“没有。绝对的伪科学。顺势疗法所用的药，实际上就是安慰剂。”

“讨厌，你都说出来还管用吗？”

“管用，我自己每次用都灵，要是不管用，第二次用就该不灵了。”

“你用过？”马晓凡问，她已经完全不哭了。

余大海摸了摸后脑勺。

“你这个问题，你说多尴尬呢。”他说，“那年你去我家喝啤酒，你走了以后，我就看你用的那个杯子，和那块你拿过的霰石。你让我接受现实，我觉得我就得接受现实。我看一下，心里咯噔一下。而且说不出为什么，我手腕还会疼一下，就在这里。”他指了指右手手腕内侧。

马晓凡伸出手揉了揉余大海的手腕。这倒不是两人第一次身体接触。高二的时候，两个人曾经手拉手地唱过英文歌。

马晓凡问：“那你现在接受现实了吗？”

余大海说：“接受了。”

马晓凡说：“白痴，别接受。”

然后她往余大海肩头上一倒，一切水到渠成，两个人就变成一块完整的晶体了。余大海摸了摸她的头发说：“你脑袋真大。”马晓凡说：“别瞎摸，有个作家说过，女孩的头发就像植物的花一样，是生殖的象征。”余大海惊道：“我去，谁说的？”马晓凡说：“不是毕淑敏就是王旭烽，忘了，反正是一个老太太。”余大海心想，中文系到底都在看些什么书啊。

翻过篇儿来，故事还没完。故事要是这么完了，我们就传播了伪科学，好像顺势疗法真的有用似的。余大海和马晓凡谈了49天恋爱，分手了。这简直是比他们在一起更加水到渠成的事情。余大海完全不会谈恋爱，而马晓凡则是有好几个总冠军戒指的人。两人理论战术水平都不在一条线上，没法打。

王希堂曰：活××该，让你作。

此时他是发自内心地不想让余大海跟马晓凡在一起。他上次因为说马晓凡的坏话而挨了揍之后，说话变得小心谨慎了一些，诸如“不是个好东西”这种词儿已经不用了，改用“根本就不是东西”，说完就跑。余大海抓住他让他说清楚，他露出一副视死如归的表情，笑而不语。最后还是挨了揍。被揍完以后，王希堂鼻青脸肿地说：

“她每次都是有什么不顺心的事儿才找你。她就跟一艘破船一样，一刮台风，她就出溜出溜地往回跑，往你这一扎，扎49天，雨季过去了，出海远航，你就是避风塘炒螃蟹你。”

尽管嘴上这么说，王希堂实际上还是很老实的。余大海让他干的事情，他嘟囔着也都干了。两年前的霰石事件之后，余大海约他一起骑车去马晓凡的大学看看。王希堂惊道：“你要拆了人家学校吗？”余大海摇头不语。暑假里，烈日炎炎，四野蒸腾，两人骑了一个多小时，终于到了。余大海甩镫离鞍，走到校门前仰头看了看牌子，念了一遍：

“××大学。”

然后说：“咱们走吧。”说完上车自己骑走了，王希堂气得七窍生烟，认镫扳鞍，拍马便追。他问余大海：“你有病吗？骑一个多小时就为来看看校门？”余大海严肃地说：

“这是顺势疗法的一部分。”

49天的初恋结束之后，余大海陷入了预料之中的消沉，终日闷闷不乐，靠摆弄矿石和揍王希堂度日。这可能也是一种顺势疗法，因为王希堂每次出现都会说马晓凡坏话，必然勾得余大海的液压采矿设备狠狠工作一番。久而久之，工作的时候也就不那么疼了。

这台设备再次启动是一年多以后。这一年里，王希堂给余大海讲过一些八卦，有关马晓凡如何堕入红尘，跟结了婚的大学老师如此这般。当然，为了图嘴上痛快，王希堂也没少挨揍。有一天，余大海正在揍王希堂，手机突然响了，一接，马晓凡。

余大海跟马晓凡在学校后的一家西餐厅吃饭，有现场小提琴演出。小提琴手拉《梁祝》的时候，马晓凡给余大海讲了自己的故事。故事太长，且俗，没有必要在这里重新讲一遍。总之，听完以后，余大海觉得心里动了一下，但那台硕大无比、凶悍绝伦的液压采矿拉拔机却没有开起来，熄火了。这是为什么？他就此想了半天，走了神，没听见后半截话。

“……有点后悔，”马晓凡自顾自地低头说着，“那天不应该去你家的。你太老实了。当时如果你胆子大一点，就不会有后面这么多事了。”

余大海回过神来，听了个目瞪口呆。“啊，赖我啊？”他有点反应不过来。这就好比一个信基督教的科学家有一天祈祷时突然听见耶稣说：“宇宙间的能量不是守恒的！”这个比喻不太恰当，反正信基督教的科学家已经不信进化论了。这个例子只是说明，当你把一个对象长时间地神化之后，她已经变得看不得摸不得，她不会犯错，不会变得复杂邪恶，不会伤害你。当她犯错时，当她变得复杂邪恶，一而再，再而三地伤害你时，你就像听到了能量不守恒一样无法接受。

然后他想起王希堂说的话：

“这个马晓凡也不是个东西，失恋了就去你家喝酒，什么意思呀？”

接受过高等教育之后，余大海的逻辑水平上升了不少。经过顺势疗法，他已经不怕去碰触记忆中的那几个特定的场景了。他有时会把它们从记忆中捞出来把玩一番，对着光从各个角度看一看，就像看他的那些矿石一样。他发现每次看到的都不一样，这也跟晶体一样。

他想这些事的过程中，马晓凡还在自顾自地说着。

“……要是那样的话，我们也不会只有49天。”

余大海眯着眼睛，饶有兴味地看着马晓凡，觉得这个人完全变了。怎么说呢？人还是那个人，但看起来已经彻彻底底不一样了。就像霰石跟方解石一样，成分相同，晶体结构不同，看上去完全是不一样的东西。

他没搭茬儿，马晓凡说不下去了。

最后，马晓凡抬起头看着余大海，有点急促地说：

“哎，你想过我吗？”

余大海此刻感觉受到了希堂仁波切的加持，心思澄明，神光罩顶，什么事情都能在一瞬间彻悟了。他说：

“没有，我的病好了。”

“啊？什么病？”

“顺势疗法治的那个病。”余大海说。他在心里说：“你们文科生不懂，你这一次一次地来找我，又离开我，乃是一场浩大的、宏观的顺势疗法。现在我已经治好了。这种事需要一点哲学和普通逻辑的底子才能看明白，中文系不行。”

马晓凡接不下去，把嘴抿成一字形，用叉子戳着甜点。她不愿意接受现实，去相信自己拿不住这个榆木疙瘩。榆木疙瘩还是榆木疙瘩，做棺材的料怎么变佛珠啦？她不理解，想弄明白。从小到大，她读到的言情小说的结尾，都是两个主人公幸福地生活在一起。她就是那个女主人公，男的可以换，但随时可以掐个结局出来。现在她自己想掐了，怎么可能落一个bad ending？

她决定绕个大圈子，放慢节奏，从头开始。她想错了。

“你那些矿石还有吗？”她打算投其所好，重新开个好头。她是这方面的老手，只是余大海不知道罢了。余大海一直觉得她身上放着圣洁的光芒，其他那些男生也是这样的，只有那个王希堂有点讨厌，眼神贼兮兮的。

“没有了。”余大海答道。他说完，既不接着说下去，也不改变话题，托着腮笑眯眯地看着马晓凡。他已经不挠后脑勺了。

“哪……哪去了？”

“拍卖了，卖的钱捐给马凡氏综合征防治协会了。你知道马凡氏综合征吗？”

“不知道，那是什么？你什么都懂。”

“是一种会让人肢体变形，并发心脏和眼疾的罕见病。你回去应该了解了解，不能白叫马晓凡。”

说完他叫来服务员结账。服务员打单子的时间里，他从脖子上摘下一根红绳，末端挂着一块细细打磨过、镶嵌着马口铁和玻璃的橙红色晶体。他把这颗晶体递给马晓凡。

“接受现实吧。”他说。此时的马晓凡瞪大眼睛看着他，他觉得她还是挺好看的，只是没那么好看了。女孩最好看的时候，就是她不看你的时候。

伟大的吃货

北宋初期，有个宰相赵普，就是陈桥兵变的时候起哄的那个。此人气狭量窄，阴狠歹毒，为了整老对头卢多逊，不惜搭上一个魏王赵廷美，给他扣了一顶大帽子，送了他的性命。我们知道，一般来说，这种神经病都有某一方面的偏执。比方说，赵普的偏执就在吃上。据野史载，赵普爱吃羊腿，为了吃到正宗的小山羊腿，甘冒奇险，与当时正在跟宋朝打架的契丹（辽）进行贸易，走私小山羊。一国宰相，千金之躯，竟然在战时通敌买小山羊，只为了吃人家的腿，这像话吗？赵普走私了小山羊之后，就在自家后院用炭火烤羊腿吃，结果招来了其他的吃货。史料记载，赵匡胤活着的时候，有一回听说赵普家的小山羊不错，事先也不通知，就直接跑到人家里来吃。赵普一看太祖来了，吓了个半死，正要解释山羊的来历，只听太祖说：“你不要慌，先别开饭，我还约了晋王（即太宗赵光义）。”赵普用一条走私羊腿招待了两代国君，这种伟大的吃货，正是古今一般同。

如今吃货很多，当中大部分都标榜自己有着赵普这种“钧我馋虫者，虽远必吃”的精神。我认识这么一对夫妇，每逢周末月底三节两寿，辄驾车远游，或山西，或陕西，或辽东，或河南，只为了去吃一口当地的美食。到了地方，开车找到吃饭的地方，吃吃吃。吃完也不游玩，回酒店一睡，晚上吃夜宵，第二天吃早饭，绝不落（là）空。赶回北京的时候，还得带回点儿小吃来。这么一趟，光加油、保养、过路费就得多少钱？每问之，拊掌笑曰：“人活着，不就是一天三顿喂这张嘴吗？”你无法反驳。

有关喂嘴这件事，让我想起一个几年前听说过的人。当时她是个姑娘，我是个小伙儿，现在我已当了爹，她还是个姑娘。她将永远是个姑娘，一个爱说爱笑，爱玩爱闹，更无比执着地爱吃的姑娘。她是我听说过的最伟大的吃货，也是最倒霉的吃货。

这个孩子是我在游戏圈时，接触过的一家网游媒体的编辑，我不知道她叫什么，只知道她有一个让人说不出口的网名。大多数网名都说不出口，这也没什么新鲜的，她这个网名叫“缘枉衾衫”，一听就是从网络小说里摘的，估计还是后宫一类的小说。我不认识这个姑娘，所以没直接问过她，后来我还是从她领导那里得知了这个名字的出处，很有意思，这是后话，一会儿再说。现在先说说这个姑娘一生的故事。她的一生很短，很快就能讲完，反正她领导用了一顿饭工夫就给我讲完了。

在游戏圈，不少人认识这个姑娘，因为她的网名太矫情，大家叫不出口——其实圈里所有人都这样，包括我——于是每个人都另有一个“花名”，说白了就是绰号、小名儿一类的东西。这个小名儿一般是从其网名或真名的一部分演化而来的。一开始，大家叫她圆圆，大概是取其首字。她嫌土。然后大家又叫她姗姗，约取末一字。她又嫌怯（qiè）。后来大家叫了一阵子亲亲，结果这个词因为某个不雅视频，衍生出一些性行为的意味来，她急眼了，大家只好又给她改名。网名一共四个字，用了三个都不行，最后大家只好叫她汪汪，她欣然接受了。

汪汪从小爱吃，视美食如生命。她根本不需要朋友圈（她没能活到朋友圈时代）里转的那些养生教材来告诉她早饭的重要性。对她来说，一天三顿饭是基础，五顿是正常水平。如果因为加班耽误了早饭，她就要怒提离职，领导还得好言安慰，因为她工作能力强，一个顶十个，走不得。

现在我们需要补充的是，为什么说她是一个最倒霉的吃货。

据说，八九岁的时候，她得了哮喘。哮喘这种病很烦，不能剧烈运动，不能粉尘作业，不能接触花草，不能吃咸腥食物。这是她第一次意识到，得了病还得忌口！这太要命了。现在我有了儿子，我渐渐了解孩子从多么小的时候就知道什么好吃，什么不好吃了。到八九岁上，小孩子已经有非常鲜明的口味上的喜好了。一般来说，一个人一生爱吃什么、不吃什么，在这个时候早就完全形成了，甚至其中隐藏了间接影响到现在还没吃过、以后才会接触的东西的因素。

得了哮喘唯一的好处是不用做值日，因为扫地会有粉尘。但代价也是惨重的：不能吃咸菜和咸鸭蛋。据汪汪姑娘自己交代，小时候她跟姥姥一起住，姥姥是讲究的北京老太太，早饭必是粳米粥，六必居的好咸菜（疙瘩、螺蛳、咸菜丝或酱八宝），半个冒油的咸鸭蛋连壳切开，用筷子一点一点挖着吃。多年以后，跟同事加班吃夜宵时，汪汪曾经给大家讲过：六必居的酱货里，最妙的是咸菜丝。必须腌得恰到好处，切两寸来长，色泽棕红，薄如蝉翼；挑起一根对着光一看，两头厚，当间儿薄，微微透着些亮儿；撒上白芝麻，调几滴大名府小磨香油，使筷子一拌，香味儿立马出来了。这东西能就粥，能就豆汁儿，还能下馒头包子，妙用无穷。而咸鸭蛋呢，切的时候必得连壳儿一起，一刀下去，咔嚓带响，接着蛋黄儿里的油就顺着刀口滋滋往外冒。金圣叹云：“咸菜丝与鸭蛋黄同嚼，有火腿味道。”同事听了，诧异道：“不是豆腐干跟花生米吗？”汪汪拍桌道：“咳，都是穷人吃的东西，差不多一个意思。”

可惜这些她都只能旁观而不能下筷子。家里管得很严，说不能吃的，一口都不让吃。有多少回，她都想去偷咸菜疙瘩啃着吃，还让同学从家给带过咸鸭蛋，结果被老师发现没收了。老师在课堂上没收一个咸鸭蛋这种场面，我这种职业编故事的都想不出来。

尽管如此，从小学到高中，汪汪都是一个胖姑娘。她太能吃了，如果我把她写成怎么吃都不长肉的完美形象，不但读者看了气坏，对逝者也不尊重。至于她在九泉下是否愿意听到别人说她是个胖子，那我就管不了了，她又不认识我，我这都是听说的。

胖子的故事在高中时终结了。高二体检时，汪汪查出了糖尿病。

这种糖尿病跟现在我们身边常见的那种不同，被称作“I型糖尿病（青少年糖尿病）”，是一种自身免疫疾病，无法治愈。查出来之后，汪汪问老师：“不能治愈就是要死的意思吗？”老师笑道：“不是，死不了，跟正常人一样，只是有些小地方需要注意一下。”汪汪听了，向老师展示了酒窝，然后蹦蹦跳跳地回家去了。在她看来，只要不死，就能继续吃好吃的，得点怪病算什么，又不是没得过。她这时候脑袋估计已经受到了影响，智商不太够用。正常人应该问问老师需要注意哪些小地方吧，毕竟不能治愈听起来还是挺可怕的。老师后来把这些需要注意的地方告诉了她爸爸，汪汪听了之后，从此就不喜欢爸爸了。

因为爸爸跟她说：

“从今天开始，所有甜的都不能吃了，还有高热量的也不能吃。”

当然，这只是口头上的简略表达，实际上则有一张类似报纸的鸿篇巨制，上面清清楚楚分门别类地列出了什么不能吃。

这时候汪汪姑娘已经17岁了，出落得如花似玉，只是花有些丰满，玉有点圆润。世上还有那么多美好的东西没有尝试，包括爱情。但这都不是最大的打击，最大的是：在她已经尝试过的无数种她愿意用一生去热爱的食物中，有一小半被列入了禁食清单。

在此之前，她是一个连吃荷包蛋都要放糖的姑娘。

她也不需要跟人争论西红柿炒鸡蛋放不放糖，粽子是甜是咸，她不争吵，不辩论，她嗤之以鼻。

结果她变成了她嗤之以鼻的那种人，什么都吃咸的，最后被逼无奈，连豆浆都喝咸的了。结果她发现，咸的也挺好喝，这是最让她沮丧的。

但是，以她的性格，世上没什么事能长久地让她沮丧。很快，汪汪姑娘就发现了很多好吃的东西。她觉得世界对她还不错，至少还能吃炸酱面吧！她愿意吃一辈子炸酱面。她还爱吃虾。年轻的她曾经天真地问一位政治老师：

“世界上有没有尊崇虾的宗教啊？或者说虾是主神，我愿意加入这个宗教。”

老师说：“据我所知，世界上没有哪个宗教吃自己的主神和偶像，一般都只有他们不吃的。比如，印度教不吃牛肉，相传牛是他们主神的坐骑，很了不起。”汪汪撇了撇嘴说：“那算了，我只要躲着点不吃虾的宗教就行了。”

后来的一年里，发生了三件事，彼此之间有一些关联，有必要在这里交代一下。

第一件事是，因为得了I型糖尿病，汪汪快速地瘦了下来。虽然瘦得不是很健康，但毕竟底子好，所以看起来骨肉匀称，配上天生的白皮肤和一头黑得像PS过的头发，梳上一对马尾辫，穿上白色运动背心、蓝色短裤，简直脱胎换骨。她拿一张那时候的照片给同事看过，一个动漫频道的男同事看完，一把抢过去，跑到厕所里不知道干什么勾当去了。

第二件事是，因为脱胎换骨变成了班花，她收获了一个男朋友，尝到了爱情的滋味。爱情这东西虽然不太容易找到良品，但只要找到了，就能享用很久，口感丰富，回味悠长，比所有吃的都美味。这是一般人的看法，但汪汪的看法有一点不同："只能说，跟油焖大虾的味道差不多！"

第三件事是，她的男朋友不吃虾。汪汪第一次听说这事，马上就哭了，眼角撇成八点二十，流着眼泪问道："为什么？虾是你们主神的坐骑吗？"男朋友哭笑不得，答说因为过敏，别说吃了，一碰虾米须子就要全身起大红包。汪汪不高兴了，甩着双马尾闹将起来，场面十分尴尬。不过闹了没多会儿，她就恢复了理智，一抹眼泪，用力握了握拳，对男朋友说：

"你真可怜，不能吃虾，这比我不能吃咸菜丝、咸鸭蛋和糖要可怜一万倍！我再也不觉得孤单了！"

后来在饭桌上，汪汪给同事们模仿了当时男朋友的表情，大家笑翻在地，可惜我不是她的同事，没有看到。

汪汪就是这样一个达观的吃货。她总能找到一个能让自己满足的点，只要这个东西还能吃，其他就都不叫事儿，说明世界对她还算公平。毕竟世界上还有不能吃虾的人。关于这件事，她跟男朋友讨论过几次。男朋友博闻强记，属于脑内植入了百度百科的那种少年，我们年轻时都多少见过几个这样的人。他说：

“你知道弹坑效应吗？”

汪汪摇头说不知道。

“弹坑效应，”男朋友竖起食指，“就是说在战场上，如果一发炮弹在你身边爆炸，没把你炸死，那么你应该立刻跑到这个弹坑里。因为从统计学上讲，另一发炮弹落在同一个弹坑里的概率非常非常小。”

汪汪眨眨眼睛，问：“啥意思？”

男朋友把嘴抿成了一字形。“就是说，”他耐着性子解释道，“你得了一个不能吃某种东西的怪病，这种病就是一个弹坑，你应该不会再得另一种了，放心吧！”

汪汪又眨眨眼睛说：“我已经得了两种了呀。”

现在我们知道，高中生的统计学水平很一般，且常常牵强附会，他想表达的根本不是弹坑效应，弹坑效应必须取决于主观意志。他要表达的更贴近于墨菲成功定律的某种反向应用。但这有什么意义呢？人家两个人还是开开心心地在一起，一个觉得自己很屌，一个觉得男朋友屌爆了。唯一的问题是两个人在一起既不能吃糖也不能吃虾。但是其实只要我们冷静回想一下就会发现，高中生谈恋爱跟我们成年人完全不同，没什么机会整天黏在一起，吃了这顿想下顿。他们的恋爱过程基本上就是一起写写作业什么的。

与常见的校园恋爱文学结局不同，两人并没有因为高三毕业而分手，因为男朋友太踟，想考什么学校就考什么学校。他说，你随便报吧，我跟你报一个学校就行了。为了保险起见，两人都没报第二志愿，要么同生，要么同死。结果当然是同生了。

大一入学体检的时候，第一项检查的大夫问汪汪：最近有没有什么觉得不舒服的地方？这主要是为了快速找到检查重点。汪汪举起手来说：我手指头尖疼。又抬起脚来，用手指着说：我脚指头尖发麻。大夫皱了皱眉头，问她有没有心脏方面的问题，答说没有。大夫说，那你需要看一下尿酸。汪汪急道：早上不让喝水，现在没尿。大夫气得七窍生烟，怒道：不是查尿！是查血。

结果一查血，尿酸超标，有临床症状，转到人民医院复诊，确诊为痛风。汪汪大惊道："痛风！这不是老太太得的病吗！"接着她脑袋又凉快下来，自言自语道："也没什么奇怪的，哮喘和糖尿病也是老太太得的病，我八九岁就得了。"

然后她不等大夫开言，就做出一副经验丰富的表情说：

"大夫，我就问一件事，痛风这个病……"

"当然能治。"大夫打断她说。

"不是，咳。我不是问您这个！我是想问，痛风这个病，忌口吗？有什么不能吃的吗？"

大夫把表情藏在眼镜片的反光里，不敢看这个真诚的吃货的眼神。

众所周知，痛风乃忌口之王。得了痛风，你首先该问的不是不能吃什么，而是有什么还能吃。

大致说来，痛风不能吃的有：豆制品、肥肉、大部分鱼类、海鲜；各种酸性食物及饮品（如食醋）；动物内脏；菠菜等部分蔬菜；茶、酒、咖啡；花生、腰果、芝麻（芝麻酱）等。

拿吃面食来打个比方吧，如果一个人得了痛风，那么他吃饺子不能吃三鲜的，不能蘸醋；如果他吃面条，夏天不能吃麻酱面，冬天要吃炸酱面，不能吃肉丁儿干炸，面码儿不能搁黄豆。早上起来吃早点，不能喝豆浆，甜咸都不行。豆汁儿焦圈儿就别琢磨了。一应小吃，诸如卤煮灌肠、炒肝爆肚，全都报废。基本上，她已经不能再做一个活生生的北京姑娘了。

这么一想，痛风这个病不是给北京人设计的吗？

汪汪姑娘，爱吃的汪汪姑娘，好不容易接受了咸豆浆的汪汪姑娘，打算吃一辈子炸酱面的汪汪姑娘，想要把虾奉为主神的汪汪姑娘，有哮喘和糖尿病的汪汪姑娘，现在得了痛风。

当天晚上，她和男朋友一起吃晚饭，琢磨了很久应该吃什么。他们起先找了一家素菜馆，进去一看，是做仿膳的，能把素的做成荤的。后来没吃这个，倒不是因为贵，而是几乎所有的菜品都是用豆制品做，痛风不能吃豆制品。然后他们想去吃烤串，但一想，羊肉不能吃，难道烤耗子肉吃吗？何况烤海鲜也不能吃，腰子一类的内脏也不能吃。好不容易熬到成年了，却不能喝啤酒！这叫什么世界？想到这里，汪汪姑娘精神崩溃，蹲在路边哭了起来。

男朋友见了，十分难受，但脑内知识有限，解决不了痛风应该吃什么的问题。其实两人可以去吃个比萨什么的，普通的肉蛋奶还是可以吃的，西餐是痛风患者的好朋友。但他们太年轻，又太穷，知识和钱包都很贫瘠，面对重挫，险些一蹶不振。

汪汪问男朋友，说好的弹坑呢？

男朋友说，你知道范弗里特吗？

汪汪说，不知道。

男朋友说，那算了。

哭了多时，汪汪突然霍然站起，喝道：“靠！还让不让人活了！干脆放弃治疗吧！”男朋友听了，没有制止，也没有赞同，面无表情。汪汪仰起头，两拳竖在脸侧，眼泪汪汪地看着他。

俄顷，男朋友说：

“就一顿。”

“好嘞！走着！吃啥？”汪汪跳了起来。

这是一个坏主意。事实证明，放弃治疗永远不像文艺片里描述的那么美好。既然这是一个真实的故事，我们就得按事实去还原它。那天晚上，两人去吃了一顿自助餐，具体吃了什么，汪汪姑娘没有讲，但我们可以从后果分析出个大概。人们常说，吃自助餐的高级水平，是扶着墙进、扶着墙出；而至高无上的境界，则是扶着墙进、担架抬出。果然，伟大的吃货们吃出了至高无上的境界，他们中的一个被担架抬了出去。

多年以后，在汪汪姑娘的病榻前，男朋友问她：“那天晚上你哭着说的那句话，我没听懂，到底是什么？”

汪汪又哭了，她给男朋友把那句话翻译了一遍之后，男朋友也哭了。

没多久，汪汪就去世了。这些私房话，当然是她男朋友讲的了。大概是要料理些留在公司的遗物之类的，男朋友跟她的领导总算相识了一番，两个大男人喝了顿酒，抱头痛哭了一番，这种情景我不想讲。现在该讲讲汪汪去世前的事。

汪汪毕业后上了三年的班，过得十分凄惨可怜，但她自己却不在乎。她以前无论得什么病，总能找到一样吃的，能支持她活下去。这是一种博爱的吃货，现在已经很少见了。如今标榜自己是吃货的人，大多都是些装样子的货，他们主要吃的是情怀。像猪肉大葱包子、小米儿粥就咸菜丝这种美味，他们享受不来，因为这种东西无论用什么滤镜拍，也拍不出好看的糖水片。他们只想吃卖相精致、环境幽雅、背后有故事、老板最好是gay的馆子，令人十分无语。我想，应该把他们一个个脑揪于地，掼至汪汪姑娘的坟前，喝道：“跪下，给祖师奶奶磕头！”可是这有些过界了，因为人抱着什么目的去吃，是人家自己的事。你永远叫不醒一个装睡的人，拆不穿一个装×的人，也救不活一个作死的人。

这些已经扯太远了，一扯这些我就很生气。回头说咱们的书。等到得了痛风之后，汪汪姑娘基本上找不到什么能吃且好吃的东西了。她还是很乐观，过得挺高兴，因为她能从一切可以吃的东西里发现美，发现爱，发现精神力量，让她不自暴自弃。如果你要问，为什么得了痛风就要自暴自弃？天下有那么多痛风的人哪。我就要当一回人民教师，教育教育你说：“你得同时得哮喘、I型糖尿病和痛风，还得是一个伟大的吃货，才能提这个问题。”

后来这几年，汪汪基本上靠喝粥和吃蔬菜度日，有时候吃些西餐，就算改善生活。一般的痛风食谱还不适合她这种复杂的情况。有趣的是，在什么都不让吃的日子里，她发明了一种精神胜利法。她在饭口时喜欢走在大街小巷上，闻饭馆酒肆里传出来的味儿。站在一家馆子门口，听得帘子里刀勺一响，刺啦一声颠起勺来，汪汪姑娘就闭上眼睛，仰起脖子，仔细分辨。

“腰花儿。唉，好些年没吃了！火还行，料也新鲜。就是收拾得不太干净，差点意思。”

说完，摇摇头走了，去下一家接着闻。

她的同事见了，都说她得了神经病，因为这里面已经有些玄学的味道了。这就跟网上说的那种hi-fi爱好者能听出来所用电能是风力还是火力发电一样，玄乎其玄，我也不乐意相信。但是这是一种对“吃”这件事最朴实、最真挚、最执着、最无奈、最深的爱，我信这个。

闻了没几年，她又查出了大毛病。这几年她没有参加体检，因为她觉得不体检没事，一体检就倒霉。事实确实也差不多是这个样子。

躲了三年，最终被男朋友抓去体检了一回，因为他发现汪汪姑娘吃东西的时候总打嗝，有时候咽不下去，就会在饭桌上发起呆来。你想想，她都沦落到喝粥、吃白灼青菜了，还有什么难咽的？男朋友觉得不对劲，就拉着她去检查。

食道癌。

有关食道癌的事情我不想多讲，我爷爷就是食道癌没的；这样会让故事有一点不完整，希望读者原谅。反正你们也不指着看这个过瘾，这是个挺惨的事儿。得了食道癌的人，吃喝难以下咽，时常呕吐，有时吐血。因为营养不良，人会快速消瘦，接着发生转移，手术也很难切干净。现在食道癌和胃癌的患者平均年龄越来越小，跟生活环境、抽烟喝酒、加班熬夜、饮食卫生都有关系。有人说吃烫的东西容易得食道癌，我比较相信，因为我爷爷就酷爱吃烫的。我奶奶活着的时候卖过凉粉，可能有的人没见过凉粉是怎么做的——刚出锅的时候是半液态的，一大锅热凉粉。听过马志明、黄族民那段《对春联》就会知道这个：上联“小老鼠偷吃热凉粉”；下联“短长虫盘绕矮高粱”。我爷爷见着出锅的热凉粉，就得烫烫儿地来一碗，久而久之就落下了病，有这个可能性。

汪汪姑娘的病来得很快，没多久就住院，几个月就没了。我不愿意讲她死的事，这件事在游戏圈当时还挺出名的，不少人都知道。他们不知道的有两件事。一件是汪汪姑娘原先那个土气十足的网名的来历，另一件是她在病床上给男朋友翻译的那句话；这两件事我都摸清楚了，现在要讲一讲。先说第一件事。

她的领导给我讲这件事时，我曾经问过他：“这孩子的网名是谁给起的，到底什么意思？”他反问我：“谁的网名不土啊，现在大家都说不出自己当年为什么要用那么个网名。”后来我读了些古典文学，自以为懂了些文字，扬扬得意地去跟她领导聊天，说我知道了汪汪姑娘那个“缘枉衾衫”的意思。我说，衾者，被子也；衫者，衣服也；枉，徒然，空，白，枉然，枉自。唐·崔道融《读杜紫微集》：“还有枉抛心力处，多于五柳赋闲情。”所以，结合起来就是说，缘分虽然有，但是只到脱衣上床的份儿，其他一切皆是枉然，不能白头偕老。汪汪姑娘的领导听了以后，打了一百多个字的哈哈哈，笑道：“你天天批判别人过度阐释，你自己这就是过度阐释你知道吗？我告诉你，缘枉衾衫是怎么来的。”缘枉衾衫，原来不是这四个字。原来的四个字是：“源网侵删”，他要求每个编辑都必须写在每一张引用的图片下面，防止侵权。解释起来，这四个字的意思就是：

“图片源自网络，如有侵权，立即删除。”

这太令人失望了。

另一件事是这样的。在那个放弃治疗的晚上，秋风正凉，落叶成行，汪汪姑娘和男朋友两个人走在放弃治疗的路上，终于下定决心：“去他妈的，吃一顿好的再说！”于是他们去吃了自助餐。在这顿饭里，不知道吃了什么不得了的东西，汪汪姑娘的男朋友突然急性过敏，在短短的几秒钟之内，全身起满了恐怖的红色大包，接着发起癫痫来，口吐白沫，从椅子上重重摔倒，人事不省，被救护车抬走了。

汪汪姑娘跟着救护车来到医院，守了好久，男朋友悠悠转醒，身上插着无数根管子，往身体里打药和盐水。汪汪姑娘看男朋友醒了，立刻哭了起来，就跟有人在背后捅了她的开关一样。

“我以后再也不吃了，”她说，“我什么都不吃了。”

这句话还算说得清楚的，因为她才刚刚开始哭。接着她哭上了瘾，号啕大哭起来，嘴撇成一截香蕉形，哇哇地边哭边说：

“我呜昂咿啊哦哦哦。”

这句话，别说是男朋友了，就是她亲妈来了，估计也听不懂。

很多年后，在汪汪姑娘就要离开她深爱着却又放弃了的这个充满美食与不幸的世界时，男朋友想起这句话来，探身到她耳畔问她：

“那天晚上你哭着说的那句话，我没听懂，到底是什么？”

我估计，这个问题他问过很多次了，所以汪汪姑娘才能准确地知道他问的是哪句话。她想了想，眼角流下泪来，顺着脸蛋滑到枕头上。她已经没有力气号啕大哭了。

“我是想说，”她张开嘴唇，轻轻吐着气，“我不想让你难受。”

三太子

有一次我跟几个朋友讨论游泳这件事。实际上是他们挑起来的。因为我是个旱鸭子，他们总喜欢挑起这种事端，让我恼羞成怒，然后他们好在大笑一番之后两手一摊说“Why so serious”，简直令人发指。结果那次话题走向了奇妙的方向。我的朋友都会游泳，他们坚称游泳是一项有用的技能，关键时刻能救人性命，最不济也能保全自己性命。我一开始忍住没提，但话题总在“救人性命”和“保住自己性命”上打转，到最后我再也绕不开，说出了那个在朋友间早已达成默契避而不谈的名字。

我问他们：“三太子水性比你们都好吧？最后还不是——”话题就此打住，大家默默喝起酒来。我知道在场的人没有把三太子理解成哪吒的。三太子是我们都认识的人。你不能因为认识的人死了就说不认识他。

我认识三太子的时候，他就在水里。他死的时候也在水里，不过我没见着，因为我们实际上并不是特别熟。如果我跟他熟，我可以跟他分享一半我的智商，也许他就不会死了。关于他死的原因，还需要一些篇幅才会讲到。我先讲讲他活着的时候干的蠢事。他干的蠢事不多，不过含金量很高，我从认识他时开始讲，应该很快就会讲完了。

初中毕业的时候，我爸为了让我放松，给我安排了一次艰苦卓绝的内蒙古忆苦思甜之旅。为了放松而忆苦思甜这种事，让我觉得我后来学法律时逻辑课只得了61分一定跟遗传有关。那是一次沙漠与戈壁之旅，交通工具只有拖拉机，十天里只洗了两次澡，每顿都只有肉。唯一不是肉的食物就是土豆。我问我爸：“说好的胡杨林和大草原呢？”我爸说：“明天带你去。”第二天，我们来到了一片芦苇荡。他就是这么个逻辑水平。

当地人称那种水塘为“海子”，在那一带也分东海西海、前海后海，只缺个什刹海就能勾起我的思乡之情了。海里的水黑漆漆的，但是显然并不脏；蒲草东一丛西一丛地蹿出来，高举着金黄的蒲棒。几个光脊梁的小伙子游来游去地掰蒲棒，三太子就在其中，手举着一大把蒲棒，游得酣畅自如，十分引人注目。我一看大惊，心说这孩子是野人吗？这是因为三太子留着一条马尾辫。三太子跟我年纪差不多，在当时那个年纪上能留这么长的头发，只能判断为不是没爹就是没娘，否则狗腿早被打断了，还游什么泳呢。

同行的小伙伴们发一声喊，甩掉衣服下水去摘蒲棒了。也不知道蒲棒哪有那么大的魅力。大概是生殖崇拜的一种。我不会游泳，只好坐在岸边看他们游。下水的人一多，三太子更显眼了，在他面前，其他孩子的动作都像在演戏，在强作镇定，在垂死挣扎，只有他圆转随心，进退自如，好像周围的水都听他调遣，托着他，捧着他，让他怎么玩怎么闹都不会掉下去。他游泳游得比我走路都熟练，似乎他生下来之后的每天都是在水里过的。真令人沮丧。那是我第一次看见三太子游泳。

中午吃饭时，我发现那孩子跟我们坐在同一桌了。我还跟人家假客气，说什么初来贵宝地，还请多包涵之类的，那孩子一乐，一口北京话：“什么他妈贵宝地啊，我也北京来的！”说完龇出一口白牙乐起来。他的北京话有一种奇怪的口音。这事是这样的：我们在此处等我爸的几个兵团战友集合，他们比我们早几天到，三太子的爸爸就在其中，是个秃头。三太子给我指了以后，我很想笑，因为我觉得他一定是为了实现自己的梦想才让三太子留长头发的。但我天生不会笑，场面十分尴尬。

那一趟内蒙古之行，认识了几个年纪相当的朋友，但后来的聚会中三太子并不经常出现。如果他总是出现，反而显得他不那么酷了，当年我们几个都是这么想的。真实的原因是他们家太远了。那时候房价还没有把人逼得都去六环外买房，他们家就已经住郊区了，不通公共汽车，进城得坐火车。他们家在一个水库边上。我们对他的印象就是：梳辫子，擅泳。

有一次我突发奇想，问我爸：“为什么×××可以梳辫子啊，学校不管吗？”（那时候我还不知道三太子这个称号。）我这么问纯属好奇，并非讨厌男生梳辫子，相反我还觉得挺帅的，因为我看过圣斗士星矢。我爸说：“因为他们那儿是郊区，而他爸是黑社会，没人敢惹。”我当时对黑社会这个词没什么概念，换作现在，我就是不会笑也要大笑三声。当时我说：“他爸看起来挺和蔼的啊，好像还挺尊重你的。”我爸若无其事地道：“那是因为我插队的时候经常揍他。”真是令人肃然起敬。

暑假里，我爸带我去钓鱼，内蒙古认识的几个朋友也都随家长去了。其实就是三太子一家在当地摆阔招待我们。事实证明，其势力之大，资本之雄厚，确实足够吸引我爸这帮穷朋友去一趟了。三太子兄弟三人，他排行老三，但最是成熟通达，跟我们又认识，由他负责招待我们。所谓招待，就是把我们领出去玩，别耽误老爷子们喝酒，然后，别淹死。

他家就在水库边不远。水库不大，中间有几座小土山，九曲八弯的，岸边全是泥，往上松林密排，景色不很好看。时值盛夏，哥儿几个到了水边，说说笑笑地就把衣服脱了，搞得我十分紧张，好像他们要把我怎么样似的。结果根本没人搭理我，几尾大鱼一般扑通扑通都跳进水里去了。过了一会儿，几个人游得无聊，就冲我喊："小飞轮儿，你也不会游，给我们计时吧，我们比赛！"我说："去你妈的。"但我还是摘下了电子表。

我骂他们是有原因的。肯定不是因为他们嘲笑我不会游泳，而是他们竟然想要跟三太子比赛游泳。不过那个年纪的男孩子大概什么都想比一比，连撒尿都要比谁尿得远。我听说还有人比过放屁的时候用打火机点着了喷的火舌长短，总之大部分比赛内容都跟屎尿屁有关，游泳算是最健康的了。我看一眼表看一眼水面，不住地叨叨念念，低声咒骂："你们游得差十几米，计什么时呀！"说话间三太子已经以悍勇之姿乘风破浪，到了桥墩附近。那是一座残桥，十分诡异，按照其断处的延伸方向，至少得修几百米才能跨过水面。断桥伸进水面一百来米，往下探出几个颤巍巍的桥墩，最远的一个看起来吃水很深，估计那里已经能淹死人了。三太子像一尾剑鱼（我并未见过活的剑鱼），拖着笔直的航迹切开深蓝的水面，两臂交替划起浪花，冲向桥墩，我忍不住喊了一声："飞鱼转身！"但是没有人理我。

当时的局面很明显：第一，三太子遥遥领先，比赛没有悬念；第二，没有人理我并不是因为他们没看过《绿水英雄》，而是他们发现落在最后的一个人不见了。这件事说来真令人羞耻，站在岸边的我都没有发现，背对着他的其他人却发现了。我从小就只能注意到移动中的物体，所以当那小子沉底之后就从我的视野里消失了。几个人齐声发喊，转身往回扑腾，其中水性好的吸一口气沉下水去，不过很快又浮上来了，估计是因为水下什么也看不见。此时，我脑海中浮现出很多民间传说，比如，溺死的姑娘头发化作水草专门缠人的脚腕子之类的，忽然听到有人冲我喊："小飞轮儿，你个傻×，叫你爸去！"但是我刚一愣神的工夫，就看见三太子从最远端劈波斩浪地游了回来。我的眼睛一下子给了一个爆炸式变焦，眼珠子都快掉出来了，因为他游得实在太猛了，相比之下电视上看到的那些姿势优美节奏匀称的运动员都像在拍广告片。他的双臂划得极快，拖的水线极长，而且几乎不换气，令人联想到某种在纪录片里看到的高科技潜水艇。游到切近，三太子往上一仰头，身子跃出水面一大半，猛地一甩脑后的马尾，逆着阳光甩出一道正圆形的珠链。这个动作在我眼里至少停留了三秒钟，接着一切恢复了正常速度，三太子一猛子扎进水里，不见了。

那个时候学到的课文里，常常这样形容这种时刻："那三十秒钟就像三年一样长……"但是并没有。实际感受上的三十秒后，三太子从围成一圈的哥儿几个中间破水而出，胳膊底下夹着溺水的那个倒霉蛋游上岸来。他让我蹲在地上，把那小子扣在我背上控水。我也不知道这是否科学，但我产生了一种奇妙的错觉：我比起那几个会游泳却没救上人来的，还有点用。

在我以千年王八的姿态工作时，那几个湿漉漉的家伙七嘴八舌地给我讲水中救人的方法和注意事项，怎样防止溺水，如何在水面上凭空扎猛子，等等，简直莫名其妙。而三太子则坐在一块石头上，解开辫子晒太阳，一语不发。现在回想起来，在那一刻，三太子把自己的技能树点歪了。[1]他在那个下午的阳光里，突然觉得游泳没什么意思，因为他在这个领域已经登峰造极了；同时，他发现了在水里可以干的另外一件伟大的事。按照正常的剧情设计，他发现的这件事理应是“救人”。从此，住在水边的他踏上了救人之路，最后经过艰苦卓绝的训练成了一名专业的海滨救援队队员，镜头拉远，三太子奔向了大海，黑屏，演职人员名单出现。这个剧情还可以从一个黑社会的儿子改恶向善的角度去挖掘思想深度，可惜观众并不喜欢看这个，现实也不是这样的。

现实是，三太子发现了自己的另一项潜能：潜水。当然，按照现实的剧本，他会死在这上面，这马上就要讲到了。关于这个推断，证据是这样的：三太子晒了一会儿太阳，慢慢回过头来，问我：“刚才我下去了多长时间？”我答说半分钟左右。他皱着眉头，也不看我，也不看其他人，自顾自地说道：“你们知道这傻×沉下去多深吗？”说完，若有所思地走开了。

有关三太子的死，他爸爸有个著名的浑蛋推论：如果他救的那个人，最后没救上来，死了，他就会在监狱里待上半辈子，而不是六个月。这样他就会错过死亡。像这种浑蛋推论，黑社会常常能面不改色地说出来，他还说过更浑蛋的。可见，浑蛋的儿子不一定浑蛋。我是在他家办白事[2]的时候听见这句话的，可笑的是当时我还不知道三太子救了人却进了监狱那档子事，这足以证明我不够朋友，但我却作为朋友来随份子。随了250，我记得。

---

① 技能树：网游术语，决定一个玩家所学技能的主要方向。

② 白事：即丧事。

既然花了这么多钱，我觉得我必须得弄明白这里面的戏剧冲突：救了人怎么会进监狱？此时我已经快拿到法学学士学位了，但还是理解不了这种事。关键在于，他爸爸描述得实在太宽泛了。我一开始以为他说的是在水库比赛时救人的那一次，后来又以为是他死的那一次，但这两次都说不通。后来我才知道是我不知道的那一次。我在灵棚坐了一会儿，进来一个大爷，拿着两根烟，在插香的碗里插上一根，说了声："我陪三儿坐一会儿吧！"就坐下了。我凑上前去给点上烟，长吁短叹了一会儿，很快就聊了起来。白事上的人都有很强的倾吐欲望，所以我没费什么事就弄明白这个戏剧冲突了。

说起这事儿得翻一段倒笔书。要翻进监狱的事儿，得先翻到三太子发现了潜水这件危险而有乐趣的事开始。当然，很快就会翻到他死了，虽然没有人想让他死，但事情就是进展得这么快，前后也没有几年。水库救人那次，我们已经上高中了，而他死时我还在念大学。就这么几年。

那次深水救人之后，三太子迷上了潜水。一开始他并不知道自己这叫潜水，他觉得就是扎猛子。后来他渐渐发现他所描述的扎猛子跟常常一起游水库的朋友说的不是一回事，他们都是一猛子扎下去，看有多深。要证明也很简单，游到桥墩子，往下一扎，扎到深处开始往上浮之前，报一个桥墩子上的刻度就行了。后来三太子抗议道，这个方法不好，一来全凭自觉，太容易作弊；二来水下视物的本事各人高下不同，这不应该成为扎猛子深度的干扰因素。他想了个麻烦一点的办法：找条长绳子，均匀地打上几十个结，每个结上拴个矿泉水瓶子，瓶子里装着写有数字的纸团。绳子末端垂上大石悬下水去，扎猛子的人游到力所能及之最深处，摘下一个瓶子，回来看数字就知道扎得多深了。这个方法听起来不错，挺科学，但此法一出，没人陪他玩了，他到死也不知道是为什么。

孤独的三太子开始自己跟绳子玩。开始有人比赛的时候，大伙凑钱弄个皮划艇，划到桥墩子附近，从上面往下扎，比较方便安全。这些人不玩了之后，三太子自己弄了条皮划艇。其实所谓的皮划艇就是一条巨大的拖拉机内胎，充好气后用两道绳子中间一捆，作长圆形。老百姓的智慧是无穷的，尤其是在玩儿上。后来我有了车之后，发现汽车是没有内胎的！拖拉机怎么会有？千古之谜。

自己玩了几天瓶子之后，三太子突然又醒悟了，既然是自己玩，我证明给谁看呀，我又不是水下看不见东西？一赌气，绳子跟皮划艇都不玩了。他发明了新玩意：走到残桥末端，从上面往水里扔个东西，然后直接扎猛子下去，到水底找这个东西。他大概觉得刺激极了，乐此不疲，整个夏天都扑通扑通地往水里扎。残桥的深度不够了，他就往远处扔，然后扎下去往深处游，越游越远。他开始扔越来越小的东西，憋越来越长的气，他能憋多久的气，已不可考，反正匪夷所思，据说到后来已经可以抱着石头在水底走路。

水里不光有他扔的东西，还有别人扔的。他捞着的小到戒指，大到自行车，花样繁多，品种丰富。再一次捞到活人，是某年秋天的事。十一还是中秋？总之是一个假期，这个偏远的小水库人突然多了起来，水库四周的农家院生意好得不得了。水库上没什么景致，除了在密松林里踩踩烂泥，在沙滩上捡几个象征着血吸虫病的钉螺，就只能在残桥上逛逛了。残桥上有很多人钓鱼，桥面本来就不宽，所以能出这事谁也没想到。一个姑娘，也不知道是怎么想的，骑着自行车上了残桥，越骑越快，势若奔马，长长的头发迎风飘摆，到得桥头，更不刹车，也没有出现想象中在空中飞翔一段时间的镜头，直接一跟头栽了下去，扑通一声没了踪影。大概是手脚绊在了车上，连扑腾都没扑腾。残桥上钓鱼的有不少是本地爷们儿，只见他们先是愣了1.5秒，然后就像事先开过会似的，拥到桥的一侧，冲着水面儿大喊：“三——太——子——”场面蔚为壮观，现场的围观群众一定觉得马上就有一名三头六臂的少年脚踩风火轮赶到了。

每年的这个时候，对三太子来说是最麻烦的。靠近残桥的地方，人多，垃圾多，鱼钩多，几乎无法靠近。玩不了潜水，只好在附近游游泳解解闷，反正他不爱在岸上待着。他正在水面儿上甩他的大马尾辫，听见残桥那边发喊，也不犹豫，更不多言，转身就往桥边游。桥上的大爷们还互相指挥哪：“收竿儿，收竿儿！别钩着孩子！”这时间里，三太子赶到了，浮起上身抹了把脸上的水，抬头看了看。大爷们大呼小叫指着同一个地方，其间还夹杂着几个婶子大娘哭的嚷的，热闹非凡。三太子认准了地方，一个猛子扎下去。多半也是觉得水底下比较清静。

水面上一时间无比安静，大爷大妈都不出声了。算算时间，从姑娘骑车落水，到三太子闻讯游到事发地点，下水找人，工夫可不小了。安静了没多会儿，大娘们渐渐议论起来，议论又渐渐变成了吵嚷，吵嚷最后演变成了号啕大哭。残桥上开上来一辆面包车，下来两个小伙子，其中一个说是姑娘的男朋友，两人在松林里也不知道谈些什么，谈崩了。姑娘性格刚烈，丢下一句“不活了”，骑着车就跑了。小伙子以为是气话，也没有追，谁知道出了这么大事。这段狗血剧情，是我照着后来找到的新闻默写下来的，差不多一个意思，因为这种剧情让谁写都是一个味儿，欧·亨利也救不了它。

不多时，伴着一声轰雷般的欢呼，三太子从一朵灿烂的水莲花中跃起，用力甩了甩头发，然后拖着姑娘向岸边游去。到此为止，本来是一个虽然烂但是皆大欢喜的故事。结果面包车载着小伙子和婶子大娘赶来，改变了这个结局。小伙子下了车，抱起姑娘就大哭起来，众人苦劝不得，三太子起了性子，一掌切在他脖子后面，把他放倒了，这才能对姑娘施救。等姑娘缓醒过来，小伙子也醒了，抱着姑娘又是一顿大哭，把姑娘哭得如坠云里雾里。小伙子哭罢多时，抱起姑娘上了面包车，扬长而去，因为动作太连贯，围观群众都没有反应过来，连三太子都愣了。他知道对方逢此大噩，心绪烦乱，并没有指望他们有多热情，但也没想到有这么不热情。他甩甩辫子，准备回去玩水，结果一个大妈揪住他，说了一句话，在水库一带传为美谈，本地人至今都津津乐道。

大妈说："小伙子，你下去没瞧见我们家自行车儿啊？"

据知情人回忆，当时三太子一甩胳膊，往地上吐了口痰，啐道："妈的，我他妈再救人，我就不姓李。"据此回忆，我才想起来三太子姓李。其实这是理所当然的，因为他爸爸就姓李，我爸管他叫小李子。如此一想，三太子的存在感实在不怎么强，除了擅游泳、会潜水之外，连姓都被人忽略了。吃饭的时候，我跟朋友提起这事，朋友摇头说，总比他家大太子、二太子存在感强点。我一想也是，大家都是普通人，只是在普普通通和特别普通之间有一点根本不重要的差距罢了。

三太子发下毒誓不再救人，没半年就破了。有个电影里有句台词是这么说的："男人为什么要发誓？因为誓言就是用来打破的。"诚哉斯言。这是第二年开春的事，冰刚化没多久，捕鱼捞虾的歇船挂网，冰面上也承不住冰钓的那么个时候。三太子交了个女朋友。这女孩家也是当地一股势力，跟李家可谓门当户对。三太子其时已经高中毕业，没考大学，准备跟两个哥哥一起继承他们家那些所谓的生意了，至于是什么生意，我等良民不得而知。那时候正值世纪之交，水库边上的人过着“清早起来撒渔网，晚上回来鱼满舱”的生活，嘴里却在聊着千年虫什么的，总之是一个奇怪的时代。在这个时代，北京的郊区涌入了大量人口，有外来的，也有北京本地到郊区置业的。每个村子里都住进了外地人，当地的人看不惯他们的作风习性，或是产生什么利益冲突，时常发生矛盾。我听过很多这种故事，它们有一个共同点：闹事的人不知死活。有句话叫“强龙不压地头蛇”，没听过吗？但总是有不知死活的外来势力企图与本地势力抗衡，引起不必要的冲突。在这个大环境下，三太子的女朋友遭了殃。

出事的时候，三太子由于没水可游，正揣着袖在屋里守着土暖气听评书，突然外面大呼小叫起来。穿上鞋出去一看，几个大妈正以难以言表的尖锐声音和激动的神情手舞足蹈地对李家大哥二哥说明情况。三太子听了一秒钟，就从那一团混沌的噪声中，清晰明确地听到了三个字：小茹子。他两步冲到近前，拨开大哥二哥，用食指依次指着大妈们的鼻子，命令道：“你，你，你，你，闭嘴！你说。”这么一来，就只剩一个人说了。这些大妈训练有素，让说就说，不让说就不说，这对大妈来说是很难的。在北方郊区，大妈充当着许多重要角色，诸如探马蓝旗之类。那个大妈咽了咽口水，一字一句地说：小茹子早起（早上）出门儿，就载（在）家门口儿，让人逮走了！

三太子听完，多少愣了一会儿，然后猛一抬头，双手伸到脑后拢了拢头发，把辫子重新扎紧了一些。接着他说：“大哥，给小茹子她爸打电话，问问他们往哪边找去了。二哥，叫老胡、大邓开车，一个车往东一个车往西，沿岸扫树林子。”说完冲出屋去。未几，又回过头对两位目瞪口呆的哥哥喊道：“别报警！”

那是一个我没有经历过的大场面，棋盘是整个水库，棋子是两个地方势力的皮卡、摩托车和步兵。我只经历过这种民间搜捕的街心花园微缩版。就微缩版而言，搜到人是早晚的事，我自己就被搜到过，因为我跑到楼道里去了，我从窗户往外看，眼瞅着人家带着人一个单元一个单元、一层一层挨着搜过来，那种绝望很值得一说，以后有时间再慢慢细说。简单说，就是只能指望搜到你的是这伙人里最弱的，你还能作困兽斗。而水库边这场大搜捕里，犯罪分子最后被他应该最不希望看到的人搜到了。可惜他是前面所说的那种不知死活的人，他跟小茹子家结了梁子，就敢对小茹子动手，大概想借此在水库开山立柜，没想到小茹子家人没找着他，却让三太子带着一队摩托车手，在树林边找着了。他可能连三太子是干吗的都不知道。

这个结果其实一点都不传奇，乃是情理之中。因为三太子带的队伍是摩托车队，机动能力强，能够穿行于树林之中，而皮卡只能在道上往树林里窥探。早春二月，树林里多是耐不住寂寞的男女，看见一对就得停一次车，打了好些鸳鸯，也没找着小茹子。三太子赶到时，四个人高马大的秃瓢正在跟小茹子谈判，小茹子坐在一辆小面包车敞开的车门里，哭得梨花带雨，头发散乱，衣衫不整，三太子一看就红了眼，骑着车奔那几个人就撞过去了。

后来我问本地人，三太子是不是特别能打？因为他看上去肌肉发达，动作敏捷，是个不好惹的主儿。当地人答说没怎么看见过三太子打架，因为他不自己动手。他总是带着远超必要限度的人，打完之后，往往还要落井下石。他的落井下石比一般人要更名副其实一些，至于是怎样的落井下石，慢慢就会说到了。那四个秃子被十几辆摩托车轰鸣着绕圈一围，甩了一身泥，气焰先自消去大半。三太子带的队伍有个坏毛病，喜欢冲人吐痰，他大概觉得这种动作兼有侮辱和威吓性质，能够起到不战而屈人之兵的作用。吐完痰，摩托车围住四个秃瓢，三太子下了车，走到小茹子面前。他弯下腰，只做了一个动作：

拢了拢她脸上的头发。接着他大吼道："谁说了算？"

由于没有一个秃子承认自己说了算，一行人就把被三太子一车头撞倒的那个扶起来，架到一辆车后座上，倒剪二臂带走了。一路上，三太子都没有说话，他的辫子迎着早春不太友善的寒风，像烈马的尾巴一般狂乱地在身后飞舞着。他顶着太阳，迎着风和沙子，眯着眼睛，抿着嘴，不说话。他们来到了残桥。

三太子一边偏腿儿下车，一边解下皮带，他的动作极慢，令人毛骨悚然。他把皮带对折起来，两头一抻，水面上就传出"啪——"的一声脆响。皮带上有一个钢扣，在20世纪70年代，这曾是一件万恶的凶器。三太子问秃子，是跟谁混的，秃子说是自己混，后脑勺立刻挨了一下子。又问，秃子口齿不清地解释说，刚来这片，带几个兄弟瞎混，于是又挨了一下子。之后的事，如果细节都写出来，这书估计就印不成了，因为我知道有很多青少年读者。到后来，三太子什么也没问出来，火更大了，干出了蠢事，这件事在很多页之前就已经提起过了。我们知道，吵架的时候，最撮火的事莫过于无论你怎样发飙，对方都没有反应。所以考虑到三太子的立场，干出这件蠢事也可以理解。这件蠢事是这样的：他把秃瓢手脚捆在摩托车上，让他往桥上骑。秃子不骑，他就给一皮带。这种事，我不知道当事人是怎么想的，如果是我，大概会选择在桥上被三太子抽死，因为它有一定的概率抽不死我。而手脚跟一辆几百公斤的车捆在一起掉进冰都还没化干净的水库，必死无疑。

三太子干这事的时候，随行的小兄弟们没有一个敢说话的，面面相觑，张口结舌。摩托车一寸一寸地往前挪，三太子一下一下地啪啪抻响皮带在后面催。最后，摩托车前轮离开了残桥，车往前一扎，从桥面上消失了。没有人听见摩托车的落水声，因为所有人的耳朵里都在嗡嗡作响。三太子自己大概也在琢磨：我杀人了？我这算杀人吗？这人到底是跟谁的？他把小茹子怎么了？想了良久，探身往前一看，水面上连泡都不冒了。

三太子开始脱衣服。

二月天——也有说是三月的——天气非常冷，人们还穿着皮夹克和棉袄。三太子若有所思地慢慢脱着衣服，脱着脱着，突然连跑几步，深深吸一口气，双脚一蹬桥面，腾空而起，大头朝下一猛子扎进水里。

后来三太子因为什么进的监狱，众说纷纭，没人说得清楚。我从专业角度分析，觉得哪个罪都不合适，要么不适用，要么不会判半年，所以我甚至怀疑最后进的是不是监狱。总之，三太子出来之后，第一句话就是："妈的，我他妈再救人，我就不姓李。"按说此时他已经应该不姓李了，但是他也许认为这次救的人是自己弄下水的，所以不算破誓。反正誓言就是用来打破的，再立一次也无妨。

三太子再一次破誓，也是最后一次。不过短短一两年，水库就像经历了一次工业革命。人们住进了楼房，换了新车，还上了网。唯一没变的是，那座残桥竟然没被拆掉。上网这种事情，年轻人学得很快，在别的年轻人还在如饥似渴地从网络上大肆获取非法出版物时，三太子却在补习他早该学到的知识。他知道了自己所热爱的那项运动原来叫"自由潜水"，不但有专业的方法和规则，还有国际组织和比赛。他觉得眼前打开了一个新世界，下半辈子都有事干了。这个剧本又有点像"三太子奔向了大海"的感觉了，可是现实硬生生地拗断了它。

很多人都以为他出来以后会远离残桥，不再下水，但是想错了。三太子像以往一样热爱着他的残桥，只不过他变得更冷静，更专业，更成熟了。他学会了利用口腔保存额外的空气，学会了使用安全绳和浮力袋，他甚至买了脚蹼、泳镜和头灯。他被剃成了光头，又留出了寸头，不再拖着帅气的马尾了（不过他的遗像上还是有辫子的）。他成了水库之王，不管水库怎样被过度开发，怎样被农家乐和烧烤店包围，周围建了多少巨大的电力风车和景观别墅，都没有人能跟他争夺水下那一块巨大的宝石。他像《猫与鼠》中的马克一样拥有整个水底世界，只要他想躲进这个世界，没有人能找到他。在这一两年里，也出现过几次落水者，但他真的不再救人了，他坐在岸边，或桥上，或浮在水里，看着救生艇掀起愚蠢的波浪，再把巨大的救生圈猛砸在溺水者的头上，而无动于衷。没有人因他而死，也没有人因他而生，直到他干了最后一件蠢事。

冬天里，他大哥得了一个闺女。转过年来，春暖花开，大哥大嫂推着孩子到水库边上晒太阳，三太子在桥上看见，就远远招呼他们上桥。作为当地的黑恶势力，这位大哥竟然给孩子使用一辆家传的双人四轮竹编儿童车。我小时候就是坐的这种车，三十年过去了，现在这种东西应该已经绝迹了才对。大哥为了让孩子坐得稳，对其进行了改装，比如，加装了安全带和可翻转的小桌板。可就这安全带要了两个人的命。

上桥以后，兄弟俩坐在桥边聊天。三太子点了一根烟，大嫂立刻抗议起来，说他不应该在孩子附近抽烟。三太子一撇嘴道："那你把她推远一点不就得了？"大嫂看看大哥，大哥不说话。大嫂骂了一句，推着孩子走了。没多久就听见一声尖叫、一声碰撞声和一声巨大的水声，两人回头一看，大嫂趴在桥面上，狂乱地惨叫着，手指着北边。三太子冲到桥边一看，水面掀起巨大的波纹，车和孩子踪迹不见。"车是竹子的，应该能浮——"大哥扶着大嫂，颤巍巍地说了一半，三太子已经踢掉拖鞋，腾身跃起。这是他的最后一跳。

但这不是大哥大嫂见他的最后一面。

最后一面是，几秒钟后他浮出水面，身子一起一伏地踏着水，用手抹了一把脸上的水，大声喊道：“×他妈的，没有啊！”说罢又一个猛子扎了下去。

三太子自己做过试验，能轻易摘走绳子上最接近水库底的瓶子。水库底是铺着水泥的平地这件事，很多人不知道，都是三太子告诉他们的。他能抱着石头在水库底下走好远好远。水质好的时候，他能在水里清楚地看清周围环境，找到戒指那么大小的东西。他能闭气很长时间，具体多长，他没有对家里人说过，但他引以为豪，非常自信。他死在了自信上。

灵棚里，那个给三太子点烟的大爷说：“李家这个大小子是个木头脑袋，媳妇是个半疯。是因为没了孩子以后疯的，还是原本就半疯才把车掉桥底下，谁也说不清，反正后来的几天，她一直念叨老三害死了孩子；要不是他招呼他们俩上桥，也不会有这种事，他是死有余辜。而老大则总是自言自语，竹子的为什么浮不起来呢？大概只有这个问题能够同时对闺女和弟弟的死表示尊重。也可能他只是一个阿基米德的脑残粉。总之，这两个人都没什么良心，被三太子救过的人，大多没什么良心。早知道是这样，就照自己说的办啊！不是说好了再也不救人了吗？傻×！”大爷说到此处，连着叹了好几口气。叹完气，把烟头往地上一扔，站起来走了。地上有十几个烟头。这时候三太子他爸爸来了，我扶着他在一旁坐下。他问我：“知道这老爷子谁吗？”我说：“不知道，三太子的朋友？”他说：“什么朋友，这老爷子差点成他老丈人，这是小茄子爹，你知道小茄子吗？”我点点头。老头不再说话了，转过头，抿着嘴，嘴唇有点哆嗦，默默地看着遗像。遗像上，三太子露着一嘴白牙傻笑着，左耳后面能看见那条辫子。说到这里，我还没有给三太子开脸儿[3]。三太子皮肤黝黑光滑，质感颇像鲨鱼。他的眼睛细长，是一双丹凤眼，也许这种眼睛在水下有优势，据说鱼眼儿高恒[4]就是这种眼。他有点塌鼻梁，嘴唇很薄，人中很长，牙齿很白。这些描述在一张遗像面前都无法更苍白了，因为只有人活着你才能有效地去描述他的五官相貌。除此之外，他留给人的印象就是那条辫子了。他爸看了一会儿遗像，结结巴巴地问我："你知道我为什么让他留辫子吗？"我摇摇头。老头叼上支烟，我给点上，他使劲吸了一口，半根儿没了。这家肺活量是祖传的。

"他小时候，他妈的，"老头哭了起来，"喜欢游泳，老扎猛子。有个辫子，就像多条胳膊，我老能抓住他，不让他沉底儿。"

③ 开脸儿：评书术语，某个角色第一次出场时的外貌描写。

④ 鱼眼儿高恒：传统评书《三侠剑》配角之一，善游泳，水下能视物。

乔帮主的是非观

此处所说的乔帮主不是丐帮的那个。乔帮主很年轻，估计比我小一些，住在一所大学的家属区里。没人知道他是做何营生的，只知道他经常吆五喝六地带着一伙一米九以上的光头，骑着挎斗摩托车出没在学校里，那摩托车的声音就像在嘲讽他们：秃秃秃秃秃秃，一共六个。但是乔帮主本人个子很矮，大概到我下巴，我们打球时常常正面对抗。跟乔帮主打球很危险，因为他动不动就要打人。他的是非观十分模糊。这是以前的事，后来他经历了一些其他事情之后，是非观翻来覆去地被扫射了一通，已经不知道变成什么样子了。还是先说说以前的事吧。

有一年夏天，球场上来了个矮子，卷发浓眉，鼻直口方，看上去不像坏人。我们一起打了一会儿，一个小子不知道跟他怎么起了冲突，动起手来。那个卷发打架非常凶狠，他的进攻方式是完全放弃防守，一味强攻猛打，拳脚相加；但动作大开大合，且一往直前，决不后退，很快就把对方逼到篮球架子底下了。那小子栽了个倒仰，卷发问他："服了吗？"北京人打架这点很烦人，最后非得问这么一句。你只要打过架就知道，问出这句来事情就完不了。果然，那小子起来又打了一阵，很快就又倒了。这次卷发没问他服不服，而是俯视着他，傲慢地说道："在这学校里还没人敢跟我动手呢。"挨打的那个货扑腾着站起来退了两步，把食指竖在嘴边，边说边挥出去指向一旁："那是别人儿！"这个动作一般是挨打的前兆。果然又挨打了，真是蠢死了。这时候来了几个秃子，动作很迟缓，呼哧带喘地跑了半天才到现场，连喊："帮主！帮主！别打别打别打，自己人。"

篮球场上打架有几个好处，一是不打脸，二是不记仇，大家都知道是因为玩儿打起来的。打完架通常继续打球。后来打球时，我把挨打的小子换到一边，我来盯那个帮主。打到天黑，大家都散了，剩下几个人在场边抽烟聊天。那位帮主见刚才打架的对手坐在我旁边，慢悠悠地走过来，递过两根烟。"打得不错。"他说。也不知道是说打球还是打架。那个挨揍的比帮主个子还矮，我印象很深，因为他经常打架。他打球的方式非常独特，带着一股流氓劲，而且经常传出力大无比、速度惊人、角度匪夷所思的球，跟他不熟的队友不适应这种传球方式，总被砸到脸，砸完就要揍他。这人站起来，伸出拳头，拳心朝下，说："我叫张凯，我也住这院儿，跟这哥儿几个都认识。"帮主跟他碰了一下拳头说："我叫马乔。"

这肯定是两人第一次见面。但是我记得没过多久，就常常看见这个张凯跟乔帮主一伙同进同出了。我当时想，这人不是姓马吗，怎么叫乔帮主？这种流氓地痞之间交上朋友，或反目成仇，一定都是迅雷不及掩耳。大概跟普通人吃过一顿饭就能算朋友一样，他们这个圈子打过一场架就能算朋友。果然，遵循着这个规律，我跟他们也成了朋友，因为在篮球场上动手打架是免不了的。一旦打起来，基本上认识不认识的只要当时是一拨儿的就得向着打，非常乱套。我跟他们一起打过两三回架，基本上都是跟外来的人打。乔帮主事后跟我说："你以后打架别瞎扔酒瓶子，多危险。"然后就叫上一大群人喝酒去了。我没去。

我本质上是个温和守法的好青年。所以我在他们的圈子里很边缘，一些事情都是道听途说。只有张凯跟我走得比较近，因为我们打球的位置相似，配合最多，而他那种瞎扔的传球方式在我身上最能奏效。到我毕业时，我俩的配合已经出神入化，外校来的人经常被吓个跟头，有时甚至怀疑我们作弊了。下面这些事情是熟了以后才知道的。比方说，张凯是高级知识分子家庭的孩子，这真是难以想象——他爸爸是教授，妈妈是中学老师。而他自己则是一个染着黄毛、衬衫扣子永远只系一颗的痞子。我有一次问他："你既不上班，又不上学，到底是什么情况？"他默默投篮不语。乔帮主搭话道："人家是要出国留学的。"我大惊："就你这德行还出国留学，你认得个六啊？"张凯劈手就把球甩过来，被我机智地躲过了。我又问："你去哪国？"答说土耳其。我乐道："我头回听说还能去土耳其留学。土耳其说哪国话啊？"张凯扑过来就要揍我，被乔帮主喝住了。

我起初还以为这事是扯淡的。结果没过几个月，张凯还真走了。送别仪式是在球场上举行的，打完最后一场球，他跟我们挨个碰拳，最后到乔帮主那儿，两人对视了半晌，在气氛变得无比暧昧的一刻，他说："帮主，我爸妈就拜托你多照应了。"乔帮主说："你爸妈就是我爸妈。"我又一次天真地以为这是某种场面话，因为我实在难以想象在球场上靠打架认识的朋友会走进家庭里，认识自己的父母，并在出国前将父母认真地托付给他。没有更靠谱的人可以托付了吗？后来我想了想，可能还真没有，乔帮主在学校的院墙里，很多方面还是说了算的。

接下来的事情进展得太快，有些细节我都没赶上，也没听说。一般来说按正常的剧情发展速度，不是应该拉一个飞机起飞的镜头，然后在淡出的同时给一个“半年以后”或“一年以后”的字幕吗？结果这件事在张凯走了没一个月就发生了：张凯的母亲急病发作，医院下了病危通知。这种事，我作为该圈子的边缘人，所知既少且晚，也没有参与，还是在球场上听人说的。虽说我一直没在球场上看见张凯，也并没有觉得奇怪。母亲病危这种时候就算回了国也不可能来打球。后来才知道，他压根就没回来。

乔帮主本人是这么讲的。说张凯的父亲给他打了个电话，严厉地禁止他回国，因为他刚刚在土耳其立住脚，这种时候不能请假，家里一切都有马乔照顾，不用担心。马乔当天晚上又给张凯打了个电话，说你赶紧回来，你爸说的都是扯淡，这么大的事你能不回来吗？可以想见，张凯处于进退两难之地，但这个决定按说也不难做。因为他母亲随时都可能没命不是吗？结果，最终他没回来，而他母亲一星期后去世了。

这回张凯回国了，这真是一个愚蠢透顶的选择。马乔那段时间情绪很不好，见谁打谁，有几次差点连我都打了。他说他觉得张凯这件事做得不对。我们宽慰他，孩子小不懂事，不敢不听他爸爸的话。乔帮主说：“你看丫像是听话的乖孩子吗？”我说：“换作是你，你怎么办？”乔帮主说：“不知道，我妈早死了。”

张凯办完丧事，歇了几天，也来球场上见过我们两回，但没打球。临走他又跟乔帮主托付了一番，还是那句话。严格来说，那句话稍微修改了一下：“我爸就交给你了。”妈没了，我们听了都觉得十分凄凉。乔帮主的表情转变了几次，显然他那个不大的脑仁儿正在激烈地运转着，分析这件事应该怎样应承。在他的是非观里，妈妈病危时不回来，等人都走了才露面儿，显然是大错特错的。但这毕竟是家务事。用“哥们儿”“兄弟”“瓷器”这些词来定义的人际关系中，应该干涉对方处理家务事的方法吗？按说不应该，但你要不就别托付给我呀！他肯定是这么想的，我就这么想。乔帮主说：“放心吧，你爸就是我爸。”我觉得他们大概做不成朋友了，这回真是场面话了。结果我他妈又错了。

后来发生的这件事，给张凯出了个大难题。这回他彻底蒙了，从头到尾就没出头，整个事情都是乔帮主料理的。乔帮主料理得不太好，出了不少乱子，这是因为他的是非观在整件事里发生了波澜壮阔的斗争。

事情一开始是这样的：有一天我们正在打球，忽然跑来个一眼看上去就是跟班儿碎催的秃瓢，呼哧带喘，对乔帮主说：“帮主，您快看看去吧，张凯家老爷子叫车给撞啦！”他这个“快”字说得又重又长，说的时候双目紧闭，两眼非常痛苦，说完整句话，还用力喘了几口气。乔帮主把球传给我，走到场边问：“在哪儿撞的，谁撞的，人跑了吗？”碎催说：“就在家属院里，没跑，让老爷子给揪住了！”

乔帮主带人赶往现场的路上，既不说话，也不跑，只是以较快的速度镇定地走着，像在奔赴沙场。跟在他身后，可以看到他并不高大的身躯平稳而坚毅地移动着，有一种随时会探臂膀拽出宝剑，或是一抬腿摘下虎头皂金枪的感觉。当然这是错觉，快到现场时，眼看黑压压一片人，围着一个倒在地上的人比比画画，发出嗡嗡嗡的声音。乔帮主没有摘这些兵器，而是顺手从旁边楼道口压三轮车的苫布上抄起一块砖头，藏在身后，走上前去。

“起开。”乔帮主说，“撞人的呢？”

张家老爷子须眉皆奓，以手指着一人道：“就是他！”

乔帮主一看那人，就把身后的砖头扔了，拍了拍手上的灰。那是一个铁塔般的汉子，光头，黑皮夹克，又高又壮，至少比乔帮主高两头。

乔帮主问：“是你撞的人吗？”

那人使劲摇了摇头，神情坚定地说：“根本没有，是老爷子自己摔的。”此人说话声如虎吼，说话时脖子脑门青筋暴起，十分可怖。

乔帮主指了指他鼻子，又指了指地。

“跪这儿，”他说，“跟老爷子道歉。”

“哎。”汉子说完，“扑通”一声跪在平地，在场的所有人都惊呆了。

这个光头汉子，是乔帮主平日里带的一票摩托车死党之一，咸呼之曰“老六”。我到现在也不知道这帮人是干吗的，反正有几个也住在家属院里，摩托车突突突地开起来，十分扰民。这些人每个都有一米九以上，看上去很不好惹，我从没惹过。但是他们对乔帮主言听计从，法旨一下，如沐皇恩雨露，恨不得马上跪听宣读，这种场面我见过好几次，想笑也不敢笑。

北京的流氓打架，打赢了让人跪下道歉，这是常有的事。有一回我在酒馆挨揍，打不过人家，人家让我跪下，我不跪，鼻梁就此变成了阿德里安·布罗迪状。这是题外话。却说那日在撞人现场，乔帮主看见老六听话地跪下道歉了，气消了一些，让老六站起来讲话。老六无论是跪是站，张老爷子躺在地上，一直拉着他的裤腿，十分难看。

乔帮主蹲下身子问老爷子：“哪儿受伤了？哪儿疼？”老爷子皱着眉头，用另一只手指指腰，摇摇手，意思是站不起来了。嘴里咝咝直吸凉气，额头渗出冷汗来。乔帮主面无表情，站起身来，问老六：

“怎么回事，你说说。”

在场围观群众中，不乏我们法律系的学生，我们看到乔帮主这种公正、公平、公开的精神，又一次惊呆了——他竟然懂得不听一面之词！

到此为止，乔帮主的是非观还没有变得特别混乱，因为他还不知道事情的全貌，无从判断。等他听完老六的叙述，他就有点头晕了，老六是这么说的：

“我从西往东骑车来，老爷子从南往北出楼道门，走着走着不知道踩了个什么玩意儿，扑通一下子就摔倒了，坐了个屁股蹲儿。我反应过来的时候已经骑过去了，赶紧熄火儿下车，跑回来看。我这一回来，老爷子‘腾’一家伙就倒地上了，我都蒙了！您瞧这不车还在那儿呢吗？”

老六说着，拿手一指，一辆挎子停在我们来的方向上。老头不等老六说完，每说一句，就大喊一声：“放屁！”据我所知，这老爷子也是大学教授，虽然不是我们学校的，但不少人都认识他。据说他是教性学的。我觉得性学教授也是教授，应该有点文人的矜持，不应该喊“放屁”，更不应该躺在地上不起来。如果起不来，叫救护车不就得了？我这么跟乔帮主提议了一下，他回头看了我一眼，双眼冷如秋霜，对我说：

“这儿没你事儿。”

得得。

乔帮主等老六说完，老爷子也从“放屁”回到了“哎哟”，又沉默了一会儿，才说：

“这事儿还有人瞧见吗？”

他说话时，围观的人未必都认识他，也未必都服他怕他，但其语音腔调，自有一股威严气象，令人遍体生寒。大家纷纷摇头。大学家属院有一个缺点，就是缺少乐于传话儿的婶子大娘，这些婶子大娘都分布在胡同杂院儿和田间地垄里。没有婶子大娘，这种场合十分尴尬，因为没一个人乐意说话。一时间，四周安静下来，气氛有点可笑。

乔帮主一挥手：

“散散，都散散。”

人群自动向后闪出一个很大的圈儿。

乔帮主蹲下身对老爷子说：“您要不起来走两步试试？”

老爷子说：“不行，我腰估计折了，腿没知觉。”

乔帮主问：“那您想怎么着？”

老爷子哭了：“马乔啊，张凯不在，你可得管你叔儿啊！这小子开车在咱们院儿里横冲直撞，你也是知道的，哎哟，撞我这一下可不轻。哎哟。他得带我看病！还得付医药费。”

乔帮主应道：“行行，您放心，有我姓马的在这儿，他一步都不敢走。”说完他抬头问老六，“你说是吗？”

老六本来正在东张西望，听他这么一问，突然摆了一个立正的姿势，大声答道：“是！”

这时候乔帮主做了一件特别奇怪的事，对我的智商造成了严峻的考验。他一手扶着老爷子的肩头，一手抚摸老人额头，做擦汗状，顺势挡住了他的眼睛。然后他扭过头来，突然冲我说：

“你打电话叫个救护车。”

我当时就慌了。我心说，这儿这么多人，好些都是跟你好几年的兄弟，你干吗非找我这么个半生不熟的啊？后来我问过他这件事，他说：“那年手机还不太普及，我就见过你在球场上使劲展览你那个破手机，不找你找谁？”我愕然。当时，我拿出手机，正准备拨电话，忽然看到乔帮主捂着老头的眼睛，使劲冲我飞眼神儿，一边飞一边摇头，一边摇头一边喊：“让你叫他妈救护车，听不懂人话啊？”我简直冤枉透了，觉得自己得了精神分裂症，要不就是乔帮主得了精神分裂症。我拿起电话，拨了个114查号台，里面的姑娘问我：“您好，需要查什么号？”我说：“喂，急救中心吗？我叫辆救护车。”

我假装打电话的时间里，乔帮主站起身来，走到老头身后几步远，蹲下看了看。接着他又走回来，往这边溜达几步，蹲下看看。最后他回到老爷子身边，弯下腰，猝不及防地伸手往老爷子踝子骨下的大筋上掐了一把。

“Ouch！”老头大叫一声，差点没蹦起来，“浑蛋！你干什么哪？”

“哦，呵呵，没事。”乔帮主说，“我看看您瘫得彻底不彻底。”

接着，乔帮主在老头的骂声中，背对着他，陷入了沉思。背对着老爷子就是面对着我，我得以目睹了他脸上表情的精彩变化。当然，这些变化并不是做给谁看的，而是根据他的思维过程的不同部分，自动产生的五官位置和角度移动变化的组合。

一开始，他皱着眉头，面色凝重，抱着左胳膊，啃大拇指。

过了一会儿，他眉毛平搭，两眼突然放空，好像穿过我在看我后面的什么，把我吓了一跳，以为救护车来了。打114都叫来了救护车，那可真神了。

然后他的表情又变成了愤怒的门神状，眉头拧出一个疙瘩，让人特别想去揪一下。

最后他又困惑了起来，伸出手来插进乱蓬蓬的卷发，咔哧咔哧地使劲挠了几下，好像终于挠出了主意。

他转过身，回到圈里，一指老六，顺势把手往远处一挥：“你滚蛋吧，没你事儿了。”

老六如蒙大赦，跺脚甩开张家老爷子的手，推车点火儿就走了，突突突。老爷子急了，连喊：“不行！不行！你敢走！”其实以他的状态，人家走了他也不能站起来追，也不知道他在恐吓谁。乔帮主走过去，蹲下身，用一种特别温柔但是充满戾气的语调问：

“叔儿，您说实话，是他撞的您吗？”

老爷子一下就急了，腾地坐了起来，只是腿还保持着瘫痪的样子，姿势十分难拿。

“废话！”他说，“这么些人瞧着呢！我一出楼道门，还没弄明白怎么回事儿呢，砰就给我撞翻了，正撞我腰上，这还能有假吗？我告诉你小兔崽子，你把犯罪嫌疑人放跑了，我这就报警！我报警他就是肇事逃逸，这是犯罪！咱们院，那法律系的老师都是海淀检察院的，我连他带你，一块堆儿都办喽！”

马乔摇摇手：“行行行，别嚷，气儿还挺粗。撞您哪儿了您给我指指。”

老头一愣，弯过胳膊指了指腰。

马乔说：“您是走路的时候被撞的？”

老头说：“是啊，平地就这么走着就给我撞倒了！”

马乔说：“您伸手我瞧瞧。”

老头伸出两手，神情惶惑，不知道马乔要干什么。

马乔看罢多时，站起身来，叹了口气。至此，他已经大致完成了是非观上的斗争，坚定了自己的立场。一般来说，这种时候，他就是要打人了，我见过那种表情。他要打人之前的那一刻，神态特别安详放松，打架就像度假，真令人羡慕。

有关这场交通事故及附带民事纠纷的是非曲直，马乔是这么说的。

首先，老六骑的那辆挎子，以前是他的。那辆车在兄弟们中间几易其主，大家都很熟悉，它是一辆入门级的小型车，前轮高不过60公分，算上挡泥板和牌照，也撞不到一个正常行走的人的腰，除非以骑马蹲裆式行走。一位德高望重的老教授，显然不可能在朗朗乾坤之下以骑马蹲裆式行走。

其次，车停在距离老头摔倒处十米开外，现场前后地面车痕如新，笔直三道轮胎印，浅虽然是浅，仔细看还是能辨认出来。唯有事故现场的一小块地方，被老爷子在地上辗转腾挪的身躯给擦干净了，车印在此中断了两条，而第三条还是笔直前行。也就是说，老六以高超之车技，撞倒老人的一瞬间，施展了挎斗三轮常见的“侧飞”技巧，令两轮及挎斗抬起，单靠一轮行驶，飞驰而过。仔细想想，即使是“侧飞”也没有这么酷炫，因为“侧飞”是抬起一侧轮胎，另外两轮行驶，不是开独轮车。

最后，如果是从后面撞倒，老爷子往前一扑，双手势必划破，但仔细观察，其双掌只有掌根有些许浮尘。按老六的说法，老爷子自己摔了个屁股蹲之后，他连忙停车赶了过去，想看看老人家受了什么伤，需不需要帮忙，结果因为自己长得太像坏人，激发了老人的正义感，老人贼起飞智，想出一计，想要将老六拿下。事情大概就是这样。那些掌根的土应该就是摔屁股蹲儿的时候蹭的。

马乔说完，回头环视，说了句：“没事儿了，都散吧。”

说完没有人走，大家都想看看这事儿怎么收场。马乔意识到这一点之后，耐心地补充道：“都他妈听不懂人话啊？”大家一哄而散，我也跑了。事情的后续是马乔在酒桌上讲的。他说，他把人轰散了，是为了给老爷子一个下台阶的场面，要不这个跟头说什么也站不起来，就算栽在这儿了。饶是如此，老爷子站起来的时候，楼上还有几户开窗户在观望，跟马乔的眼神一对上，马上“啪”地把窗户一关，缩头消失了。

老爷子扶着腰，仰天长叹。腰是有点摔伤了，毕竟是快七十的人了。

“唉，怨我。真是赔了夫人又折腰啊！”老爷子叹道，“这都是因为啊，刚才那小子，实在太可恶了。你知道，他那个车——”

“得。”马乔一抬手，“不想听。”

说完，他像瑞奇·马丁一样把浑身上下的兜儿都拍了一遍，终于发现屁股兜里有钱。他摸出200块钱，卷成卷儿，往老爷子裤腰上一掖。“买点儿棒骨补补，”他说，“少吃卤煮，别脏心烂肺。”

酒桌上，我们请他翻译一下当时那些错综复杂的表情。他说：“哦？有吗？我自己都不知道。”大伙儿就冲我起哄：“你学一个，乔爷解释解释。”我就先学了一个面色凝重、啃手指头的表情。

“哦，这个啊。我想起来了。”马乔解释道，“我当时在想，两人各说各的理，我该怎么把这碗水端平？一个是哥们儿，另一个是哥们儿的老子，这事儿不好办。”

然后我又学了一个两眼放空的表情，大家哈哈大笑，说你这不是乔爷，是傻逼。乔爷咳嗽了一声，大家不说话了。他解释说：“这时候我应该是在琢磨，车轱辘那么矮，怎么能撞着腰。还有其他的几件事。”

接着我学了那个怒如门神的尉迟恭表情。乔爷说：“哦，咳！这会儿我他妈想明白了，什么哥们儿的老子，就算是老子的哥们儿，也他妈得讲理！”众人喝一声彩，喝了一杯。

最后我又学了学乔帮主挠头的样子。乔帮主说：“这时候我应该是在发愁，这件事怎么收场。其实我很快就想出办法了，但是我马上就为另一件事发愁了，当时这件事还不是很紧要，但是我发愁了很长时间，也没想出辙来。你们哥儿几个说说。”

大伙儿问：“什么事呀？”

乔帮主说：

“你们说，我跟张凯，还能算哥们儿吗？”

我们喝这顿酒的时候，张凯还没回来。这件事，马乔亲自打电话通知了张凯。张凯表示，既然老爷子没大事，就不回来了。但是既没有说“没事，那是老头子自取灭亡，你不要放在心上”，也没有责怪道“怎么说也是六十多的老人家，你不能给留点面子吗”，而是什么旁的都没交代，直接就“再见”了。

马乔叱咤江湖多年，却为这么件小事犯了愁，可见他的是非观十分混乱。要是我，是非观就很简单：老子英雄儿好汉，老子狗屃儿浑蛋，这种人当什么哥们儿？但我要是这么说，我也就当不成哥们儿了。实际上，在那件事之后，我不知道怎么就成了马乔的哥们儿，酒局上短不了我。大概是我在配合他满脸跑眉毛地暗示假装叫救护车的时候太机智了。

关于乔帮主跟张凯还能不能当哥们儿这件事，到现在也没有下文，因为你基本上很难跟一个不回国的人当哥们儿。“哥们儿”这个词有很多外延，比较流行的就是“能一起吃饭的人（男）”。这跟发小儿不同，发小儿这个成就，你只要获得了，就不会被取消。现在如果站在乔帮主的立场上想一想，我的那些是非观都是站着说话不腰疼。如果是我的哥们儿出了国，他老子在国内被车撞了，或者碰瓷儿讹人，我究竟应该站在哥们儿的立场上，还是应该以事实为依据，以法律为准绳？

据说碰瓷儿这事后来乔帮主自己亲身遭遇了一次。我没在场，是听的转了好几手的描述，可能不太准确。当时乔帮主骑车过一个十字路口，一个老太太站在隔离墩处游移不定，看见乔帮主的车，扑过来便倒，嘴里还淌出暗红色流质来。乔帮主下车一看，还没死，就问她怎么了，因为他自己非常清楚，根本没撞着她。那老太太哭爹喊娘，非说“撞死人啦”，瞬间引起了围观。

乔帮主是这么处理的。

他蹲下来，指着老太太的鼻子，用那种温柔而充满戾气的声调，蔼然说道：

“你别跟我面前玩儿这个。你身上现在没伤，你我都知道。你要么现在站起来，马上滚蛋，留一个全脸儿；要么我现在就给你做点儿伤，把交通事故马上变成治安案件。治安这块儿我特别熟，真的。”

老太太专注碰瓷儿三十年，当然不会被这么两句词唬住，继续哭爹喊娘。在一般人的是非观里，打老人是不对的，俗话说七十不打，八十不骂。打女人也是不对的，会受到全社会的谴责。打老太太，同时犯了打老人和打女人两宗重罪，其罪当诛。老太太是江湖人，这点判断还是有的，基于这点判断，她没把马乔当回事儿，这是一个严重的错误。实际上，一开始她在选择作案对象上就犯了严重的错误，通常骑挎斗的，以“对治安这块儿特别熟”的那一类人居多。

于是乔帮主就干了一件让所有人惊呆的事。他说：“我数三下，一，二……”“砰”。“三”没数完就给了老太太一拳，这回老太太鼻子里也流出了暗红色流质。他又在老太太胳肢窝底下踢了一脚，喝道：“站起来，滚蛋！”老太太立刻谢主隆恩，一蹦一跳地领旨下殿去了。

乔帮主环视四周，看了看正从包里掏手机的人们，拳心向上，平伸食指，挨个指了他们一下，上车疾驰而去。人们纷纷收起了手机，这件事就没有下文了。由此可见，乔帮主的是非观已经到了无法修复的地步。

老鱼找猫

2013年是老鱼的自由之年。他女朋友辞了工作，跟着他来了一趟全国旅游。至于老鱼本人，他本来就没有工作。老鱼家学渊源，虞家祖孙三代都是玄学大家，起名、算卦、看风水无一不精。也不知道这算不算搞封建迷信，如果有人顺着我这篇文章的线索来抓老鱼，我就说这是小说，都是虚构的。其实当然不是了，老鱼是个活生生的人，高且帅，美而富，其帅和有钱的程度，在后面讲找猫这件事的时候就会淋漓尽致地表现出来了。

有关老鱼找猫的事情，首先应该说明，他找的并不是自己的猫，且与他的玄学工作也没什么关系。去年，两人辞了职周游全国，行至西藏时，住在一家熟人开的客栈里。这个熟人，大家都叫他“刘皇叔”，以前跟老鱼一起开过西餐厅。老鱼不但会起名算命看风水，还做得一手漂亮的西餐。他还当过DJ、保镖、调酒师、酒鬼等。他开西餐厅时，因为面目凶狠，总是吓哭客人的小孩，小孩一哭，别桌的客人也都跑了，最后“刘皇叔”一怒之下甩袍不干，盘了西餐厅进藏朝圣去也。那时候他还不叫“刘皇叔”呢。

老鱼之面目凶狠，殊为奇妙。他有一双笑眼，两个大酒窝；而且即使下一秒钟就要抡起折凳揍人，嘴角也是自然上扬的，就跟一条瘦高的萨摩耶差不多。但是他这张脸在灯光下看来特别恐怖，不光小孩怕他，连小动物都怕他，见着就躲。所以这次进藏前，“刘皇叔”就跟他打过招呼：“我店里有好多猫，你来了要是吓着它们，我跟你没完。不许你看猫！更不能摸！”此时圈里朋友已经叫他“刘皇叔”了，老鱼去了之后见着那些猫，才明白这名字是怎么来的。

“刘皇叔”养了五只猫。一只面目清长，眉眼如丝，名叫关羽；一只通体乌黑，目露凶光，曰张飞；一只大白猫身形矫健，爪子锐利无比，唤赵云；一只独眼，叫马超，不知道为何不叫夏侯惇，估计是为了凑数；还有只大黄胖子叫黄忠，看起来智商不太高，可能有点傻。一个人在西藏怎么收集了这么多种类各异的猫？这真是个不解之谜。老鱼进店之前，给“刘皇叔”打了个电话，说我来了啊，你让猫子们藏起来。进得店来，发现一只大白猫端端正正坐在门厅，抬头看着他。这猫全身雪白，一身短毛映着灯光，裹着一块一块的腱子肉忽闪忽闪的，身体的曲线令人联想到豹子，似乎随时可以跳起来捕猎。老鱼看了大乐，扑过去道：“唉！这猫不怕我嘿！”弯腰想抱那白猫，结果劈面挨了一肉垫。那猫似乎往地上啐了一口，转身走了。老鱼直起身来，非常尴尬，他女朋友在一旁俯仰大笑不可止。

说一说老鱼的女朋友。我以前在书里写过一个“炒饼公主”，做炒饼功力深厚，不可方物，说的就是她。后来因为写了这本书的关系，我也算是吃上了“公主殿下”做的炒饼。而朋友们也开始称呼她“公主殿下”。实际上她与我们在历史书和穿越剧里了解到的公主形象相去甚远。“公主殿下”性情豪迈，最爱大笑，笑起来能使云开雾散，斗转星移，而且一笑就停不下来，我们一般都不敢逗她笑。老鱼非常疼爱这位公主殿下，其疼爱程度大抵如此：几个人吃饭或喝茶，席间若有短暂的冷场，只需几十秒没人说话，再看这两人，笃定嘴碰嘴吸在一起，要不就是做抵角之戏，耳鬓厮磨，令人脸红心跳。公主殿下若说一句什么，老鱼必要说："对！没错。她说得有道理。"如果有人反对，他会从玄学角度给你解释一番公主殿下说的为什么是对的，直到你不想跟他说话为止。

老鱼带着"公主"进藏，本来只是想荡涤一下心灵，并没想过什么全国旅游。住了一段时间之后，"刘皇叔"忽有一天说："老鱼，我要盘店！"盘店者，把店卖了走人也。老鱼大惊，仔细想了半晌道："我没在你店里吓哭小孩啊！""刘皇叔"抽烟不语。老鱼又说："那是我吓着猫了？也没有啊！"说话间，那只名叫"赵云"的猫一副高贵冷艳的表情走了过来，在"刘皇叔"脚下卧倒了。"刘皇叔"摸着它的肚子叹道："唉，唯'子龙'一身皆是胆也！"老鱼转头问公主殿下，公主说："你不知道吗？你来之后，'关羽''张飞''马超'都陆续跑了，'黄忠'缩在床底下，已经一个礼拜没出来了，现在'刘皇叔'那屋都进不去人，一股厕所味儿！"说完大笑。

老鱼说："那你也不至于就盘店吧，不就他妈的猫吗！""刘皇叔"说："放屁，这儿是西藏，你以为跟你们家小区似的遍地是猫吗？"老鱼一跺脚说："待老夫袖占一卦，给你找去！""刘皇叔"说："放屁，这儿是西藏，别在佛爷面前耍这个，滚蛋。"

望了一会儿天之后，"刘皇叔"把烟一掐，摸了摸赵云的脑袋，站起来说：

"其实我是看你们俩这么自由，心痒痒了，我也想玩去。"

俄而又说："咱们一块儿玩儿去吧？"

他这句话，就像在一个天气晴好、没有作业的星期六下午，有人站在你家楼下冲着你家窗户大喊：“×××，快下来跟我玩儿！”喊罢三声，你心痒难耐，恨不得马上冲下楼去，玩了再说。

所以，“刘皇叔”花了一个月把店盘出去，收拾收拾细软，安顿好‘黄忠’，就跟老鱼和“公主殿下”一同上路了。据说他们一走，“关”“张”“马”就生龙活虎地回来了。可是他们把“赵云”带走了，五虎上将再也没有凑齐。

这一个月里，“公主殿下”跟“赵云”产生了深厚的感情。“赵云”不怕老鱼，且很喜欢公主，一天到晚跟她黏在一起。公主把它抱在怀里，举在头顶，扛在肩头，围在脖子上。“赵云”不反抗，还表现得很享受。老鱼有时看得嫉妒心起，伸出双手说：“爸爸抱！”“赵云”就劈面给他一肉垫。百试百灵。这猫还有个特点：别的猫叫起来都是喵喵的，‘赵云’叫时，则像极了一个人在喊“哎哟，哎哟”，每次一叫，“公主殿下”便要笑一个晚上。一个月之后上路时，三人出门上车，安顿行李，打火热车。“公主”抱着“赵云”，又是亲又是摸，眼泪汪汪，十分不舍。一放在地上，“赵云”就围着她的脚蹭过来蹭过去，“哎哟哎哟”地叫，煞是可怜。老鱼叫了几次，走不走哇？“公主”总是说，走走走！然后把“赵云”抱起来又放下，放下又抱起来。

末了，“刘皇叔”叹了口气说：“皆天数也！带‘子龙’一同去便了。”“公主”一声尖叫，大笑着一边抱“赵云”转圈一边甩鼻涕和眼泪。老鱼拍手称快，一路上都在讲“天数”的六十四种解释。

一路迤逦，走走停停，无非饥餐渴饮，晓行夜宿。“赵云”在车上找了个专座：“公主”的脖子。它喜欢像狐狸围脖一样围在“公主”脖子上。彼时正值盛夏，三人一猫一路南下，越走越热，“公主”脖子上起了一圈痱子。老鱼虽然跟“公主”一起坐在后座，但无论车里怎样冷场，也无法跟“公主”嘴碰嘴吸在一起，或做抵角之戏，觉得很无聊，到后来只好主动申请开车。

却说“师徒四人”这天来到了云南地界，有一关名唤大理。找了几个宾馆，都不让带猫，最后只好去找客栈。“刘皇叔”是开客栈出身，最不愿意住客栈，出门从来都是住正经宾馆。大理的客栈，又多养猫，老鱼上犯猫星，不愿意吓跑人家的猫，找了许久才住进一家“香丝客栈”。才住进去不久，云升东南，雾障西北，“咔啦啦”一声雷响，下起雨来。客栈老板招呼三人坐在二楼的檐下看雨，远远可见洱海。三人收拾行李，安顿已毕，泡了一壶生普，坐在檐下看起雨来。大理这种地方，外人来了，似乎空气里有什么如梦似幻的药粉一般，吸多了就要得接吻病，尤其是下雨时。老鱼憋了一路，此刻抓住机会，就着哗哗的雨声疼爱起“公主殿下”来。“刘皇叔”跟客栈老板半熟不熟，没话可说，只好互相说：“呵呵，喝茶，呵呵，抽烟。”

俄顷雨收云散，“公主殿下”一路鞍马劳顿，已经倒在老鱼腿上睡了。“刘皇叔”手舞足蹈对口型地比画了一阵，大意是：你们待着，我下去了。下去没多久，从楼下传来“子龙，子龙”的叫声，中间夹杂着“环儿环儿环儿环儿”的叫声。在旧北京的大杂院里，你常能听见老太太拿着猫食这样唤猫儿，此乃音译，其意不明。老鱼是大院子弟——祖孙三代搞玄学，也不知道是什么大院——没听过这等叫声，“公主殿下”却是从小在胡同里长起来的，一听之下，打了个激灵：“猫呢？”老鱼挠了挠头说：“没注意，刚才下雨前还在呢，后来好像给搁屋里了。”

“赵云”丢了。

在离乡万里的云南大理，“猫生地不熟”的，“赵云”可怎么活呀？公主殿下不干了，大闹起来，茶不思饭不想。闹了一通，忽然一指老鱼："都他妈赖你！快给老娘找去！"老鱼一缩脖子，悻悻然退下，心说怎么能赖我呢。

公主殿下对老鱼的这种指摘，也可以理解为一种信任。她每次遇到难事，就骂老鱼一顿，让他快点解决。老鱼用一些完全没有逻辑的方式胡乱处理一番之后，事情往往还真的向好的方向发展了，当然这也可能是"公主殿下"的心理作用。来云南的路上，有一回"公主殿下"一个人出去逛什么古镇，在一个摊子上买了假货。识破之后，她要摊主退货，摊主不肯，争执之下，"公主殿下"就把摊子砸了。在派出所里，公主给老鱼打了一个电话："喂，我被抓了，怎么办！你快点给我解决。"老鱼道："嗯！不要慌，待老夫起一课。"如此这般，答复说下午三点就能出来，然后就优哉地跟"刘皇叔"买雪茄去了。等到两点多，警察来调解，公主一听赔钱不多，就给钱出来了，心说我爷们儿算得真准！其智商如此。

如果要从此事得出老鱼不在乎"公主殿下"的结论，那就大错特错了。实际上，这是因为老鱼太了解她了，砸个假货摊子这等小事，非但不用他插手解决，而且如果插了手，事后还得挨顿数落。但是这次的事情有所不同。这倒不是因为"赵云"新近得了"公主殿下"的宠，而是因为"公主殿下"很少能宠爱小动物。她跟老鱼在一起，什么小动物都见不着。夏天里两人露营，不用支蚊帐，蚊子见着老鱼都落荒而逃。

"刘皇叔"也很着急，但他为人老成持重，喜怒不形于色。这给老鱼很大压力。这天晚上，老鱼吃了半截饭，把筷子一推道："我出去看看。"说完一抹嘴就走了。"公主"大喝道："你上哪儿去？"老鱼说："西北方位。"一用这种专业术语，"公主"就没话了。

如此找了七八天没找到，"公主"跟"刘皇叔"都灰心了。

“刘皇叔”说：“算了，咱们接着往下走吧。”“公主”不说话，夜里，坐在床上看月亮，悠悠地道：“‘赵云’能找着吃的吗？有水喝吗？会不会有危险啊？”老鱼安慰道：“别闹了，谁打得过‘赵云’啊。”其实他心里也没底。“公主”摸了摸脖子上的痱子，把脑袋往老鱼脖子里一扎，蹭鼻涕。老鱼无声泣血，下定决心，以虞家三代大师之名，誓要把“赵云”找回来。

第二天，北京来信儿，“公主”一个要好的朋友出了事，在家大扫除时摸了落地灯的电线，那电线被家里的猫咬掉了胶皮，结果给她打了一个跟头，心脏病犯了。“公主”心乱如麻，跟老鱼说：“最近太不顺了，我想回去看看。”老鱼点头称善。公主又问：“‘赵云’还能找着吗？”

老鱼抬起右手，用大拇指指甲在食指和无名指的各个关节捏了一番，信誓旦旦地说：

“公主勿忧，只在末将身上。”

“公主”回北京之后，给我讲了这段事的前半段。后半段是老鱼回来之后亲自叙述的，其曲折凄惨，令人不忍回忆。把这种事情拎出来再讲一遍，对谁都没有好处，但这篇文章的标题既然叫作《老鱼找猫》了，其中梗要，还是要说一两件。先从最惨的地方讲起。

大理当地野猫遍地，什么样的都有，但白色短毛不多，更别提“赵云”那样肌肉发达线条优美的款式了。老鱼在客栈附近的几条街上前后转了个遍，一无所获，钱却没了。他不愿意求助“刘皇叔”，便去地摊上买了副圆片墨镜，拣了个大客栈，信步踱去，一言不发，四下里看了个清楚，然后向老板兜售风水学，一举成功，赚了一千块钱。这真是“周瑜打黄盖”。

附近的小巷子昼夜找遍，没什么收获，连目击者都没有。老鱼叹了口气，心想，不往大路上走是不行了。一旦上了大路，搜索范围就呈几何级数扩大，所有角度都可以延伸出去寻找，所有人都可能见到过“赵云”。天近黄昏，老鱼把心一横，往街口走去，心想今天先看看这条大路周围的建筑和路口分布情况，明天起来再说。

大理所谓大路，其实并不很宽，傍晚时分车也不多。老鱼正往街口走，忽然看到一个小小的身影像一道白光一般跨过街道蹿了出去。老鱼一愣，心说有门儿！找了这么多天，还没见过白猫呢，追！想至此处，抬腿刚要追，只见一辆越野车呼啸而至，“砰”。

老鱼后来说，当时脑袋里的第一个想法是：我×，这可怎么跟我媳妇交代？这个想法其实非常奇怪。首先，猫是“刘皇叔”的，不是“公主殿下”的。其次，猫是自己被车撞死，而不是被他揪住尾巴摆在路上轧死的。但是眼看着地上那一摊已成二维图形的猫，老鱼根本没有多余的思考能力。他脑子里只有一个念头：报仇！这太可笑了。难道你能算出车牌号来吗？听故事的我们笑着问道。老鱼摇头道，算不出来，不过我能看得见，因为那车很快就停了。我们忙问：“他良心发现了？”老鱼说：“不是，他撞人了。”

……

那车歪歪扭扭停在不远处，车头前倒着一辆电动自行车，地上散落着许多纸盒子，看起来那车是送快递的。令人意外的是，送快递的是个老大爷。老鱼说，我活了这么大，还是第一次看见老大爷送快递，不知道是不是当地习俗。当下老鱼也不敢多想，拔腿便追。跑到事发现场时，越野车的司机刚慢吞吞地下了车。他想了想，冲大爷喊道：

“老头子，你别想讹我，是你自己摔的！”

老鱼听罢大惊，心说，这不是21世纪吗？怎么还有人这样思考问题，难道他觉得自己可以蒙混过去吗？当时听故事的我们纷纷点头道："世风日下，这么想问题也挺正常的。"老鱼露出一副无法跟你们做朋友的表情，继续讲下去。

那个老人被撞得有点犯傻，加上那司机说出这么一句，一时间说不出话来。那司机说完这话，转身想要上车。老鱼喝道："哪儿去？"司机一愣，指着老鱼问："你他妈干吗的？"听口音也是北方人。老鱼说："贫道是算命的。"司机啐了一口道："神经病，滚！"老鱼说："我不滚，而且你也别想滚，你这事儿没完呢。"俩人你来我往吵了半晌，愣没有人管那个老头，真是人心不古。最后那司机手扶车门，怒道："我现在就要走，你敢拦着我吗？"这种句式的台词，都是作死的节奏，具体可参见"我叫你三声，你敢答应吗"一类。老鱼一脑门子火正无处宣泄，扭了一下脖颈，露出一个可怕的微笑：

"我现在不但要拦着你，"他说，"还要把交通事故转变为治安事件。"

十分钟后，在派出所里，老鱼给远在北京的"公主殿下"打了个电话。

"喂，我被抓了。"老鱼说。

"公主"嚼着晚饭说："没事，我预计你明天下午三点前就能出来。"

这一夜又是跑医院，又是照CT，等事情办完已经是第二天中午了。那个司机跟老鱼说："你如果帮我证明是那老东西讹我，你我之间的事就算完了，不用你赔钱；不然的话，你打掉我这颗牙，这可算轻伤，你这叫寻衅滋事，故意伤人，你知道吗？"老鱼说："我还没告诉你呢，你知道你撞他之前还撞了一只猫吗？那猫就是我的。"司机听了，露出一副要死了的样子，颓然坐倒。老鱼说：

“我弟是公安部的，我打了你，基本上就算白打，你不想惹别的事，就赶紧走吧。”老鱼作为一名玄学大家，说起任何玄乎的事，首先自己就发自内心地认为这是真的，表情上一副浑然天成的自信，极有说服力，不由得你不信。其实那也不算完全瞎说，他弟是公安局的，归公安部管。

老人的家属来了以后，对老鱼千恩万谢。老鱼没心思理他们，扶着窗户想“赵云”，想这件事怎样收场，想如何处理“赵云”那具贴在马路上的二维的尸体。过了一宿，又被多少车轧过去了？想至此处，老鱼鼻子一酸。老头凑过来问：“小伙子，你有什么事吧？”恰逢窗外一个响雷，渐渐下起雨来。老鱼抽了抽鼻子，拂袖道：“没事，贫道要去渡劫了。”说罢冒雨而去。

暴雨如倾，街上一辆车也没有。老鱼三两步走到事发街口，蹲下看那具尸体。被雨水一浇，车轧马踩，尸体已经辨不出颜色。老鱼有心伸手摸摸，终究没敢摸。他想起在西藏，“赵云”被“公主殿下”围在脖子上玩的样子，它不但不害怕，还十分享受。“公主殿下”当时说的话，带着回声，在他耳畔又响了起来：

“‘赵云’，你好长呀！哈哈哈哈哈！”

想到这里，老鱼张开两臂，用中指间比了比地上那具小小的尸体的长度。比罢，双手保持着那个距离，直起腰站了起来。

“这……不够长啊！”老鱼自言自语道。

这时一辆车停在马路另一端，一个小伙子打着把巨伞，扶着那个送快递的老头走过来。老鱼回头一看，大惊道：“哎哟，您还能走道儿哪？”老头说：“你这是干什么呢？你看你这湿透了都！快上车。”

老鱼恋恋不舍地看着那具小猫尸体，被老人和他的儿子拉拉扯扯地塞进了车里。

故事讲到这里，听众们的关注点分散成了好几个。有人关心老鱼打人的事情怎么解决，有人关心那个司机后来赔了多少钱，有人关心老头受了多重的伤，还有人问为什么那么大岁数的人要送快递。确实这里的每一个问题都足以展开写上一篇，但这些都不是问题的核心，核心是，老鱼之所以留在大理，惹了这么多事，钱也花光了，就是为了找到“赵云”。他觉得轧死的那只不是“赵云”，因为它太小了，不可能围住“公主殿下”的脖子一圈。我看过“公主”把“赵云”当围脖的照片，确实很长，非一般猫可比。所以，问题的关键在于，“赵云”既然没死，找到了没有？

老鱼说：“找到了。”

我们齐声问：“怎么找到的？”

老鱼说：“你们别吵吵！好好听我讲。”

然后他又从被送快递的老头父子两人塞进车里开始接着讲。他问老人一些问题，受的伤要不要紧，需不需要帮什么忙，家里有没有小孙子要取名呀，诸如此类。老人不愿意跟他胡扯，只是问他，地上那小猫的尸体是怎么回事？你为什么对着它哭？老鱼惊道：“我什么时候哭了？”老人说：“你脸上都是水。”老鱼张嘴要解释，转而一想，这招太绝了，如果解释，感觉就像是在掩饰，如果不解释，那就是默认了。干脆还是默认了吧。所以老鱼就简明扼要地给老人讲了讲“赵云”的事。

讲完，老人跟他儿子相视良久，又做默契状点了点头。“在哪儿丢的？”老人问。老鱼答说香丝客栈。老人转头问儿子在哪儿，儿子说在F6区。老头说：“咱们有多少人在那儿？”他儿子想了想说：“这没准，看业务量，但那地方都是客栈，现在临近旺季，估计每天有一到两个班的人吧。”老鱼听罢大惊，往后缩了缩，问道：“你们不是送快递的吗？你们是黑社会还是毒贩子啊！”老人的儿子笑道：“我们不是送快递的，我们是开快递公司的，我爸喜欢体验基层生活，他有病。”老头脱下鞋来，劈手给了儿子一鞋底。

车停在香丝客栈门口，雨停了。老头说：“你稍等，我打几个电话。”他打电话时说的是方言，口音很重，完全听不懂。听故事的人问老鱼：“说的是什么，你问了吗？”

老鱼说：“大概意思就是，令出山摇动，三军听分明，我要活‘赵云’，不要死‘子龙’。”

回到客栈一看，“公主殿下”不知何时竟飞回了大理。现在两人都不太弄得清楚北京和大理哪边才是家了。老鱼问：“你怎么来了？”“公主”说：“我看看三点前你出来没有。”老鱼说：“当时她表面上淡定，实际上内心风起云涌，五味杂陈。”我们这些听众只觉得，你们真他妈有钱，随便飞来飞去的。

第二天，香丝客栈前后左右被穿着红黄两色制服的快递员和快递车填满了。他们匆匆忙忙，穿梭于大街小巷；他们停在每一棵树下抬头观望，绕着每一座建筑里外搜寻。他们有时看见一只猫，就停下来拿出手机，翻出一张照片对照，然后失望地摇摇头，继续前寻。他们有的是正在送快递路上接到电话，有的是下了班正在喝酒时接到电话，有的是正在跟媳妇锻炼身体时接到电话，有的是正在打群架时接到电话。他们全都放下手里的事——不管什么事——加入到找猫的工作中。他们这么做只有一个原因：狗叔说的，我们就照办。狗叔就是那个老头。老鱼说，事后他经常想，也许那个越野车司机被他揪住打了一顿，还用公安部的弟弟给吓唬走了，对那司机来说反而是好事。如果没有他，这件事直接发生在那个司机跟狗叔之间，还不定是什么样子。

第三天早上，狗叔来了个电话。“你有车吗？快来炉石寺！”炉石寺不是庙，是一家客栈的名字，这家客栈在古城外，很偏僻。老鱼将信将疑，叫上“刘皇叔”，打了个车去了。老鱼坐在后座上，两腿一直颠颠颠，“刘皇叔”说：“老鱼，不要慌。”

故事讲到这里，老鱼不讲了。我们不知道他为什么停下不讲，一时间没有人说话，出现了一个几十秒钟的冷场。老鱼和“公主殿下”立刻吸在了一起。吸了一会儿之后，老鱼向我们展示了酒窝。他说，他和“刘皇叔”赶到那个客栈时，“赵云”正蹲在院子里的阳光下舔爪子。“刘皇叔”叫了一声：“‘子龙’！”“赵云”没反应。老鱼叫道：“‘赵云’！浑蛋！环儿环儿环儿环儿……”赵云依然故我。

“公主殿下”蹲下身，嘴唇张开又闭上，终于开口道：

“‘赵云’，‘赵云’！”

“赵云”抬起头，正在舔的爪子定在半空。它看了半晌，放下爪子，似懂非懂地叫道：“哎哟。”

接着它慢慢向“公主”走过去。一开始，它走得很慢，每一步都停一停，像是走在极薄的冰上。后来它的脚步连贯起来，渐渐变成了跑，跑着跑着，四爪蹬开，翻蹄亮掌，接着变成了飞奔。奔跑的时候，它的身体拉得极长，然后又团成小小的一团，继而又长长地伸展开。“哎哟！哎哟！”它边跑边喊，跑得腾空飞起，扑进“公主殿下”张开的怀抱里。“哎哟！哎哟！”它高一声低一声地叫着往上爬，顺着肩膀爬到“公主殿下”的脖子后面，熟练地一窝，围了起来。

“哎哟！”“赵云”说。

老鱼跟“刘皇叔”叹道：“什么玩意儿啊。”说完各自扭向一旁，擤鼻涕去了。

一个诗人的自我修养

我在南方采风时，有一次因为事先没有做功课，误入一个景区，遭了不少罪。该景区以水景著称，其时已值深秋枯水期，没什么水了，但是人却不少。用工作人员的话说："总有高峰时的一半吧！"就这一半人，其景象已经非常可观，以至于你在里面根本注意不到什么自然风光。景区面积虽大，无奈人太多，人均占地面积约0.3平方米，四处拥挤不动。我一路南下，人多的地方见了不少，多到这个份儿上还是头一遭，顿时诗兴大发，口占七绝一首，其诗云：

七绝·观景区游人拍照有感

面似山魈身如猴，

拍完钟楼拍鼓楼。

城墙以上趴垛口，

景区门口抱石头。

吟罢自叹此诗意韵深远，体例谨严，还使用了艰涩的由求辙，十分有我张氏一门有名的大诗人张宗昌先生的遗风。跟朋友一说，答曰：“狗屁。”这样评价古诗，真是有辱斯文。可是当天晚上离开这个万恶的景区，住在当地一个有名的古镇里，许多方面的印象又都得到了扭转。一方面是，这个古镇虽然名头响，但人意外地少，很是清静；另一方面则是，古镇里有诗人，藏龙卧虎，非常不得了。我觉得自己刚刚踏入诗门，决心去拜访一下这位诗人。

我这人十分擅长听贼话，擦肩而过的旅人说句什么，往往就能提供重要的线索。根据路上听来的只言片语，配合卓越的搜索引擎使用技巧，我很快找到了这位诗人的家。说是家，其实是个饭馆，上挂一面金字大匾，题曰“白家老店”。三间门脸大排面，全都下着板儿，门口挑一面酒幌，颇有古风。

进店的时候，隐约觉得哪里不对，以至于坐下以后强迫症发作，抓心挠肝，只好又跑出去观看。凝目谛视之，原来那酒幌儿与众不同。别家酒幌都是杏黄绸子滚红边儿，当间蓝月光儿写个斗大的“酒”字；这家却是白绸子滚蓝边儿，黄月光儿里题个“奶”字，真乃一绝。不仔细看，还以为这家出了丧事，门上准得贴着“大雅”“去矣”“驾鹤西游”一类的联子。这个“奶”字也太耐人寻味了！我懒得寻味，就跑去找老板。

老板坐在柜台里，东抓一把，西抓一把，正在调制一种黏稠液体。四围站着一些年轻姑娘，一副游客打扮，踮着脚尖往里看着，满脸期盼，这种场面无法不令人联想到巫婆贩卖那爱情的灵药。看了半晌，老板端出来两杯递给姑娘们，这群孩子迫不及待地喝了几口，眼睛眯成了一道道好看的黑线，叽叽喳喳地点头议论，神情十分夸张，好像出娘胎以来第一次喝到这么美味的东西，搞得我十分好奇。

等了半晌，她们终于走了，我凑过去对老板说："啥东西，我也来一杯。"老板低着头，抄起杯子开始加料，然后边倒边对我说："啥玩意儿你都不（知）道你就来，你说你这叫啥玩意儿。"

我听罢大惊，并且花了五秒钟才反应过来我为什么大惊。这是因为我眼下身处祖国南方，再走走就离我小时候老听说的"老山前线"不远了。一路走来，当地方言越来越难懂，到此处已经基本无法交流。有一次我买一种当地特产的豆腐，就这个"四"跟"十"的问题，我跟老板娘掰扯了五分钟，给她看手指头都不行，最后我急道："Four？"老板娘喜道："对对对，Four！"令人绝倒。当然，急归急，没有法律规定人家必须会讲普通话，这倒不是什么问题。只是这谁能想到，在这种环境下，竟然能听到一口地道的东北话！这真令人备感亲切，同时又产生了各种疑问。比方说，东北出诗人吗？同行的朋友说："出啊，张宗昌！"我怒道："放屁，张宗昌是山东掖县人，不知道别说，丢人！"终于报了他有辱斯文的仇。

现在问题就来了：一个东北大汉，不远万里，跑到这么偏南的地方开饭馆，还挑个奶幌儿卖奶茶，这是一种什么精神？顺便一提，他家的奶茶十分地道，但里面分明有足量的酥油。我们几人都是走过不少地方的，当然知道这东西原产地是内蒙古一带，跟这个依山傍水的江南古镇完全不沾边。但是他又讲东北话。大伙儿品着奶茶一合计，齐声道："赤峰！"一问果然，老板是赤峰人。

赤峰人我接触过，太招人喜欢了，每一个都想拜把子。他们是内蒙古人，带着一身草原汉子的豪气，又讲一口东北话，一张嘴就让人开心，根本停不下来。他们为人豪爽仗义，乐于助人，很值得一交。最对我脾气的是，他们都特别能聊，而且愿意聊。这就给我们解开前面的谜团提供了有利条件。我拣个离柜台最近的桌儿坐下，点了几个菜，看看客人不多，就招呼老板过来聊天儿。老板使劲绷着脸。绷着的这层表情下头，藏着一张憋不住要乐出来的脸，颠儿颠儿地过来了。

这种时候要打开话题，需要一些技巧。你不能一上来就问：你内蒙古的为啥跑这儿来开店啊？万一人家身背巨案，让你这么一问，场面会变得很尴尬。我们都是老江湖，本着不忘初心的原则，从诗谈起。因为我们此行是来寻找诗人的。

老板的奶茶杯子上，用系统自带楷体题着一首新诗，略曰：

“有人说/我们的奶茶/挺好喝的/扯犊子/我们的奶茶/是天下最好喝的”

诗是印刷在纸杯上的，看来是白家老店定制品。做过设计的人都知道，如果你不是欠别人钱或者女儿被人绑架了的话，一般你是不愿意用楷体的。至于诗本身，虽然没我写得好，但我也不便过多评论，新诗我实在不懂。我有个朋友新近写了一首诗是这样的：

“我上辈子/是一个生在美国的/四川人/早睡早起/锻炼身体/最后因为/吃不到麻辣小龙虾/自杀了”

这个人现在的微博认证是“旅美诗人”。文化圈的事情你不能深琢磨。大家都说这诗有点海子的意思，但格局不够大，只能叫泡子。这事儿跟白老板一提，他立刻拊掌称善。因为他是内蒙古人。在内蒙古，天然淡水分淖子、海子、泡子等，大小不一。我这位诗人朋友无意中帮助了我，一下子拉近了我们的距离，不然后面那些让现代人惊个倒仰的事也就听不到了。

白老板的店里还挂着一些书法作品，其字体跟我喝醉以后用脚写的差不多，但舍得用墨，一幅的墨够我姥爷写个百米长卷的。上面都是一些新诗，体例格局跟前述奶茶诗差不多，就不一一赘述了。我问老板："这都是你写的吗？"老板脸一红，拿抬头纹吓唬我，说还能不能聊了？我忙道，能能能。也不知道他脸红是为诗还是为字。都有脸挂出来，还怕人问，怪人。

不过诗只是打开局面的工具，我虽然作诗很有天赋，但其实根本不喜欢诗。我真正关心的是他来此开店的心路历程。根据我们一行人写作采风的经验，这种身世一定非常狗血，充满了激动人心的八卦，这对我们提高文化素养是十分必要的。

出乎意料的是，白老板一点都不忌讳讲这段历史，这跟我们的经验有点出入。一般要得到这种狗血八卦都需要经历一番斗智斗勇，搞不好还要打起来。白老板不同，他很健谈，而且好像憋很久了。在后来的交谈中得知，他来此地已历十几载，结婚生子，安家置业，现在算是半个当地人了。算了算岁数也对，他是一九七六年生人，现在三十八岁，迄今为止有一半的人生是在这里度过的。

正要开讲时，一个七八岁的短头发小女孩，戴着红领巾背着小书包像松鼠一样蹦了进来；也没听清管白老板叫了声什么，就蹿进后堂去了。白老板苦笑道："这是我女儿，投错了胎，本应该是个男孩，一会儿你们就知道我为什么这么说了。"这句话说完没两分钟，后面传来小提琴声：小松树，快长大；绿树叶，新枝丫。难听极了，而且速度极快，拼命似的拉完了一首，不响了。我正待开言，小女孩拎着琴跳了出来，嚷道："@%&*$！"（译：爸我练完啦！）白老板一挥手，喝道："爱玩儿啥玩儿啥去吧！"小女孩就消失了。

一个朋友问白老板："你女儿说本地方言，你说家乡话，你俩还能交流，这是什么道理？"白老板说："本地话我学了十年，就学会一句；孩子她妈说本地话，我说家乡话，孩子其实两种都会说，但同学都说本地话，习惯了。"朋友又问："你学会了哪一句？"白老板答说：“老板结账。”我捅了朋友一下，心说问的都什么玩意儿，不在点儿上。我接过话茬问：“她这小提琴跟谁学的，干吗拉这么快？”众所周知，当一个中年人跟你谈他的孩子时，你应该围绕孩子展开话题，而不是他学了哪路方言，白痴。

白老板果然神采奕奕而又沮丧地说：“是想培养培养气质，有点女孩儿的样子，结果她根本学不进去，天天糊弄我，唉。”“神采奕奕而又沮丧”这种神情，你只有在一个谈自己孩子的中年人脸上才能见到。正待再问，后院突然传来怒吼：“不好，定远号起火了！啊，镇远号沉了！”白老板大约是看我一脸诧异，解释说，这是女儿在玩火烧战船——即把纸船放在后院水渠里漂，然后一边推动它们往来冲突，一边点火。古镇密布水渠，里面都是活水，安全又放心。我们真心服了。

由于此时海战的噪声过大，我们聊天不便，又上了几桌客人，老板就去忙他的了。我吃完饭，在店里四处溜达，忽然发现靠近后堂处挂着一幅字，其字体雄洒挺拔，与其他脚书颇不同。落款写“白狗”，奇哉。这是一首词，取牌《水调歌头》，文字晦涩，不知道写的是什么事。中有句云：

“十年死生契阔，百般寸断肝肠，千里点鸳鸯。”

其遣词粗鄙，诗句不知所云，又涉抄袭，说不上什么好词。但是看完之后总感觉我们一路闻着味儿寻找的那段狗血八卦就在眼前，不一探究竟简直就要憋出屎来。耗了半天，白老板终于忙完了，我打定主意要问个明白。当然，我是一个有丰富采风经验的文字工作者，我十分清楚要探听八卦不能单刀直入，必须找个相对温和的切入点。于是我选了这首词的落款，揪过白老板问道：

“老板，这个‘白狗’是你吗？”

白老板愣了一下，哈哈大笑，拊掌道：

“不是，这是我爸。”

说完，他双手交握，笑吟吟地看着我，等我捧哏，好像如果不顺着话茬开始聊他爸的一生，便要揍我。我行走江湖多年，哪能挨这路窝心揍？于是识相地问道：“他为什么叫白狗啊？”白老板心满意足，开始讲他爸的一生。当然，这主要是为了引出他自己的一生。

白家爷们儿的诗才，乃是家学渊源，辈辈相传。据说这位白狗老爷的父亲是个学究，当过教员，很有学问，可惜很早就去世了。这一家原本不是内蒙古人，到白老板的父亲也就是白狗先生这一辈才因为一个著名的历史事件落户内蒙古，娶妻生子。这是后话。白狗先生很了不起，他是1949年10月1日出生的。他本来当然不叫白狗了，原本他的父亲白老学究才高八斗，给他起了个很有文化底蕴的名字，叫白解放。这是因为怀上小白狗那一年，他们所住的城市才刚刚解放。要是老学究能够未卜先知，也许白狗的原名就会叫作白建国。那样的话，他后来绝对会被打死。

但是白解放比白建国也好不了哪儿去，白解放自己就很不满意。白老学究去世后，他立刻就去改名字。结果当时已经是1965年前后，跃进炼钢什么的都过去了，而且如果起名叫白跃进、白炼钢，估计还是会被打死。他对自己的这个姓绝望了，一怒之下，改名叫白狗。据说，这是为了向他十分喜爱的一位诗人致敬，该诗人曾作诗曰：

咏雪

江山一笼统，

井口一窟窿。

黄狗身上白，

白狗身上肿。

白狗不负诗人所望，长成了一个胖子，这在困难时期是非常罕见的。1966年，白狗参加大串联，一路白吃白住，到处蹭车，迤逦来到南方。相传大串联期间的学生，没什么准确目的地，有什么车就蹭什么车，火车、汽车、驴车都蹭，结果蹭到了山坳坳里，出不去了。当地民风淳朴，方言晦涩，交流上有很大障碍。再加上旅途劳顿，水土不服，急火一攻心，白狗就病倒了。

此时，一位上山伐竹归来的青年发现了倒卧山路旁的白狗，将他单手一提，夹在腋下带回家去。所谓的家，不过是一间破屋。这地方的建筑很漂亮，即使是穷人家的房子，也是白墙灰瓦，青条石墁地，只是里面破败得很。白狗喝了两碗米汤，昏昏沉沉地睁开眼一看，眼前一个光棍儿青年，浓眉大眼，面黑似铁，穿着一件色彩斑斓的布坎肩，两臂像涂了油，肌肉虬结，在油灯下亮闪闪的，看得他很有食欲，想吃肉。两人虽然语言不太通，但经过简单的交流，也表达清楚了肉这个东西，青年比比画画地说了几句，出去了。俄而门外刀勺一响，“刺啦啦”炒起菜来，香气扑鼻，直冲白狗的五脏六腑十二重楼，颇与洪武皇帝的珍珠翡翠白玉汤效用相似。一会儿饭菜端了上来，白狗身体虚弱，但食欲大振，也没看清是什么东西，总之一碟菜，一碗饭，都是白花花的泛着油星，在六几年这种东西怎么敢想？想多了生怕它化了，赶紧端起碗狼吞虎咽起来。其肉与北方颇不同，外皮响脆，内里柔嫩异常，沾舌即化，裹着米饭的清香倏然直下，真个唇齿留香。一大盘菜、两大碗饭将将吃完，白狗觉得有了精神，坐直了身子打了两个嗝，这才定睛往盘子里看了看自己吃的是什么。这一看不要紧，白狗先生忽地站起，更不搭话，夺门而出，到院里扶着墙哇哇吐了起来。

浓眉大眼的青年十分不解，心说这是我们这里最好的食材，莫非油性太大，吃得急了吗？出得院来，拍着白狗的背，呜哩哇啦地问长问短。白狗上气不接下气地说：“你……你给我吃……吃虫子！”有关浓眉大眼的青年给白狗吃的东西，现在当地还十分流行，即清炒大肥肉虫。

白狗在小山村里住了一段时间，觉得十分舒服，慢慢地也能跟当地人沟通了，诸如“吃饭”“喝水”一类的词十分熟练。村里有个老头，老得沟壑纵横，走起路来三摇两晃的，每隔三天来给他看一次病，喂他吃一些蜈蚣、蜘蛛什么的。吃了两次，吐了三回之后，白狗坚称自己的病已经好了，还帮助浓眉大眼的青年挑水伐竹来证明。这种山居生活让白狗觉得很惬意，山里人好像都不知道外面正在发生什么，虽然当地也有军代表，但住的地方都在山外面，这个古老的村落一派安宁，既没有大字报，也没有各种DIY的武斗用具。

浓眉大眼的青年名叫石英。千方百计弄清楚自己没把人家的名字搞错之后，白狗非常惭愧，觉得人家山里的青年名字都比自己英武。石英是个光棍，穷得连叮当都响不出，但是有把子力气，靠伐竹为生。在当地，砍竹子是最笨的活儿，砍下来的竹子卖给下游的人家，哪一段都有用，拆开来做成各式用具，进县城一卖，即使在那个乱时候、穷时候，也比整根的原竹多赚十几倍。而且山里有规矩，什么样的竹子能砍、什么样的竹子不能砍，都是有讲究的，不是说你有力气有功夫就能无限地生产竹子。

白狗念大专的时候，是学机械的。他发现当地完全没有任何机械化的意识，连滑轮都不会用，于是利用专业知识，大幅提升了石英的生产效率。但是能伐的竹子并没有增加，效率提升以后，空闲时间就多了起来。白狗便教石英认字，说普通话。他自己的普通话也很不标准，因为普通话这时候才十几年的历史，很多地方的学校都不教。他主要的目的是把诗歌这种优雅的文体介绍给石英，好让他分享自己最大的快乐。现在看来，这种做法就好像一个21世纪的人穿越到了新石器时代，要教给他们使用互联网，跨度有一点大。

石英四肢发达，头脑却不太好用，学写字很艰难，每次练字都跟白狗吃蜈蚣和蜘蛛时的表情差不多。但他心无旁骛，一颗心纯净质朴，很快还是学会了“锄禾日当午”“白日依山尽”一类的东西。石英也把本地代代相传的民歌教给白狗，两人成了劳动上的同志和精神上的战斗伙伴。

白狗在石英家住了一年。虽然多了一张嘴吃饭，但石英的家境却有了明显的好转，可见知识就是力量。这一年是1968年，就是马丁·路德·金遇刺、苏联入侵捷克斯洛伐克的那年，但不要说这些国际上的事情，连北京在发生什么，白狗闭目塞听，都完全不知道了。年底的一个晚上，石英没有回家，白狗着了急，到山上附近的邻居家里用蹩脚的当地方言询问，可是大家一听石英的名字，都露出一种高深莫测的笑容，谁也不说话，只是指指山头。无奈之下，一介书生白狗腰插砍竹刀，上山找他的好朋友去了。

快到山顶时，只听一阵歌声传来，其间夹杂着一些当地人的起哄声。这种起哄声洋溢着幸福感和难以抑制的喜悦，是在山外面听不到的。赶到山顶的平地一看，一棵大树之下，石英跟一个当地姑娘手拉手正在唱歌跳舞，外面围了一圈起哄的老百姓。这些起哄的人真心替里面的人儿高兴，哄了一会儿，他们就再也憋不住了，纷纷拿出喜庆用品，跳起杂技一般的舞蹈来。

当时，破四旧还没破到这个山洼里来，这也就是说，石英跟这个姑娘通过这个简单的仪式，已经被认可结婚了。

白狗弄明白以后，很替自己的好哥们儿高兴，于是作诗一首，诗曰：

惊闻山上乱纷纷，
原来石英要结婚。
姑娘长得真不错，
看得我也想结婚。

写完之后，白狗忽然惊觉自己的诗才全都不见了，如果是两年前，自己断不会写出这种张宗昌味儿的诗来。他喜欢的是韩柳欧苏，李白杜甫。当然，这些人的诗都加在一起，也比不过毛主席的诗。一想到这种事还需要事后补充，白狗顿时意识到，自己在这个山坳坳里停留得已经太久了，觉悟下降了，文化水平也下降了。

他准备跟石英告别，回到红色的海洋中去。说实话，当时的他并不知道山外面还有没有红色的海洋。

过了一阵子，有一天他收拾停当，正准备出门去迎石英，好跟他告别，没想到石英带着媳妇正进门，笑呵呵地拉住他说话。虽然此时白狗已经能跟当地人进行简单的交流了，但还是一段儿一段儿的，他们的语法太复杂，难以掌握。石英跟他说话，得用名词堆砌，然后辅以动作，他才能看懂。这天，石英指着媳妇的肚子，又指了指白狗，然后说："孩子！"白狗一惊，心说，当地还有这种习俗吗，指我干吗？他连忙对石英解释道："不不不，兄弟，你不能这样，我们是文明人，孩子是要自己跟自己的老婆生的，不能请朋友帮忙。"石英听不懂他在讲什么，顿足道："孩子，结婚！"说完又指山顶，又跳舞。两人比画了一下午，白狗终于搞明白了。

石英是想让白狗也生个孩子，然后跟他们的孩子结婚。在当地，这是一种对亲密友情的至高无上的表达方式。翻译成我们的话说就是指腹为婚，区别是有时他们会指男人的腹，因为这个男人眼下还没有媳妇。白狗弄懂了之后，十分困惑。他如果在这个时候跟石英说自己要走，似乎太不仗义了。但是如果不走，又想不出拒绝的理由，于是只好支支吾吾地点了点头。

石英一看他点了头，大喜过望，拿出一只小银镯子来，塞给他。这镯子口径跟一块自来白差不多，显然不是给大人戴的。两人进屋以后，白狗回想起石英结婚以来这些日子，因为只有一间破屋，所以他们只能用竹屏风隔出两块空间来住，石英跟媳妇有没有制造过孩子，他当然是听得真真儿的了。白狗心想，就冲这种住法，也不能在这儿待下去了。当天夜里，他给石英留下了一封信，然后连夜出山，投奔军代表去了。

白狗留给石英的信里，除了告别，还提出了三个问题：

1. 如果我们都生了男孩或女孩，怎么办？

2. 我们那里到二十岁才结婚，你们这里十六七就结婚了，这个时间差怎么处理？

3. 等到二十多年后，我的孩子拿着镯子来找你的孩子，你的孩子已经结婚了怎么办？

这些问题是指腹为婚领域的经典FAQ，历史上也有很多答案，最常见的三个答案是：结拜兄弟/姐妹、等、不可能。石英大概也会这样回答，如果他能看懂的话。白狗留下了老家的通信地址，但他知道石英不可能给他写信。他这一走，石英对他一定失望透顶，但他一定要回到山外面去。什么才华流失，这些不过是借口罢了。他在信的最后附了一首《水调歌头》，体现了他的真实水平。至少不是张宗昌范儿的。

白狗就这样回到了老家，又辗转去了内蒙古。他娶了当地的姑娘，1972年生了一个儿子。他把镯子给儿子戴上，结果儿子总是咬它捏它，把镯子都捏变形了。这一年距离白狗离开山窝已经四年了，等这个孩子二十岁时，石英的孩子大概已经二十三四岁了，女孩的话这在当地是不可能不嫁人的年龄了。

听到这里，我们都觉得故事既狗血又传奇，但隐约有什么地方感觉不对。我们看着眼前的白老板，觉得故事的结局大概已经能猜到了，结果等我们往后一听，不但发现了不对的地方在哪儿，还发现之前的狗血和传奇都根本算不上狗血和传奇。而且结局也猜错了。

在革命斗争形势的不断变化中，白狗渐渐把这件事放在了一边。他把精力放在革命诗歌的创作上，写下了很多不朽的诗篇，但在“文革”末期，郭沫若先生发表了《水调歌头·粉碎四人帮》之后，白狗自惭形秽，把这些手稿都撕了。这一年，他有了第二个儿子，此时大儿子四岁，石英的孩子七八岁。

白狗的大儿子叫白新文，二儿子叫白新武。他给这两个儿子起名的时候福至心灵，忽然想到了让白姓不那么负面的办法。比方说，白崇禧这个名字听起来就一点不负面，你只要别用一个现成的动词当名字就行了。

白新文随妈妈，生得细皮嫩肉，说话慢条斯理，兼有近视，戴上眼镜，一副文质彬彬的样子。白新武随爸爸，身高体阔，孔武有力，性格刚毅，说一不二。两人开始接受教育时，“文革”已经结束了。后来改革开放，白家兄弟都接受了一些先进思想的教育，但反映出来就不太一样。老大变成了一个文艺青年，有点神神道道的，老二则朴实无华，踏实肯干。等到高中毕业时，老大决定浪迹四方，追随其父的足迹，做一名云游诗人，这种想法在九十年代初是很先锋、很浪漫的。老二则考上了大学，学物理。

白狗一看老大的性格如此洒脱，心说正好，你云游去吧，我给你指条明路！于是找个合适的时机，跟白新文把二十年前这段往事说了。按说，这是一段佳话，放在当年，也是既先锋又浪漫，没想到两人一下子说翻了。这是因为“结婚”这个词对刚刚崭露头角的文艺青年和诗人来说太烟火气、太世俗、太不浪漫了，何况还是去跟山里的村姑结婚。白新文说：“我又不认识她，我们之间能有爱情吗？”爱情这个词在那个年代也就能从白家哥们儿嘴里说出来。

白狗勃然大怒，二十年来积蓄在心头的压力一下子喷薄而出。他说了一大串没过脑子的蠢话，把自己都震惊了。比方说：我跟我的救命恩人指腹为婚，这是多么神圣的约定，我怎么能放任你破坏它！这种话在当时来说是标准的屁话，尤其不应该从一个经历过革命洗礼的人嘴里说出来。当时的人们虽然不太好意思公然谈论爱情，但私下里谈得很欢，而且非常反感包办婚姻。年轻人接受了西方先进思想，认为自己是为自己而活，不是为父母而活，你跟别人瞎约定，干我鸟事，我刚起床牙还没刷呢。父子俩闹翻了之后，白新文就带上几个零钱，离家出走，重游大串联老路去也。

这一年白新武二十岁，白新文二十四岁。石英的孩子如果健康地活着，恐怕已经二十七八岁了。很难想象在当地这么大年纪的姑娘还没嫁人。白老板的故事讲到这里，我们都已经发现了之前感觉不对的地方问题之所在——白老板看起来很年轻，而且高大威武，他听起来不像哥哥白新文，倒像是弟弟白新武。

白老板像所有擅长讲故事的人一样，在这里给我们拴了个扣，忙活生意去了。我们愣在当场，慢慢消化着这个故事。故事讲到后来，节奏明显加快了，这是因为结局已经显而易见，我们所有人都猜错了。白狗没有毁约，真把自己的儿子送来了这个山村。不但如此，他还真的找到了石英的孩子；不但如此，石英还真的生了个女孩；不但如此，这个女孩还真的等到了二十八岁没有嫁人；不但如此，两人还真的结了婚；不但如此，结婚后他们还开了家门脸这么大的饭馆，现在有了女儿，看起来日子过得美极了。我这一串“不但如此”如果放在高考试卷上，作文准保得零分，但是这些让我们吃惊的事情联系得太紧密了，我只好这么写。

却说当年白新文出走后，白狗一筹莫展，整日里饮酒消愁。白新武锐身自任，表示愿意为父亲完成这个重大的约定，令白狗又惊又喜。后来的事情我们都知道了，白新武辍学来到这个古村，找到了石英的女儿。石英的妻子1982年死了，但石英还活着。九十年代末，一家旅游集团开发当地旅游资源，发现了这个依山傍水的古村。他们保留了村内所有居民和住房，投资让他们开店做买卖。后来，山上修路，一部分村民的房子和山地被占，得到很多补偿款，石英家就在其中。这个砍柴少年如今已经比我们在座的任何一个人都有钱很多很多倍了。他六十多了，早就不砍竹子了，在后院陪孙女玩火烧战船，很少到前面来。

他当年砍竹子的那个地方，如今也开发成了一个旅游景点，想看看他砍过的竹子，非得交三十块钱才行。墙上那些七扭八歪像是用脚写的书法作品就是他写的。也算自成一体吧。

同行的有个作家问白老板：“你就是弟弟白新武？”

我真想泼他一脸奶茶。

白老板一笑：“讲这半天，你要连这点都没整明白，你可真没治。”

我很想见见那个替父亲遵守约定守候了二十八年的白夫人，可惜没见着。掐指一算，这位老板娘如今四十五六岁，年富力强，不知道为什么没在堂上奔忙。可能做什么更大的生意去了。想到这里，我又产生了一个疑问：我该管白新武叫“白老板”还是“白老板娘”呢，这种倒插门老板我还是头回遇到。技术上讲，他媳妇才是老板，他最多叫CEO。

我又问到他哥哥白新文的下落。白老板说他哥哥后来云游得穷了，只好回老家；因为没上大学，没有一技之长，只好种地为生。我问：“他来看过你们吗？”白老板说：“当然来过，可是我没见着，我媳妇见着了。”有一年，白新文云游到此，穷得肋骨透风，饭都快吃不上了。他大概是在附近的巷子里埋伏了很久，等到白新武出门进货，他去找老板娘讨了碗奶茶喝，喝完潸然泪下，对老板娘说：“你真是个好人。”临走时，他用随身携带的钢笔留下一幅字，上面写道：

“有人说/我们的奶茶/挺好喝的/扯犊子/我们的奶茶/是天下最好喝的”

写完又说，我是诗人，我的诗很有名，你们可以印在杯子上，我只能帮你们到这里了。

我看了看杯子上的诗，想不出白新文当时的心情。他想必觉得弟弟正过着自己作为一个文艺青年一生都在梦想的生活——在一个游人如织的古镇里开一家奶茶店。他看到老板娘的时候，心里想些什么，我就没法分析了，因为我这人太猥琐，分析出来也尽是些猥琐的想法。

同行中有个人提出了一个终极思考，他说：“白新文当时肯定有一个跟我一样的疑问——白老板和老板娘之间的感情，到底是不是爱情，值不值得歌颂？”

我说：“这个问题的答案，用我们北京人的话说，你们真是咸吃萝卜淡操心。”

偷狗的人

有一位姓黄的老师，她是搞电影的，每次聊天都能在信息量上全面碾压我。基本上，不论问她什么关于电影的问题，都能得到肯定而自信的回答。比方说，如果我问她："你能评价一下迈克尔·法斯宾德的演技吗？"她会说："能。"然后平淡而详实地从他的第一部片子讲起，一讲就是三个小时。如果我问她："你能推荐一部描写神经病的电影吗？因为我最近要写一个神经病。"她会说："能。"然后她会说出大约二十部关于神经病的电影。如果我问她："你能买我的影视版权吗？"她会说："不能。"然后端起茶杯喝了起来。

她推荐的神经病电影，我看了七八部就够了，因为其中有一部叫《七个神经病》，一下满足了我很多需求。我看这片子的时候，看了十分钟，就跳起来，激动地发微信给黄老师说："哎哎！这事儿我知道啊！这不说的那谁吗？"黄老师问："那谁？"我自信地答道："陈恳啊！我没给你讲过他的事儿吗？"黄老师啐道："呸，没讲过，什么破名字。"

陈恳这个名字确实不怎么样。不过黄老师也没什么立场说人家，因为她自己的名字叫黄士奇，每次送快递的一来，全公司就要大笑一番，觉得快递小哥在喊哈士奇。黄士奇的故事以后慢慢就会讲到，现在先说说陈恳的故事，这个故事是从一条哈士奇身上开头的，这真是宿命。

陈恳是东北人。他来北京上大学，学的是美术，那是十几年前了。毕业以后，他在一个小工作室实习，住在南二环。那个地方有一处很格色的小区，里面全是一种介乎板儿楼跟别墅之间的不伦不类的建筑。据说十几年前北京房地产市场刚刚起步的时候，南二环无比荒凉，没人愿意开发，地很便宜。这地方的开发商就造了一些看起来很贵的大面积户型卖给有钱人，其思路大概跟如今在六环外或者北边山里买个别墅差不多。这么一来，该小区住的都是有钱人，这么多年既没有拆迁也没有翻盖。陈恳住的地方跟这小区一街之隔，塔楼林立，破旧不堪，他住在地下室里，跟颜料和画布挤在一起。

陈恳很不愿意在屋里待着，因为没窗户，太憋闷。下了班，吃完晚饭，他要在附近溜达到很晚，回到家里也就是睡个觉，没别的可干。夏天的一个傍晚，陈恳遛着遛着，忽然感觉有人跟踪。此时他正好走到一处僻静的两楼夹道，左右无人，只有一盏盏凄惨的路灯。他察觉到被跟踪了之后，进行了一番复杂的心理斗争，比方说是拔腿就跑还是转身一战，以及歹徒为什么要挑上他这个穷鬼之类的。

结果他斗争完了，猛一转身，吃了一惊。身后没有人跟踪，只有一条哈士奇。他俩在两盏路灯之间默默地对视着，彼此都有两个影子，其中一对交叉在一起，像在握手。仔细一看，这条哈士奇很干净，脖子上戴着项圈，遛狗的皮绳别在里面。狗歪着脑袋看他，尾巴往一边使劲甩。陈恳看了半晌，刚准备开口说话，忽然“咔嚓”一个响雷，接着连掉点儿的过程都没有，暴雨倾盆而至，一人一狗瞬间就被浇透了。

回了地下室。当然，他先是在雨里发了会
着狗走了几圈，走得连肚脐眼都淋湿了，也
他们家实在太简陋了，既没有吹风机，也
自己的毛巾，把狗上下擦了个半干，等到
妈的，应该先擦人再擦狗。他看狗有点哆
货的样子十分可怜，就把它抱过来，靠着

着狗出门找主人。他觉得主人肯定比他还
也太大了。可是没见着。他又想，就算找
知道这是谁家的狗。于是他拉去居委会，
“哎呀妈呀，这是狼是狗啊？”也没说出
狗启事。陈悬没办法，把狗带回地下室，

处，肯定要以手掩面，心说：完了。诚如
门，吓得差点坐地上，以为家里进了贼。
袋子都拆开了，所有抽屉都翻开了，所有
散落一地，惨不忍睹。它在每一卷画纸上
人们形容书法作品常用“力透纸背”，陈
：“这他妈才叫真的力透纸背！”一口咬
张幸免。这还不是最惨的。它还吃了颜
颜色的爪印，还有些从形状上无法分辨是
用哪个部位涂的。哈士奇坐在屋子正中，表情严肃，一副与我无关的样子。它可能最后一口咬的是红颜料，嘴上像涂了口红。

陈悬气疯了，捡起一个拳头大小的石膏人头，劈手丢了过去，哈士奇“喀”地接住了，摇着尾巴跑过来，放在陈悬手上，又跑回原地等着去了。这真是违背常识！这不是金毛干的事吗？哈士奇不是雪橇犬吗？陈悬愤怒地想。

但是冷静下来一想，他忽然发现狗造反也不是没有道理，因为他没给狗留吃的，只倒了一碗水，那碗水被它弄翻了。陈悬心想，老子又不是要养你，干吗给你买狗粮？还是赶紧找到原主要紧。

当晚又在小区里转了好几圈，也没有遇见认识这狗的人，更别提主人了。陈悬筋疲力尽，因为哈士奇力量太大，基本上是狗拉着他走。他现在只想回家，从废墟里扒拉开一个窝，睡觉。正这么想着，昨天那个居委会大妈又出现了。“小伙哌（子），”大妈热情地一拍陈悬的肩膀，震得他半身酥麻，“我跟你说，这狗肯定不是咱小区的，你上街对过那个小区找找去，那儿都是有钱人，有钱人才养狼哪，咱们这儿都是小巴狗。”

陈悬揉着肩膀，觉得有几分道理。道过谢之后，他带着哈士奇穿过马路，几次差点让车撞死之后，有惊无险地来到了那个布满怪楼的小区。可是此时已经11点多了。高档小区里又没有跳舞扭秧歌的，格外安静。可能有钱人睡觉都比较早，楼上的灯亮着的都不多了。陈悬一看没人可问，草草转了一圈，刚准备回家，忽然发现小区门口的布告栏上有张纸，凑近一看，写着：寻狗启事。这张纸之所以大老远就能吸引他的注意力，是因为上面用很大幅面印了一张狗的照片，从远处看跟通缉令似的。照片里，一只哈士奇头朝左边，眼睛使劲往右翻着，露出半拉白眼珠，龇着牙，似乎在说：“很好，你已经成功引起我的注意了。”陈悬对着照片和狗上下比了半天，除了红嘴唇以外，基本可以确定就是这只狗。他长出了一口气。

接下来的难题是，寻狗启事上没有写住址，只留了一个电话和一个呼机号码。这里需要补充一条比较难以置信的背景知识，在那个年代，并不是每个人都有手机的，有呼机的都是少数。陈悬这种穷鬼当然都没有了。他又没带笔，怕脑子记不住，只好把那张纸扯下来，结果把狗头扯成了两半。然后他开始牵着狗找公用电话。可是时间太晚了，公用电话都关门了。这里需要补充另外一个比较难以置信的背景知识：那时候街上的电话亭非常少，而且大部分都不能用，因为里面的电话都被拆走了，当成了厕所，臭气熏天。哈士奇对着电话亭撒了泡尿，自顾自地往街对面走回去了。陈悬气得鼻子都歪了，心说你要认识自己家也行呀，你认识我家有他妈什么用！浑蛋。

回家之后，陈悬从冰箱里翻出一个冻馒头，刚掰开一半，哈士奇冲上来一口咬住，吭哧吭哧地啃完了。陈悬把哈士奇造反留下的废墟简单收拾了一下，上床睡觉了。半夜里，哈士奇蹿上床来，用爪子在陈悬脸上拍了几下，把他拍醒了，狗自己却扭头睡着了。因为头天刚下过雨，狗爪子上踩得都是泥，陈悬只好起来洗脸，结果洗完睡意全无，只好收拾房间，哈士奇于是顺理成章地霸占了整张床，还会自己裹毛巾被。

凌晨五点钟，陈悬挤开哈士奇，上床睡了一会儿。反正没有窗户，天亮不亮也没什么区别。他刚睡着，狗就醒了，起来把收拾好的东西又拆了一遍，还在门口吐了一摊。陈悬困得要死，没能爬起来，干脆睡下去了。八点钟，闹钟把他脑揪于地而起，他迷迷糊糊往厕所走，啪叽一脚踩在呕吐物上，低头一看，大骂道："×你妈！"转念一想，这不太成体统，便不骂了。他拿来笤帚簸箕准备收拾呕吐物，忽然发现里面有些白色的碎片。捏着鼻子蹲下看了半晌，终于看明白是什么之后，陈悬还是没有忍住，又大骂了一声："×你妈！"

因为那些碎片，是头天拿回来的寻狗启事的碎片。

这天白天，陈悬干了不少事。他先去电话亭呼了老板的汉显，请一天假，然后骑自行车走三站地，打听着找到一个宠物医院，买了袋狗粮。买的时候他小声念叨：“妈的，比我吃的还贵！”被柜台里的小姑娘听见了，小姑娘一笑，他大窘而归，恨不得撞墙。回家喂了狗，觉得地下室太憋闷没法待，他又带着狗去了对面小区。现在可以肯定的是，这只狗的主人肯定住在这个小区，所以他绕着小区找了半天，都快晒脱水了。正当午时，烈日蒸腾，银杏儿跟龙爪槐都打蔫儿了，小区里别说行人，连野猫都没有，也无处打探。而且这个小区出奇地大，楼与楼之间的距离简直奢靡腐朽。踏遍整个小区之后，日头已经往西转了。陈悬找了个地方买了瓶矿泉水，自己喝了几口，剩下的给狗喝了。喝了半瓶子水，狗嘴上的红嘴唇也没冲下去。

到此时为止，陈悬的精神和身体状态都跌入了谷底。他甚至有心把狗往阴凉处一拴，等下班点儿天凉快了，就算主人看不到，也许有主人的街坊邻居看到了能认出来，把它送回去。按说这也是个办法。但陈悬是9月1号生人，按照民间流行的某种星相学的说法，他有强迫症，必须要把整个小区走完。

结果，他在小区东面的另一个门口，看到了另一个布告栏，上面贴着另一张寻狗启事。

打电话之前，陈悬心情忐忑，不知道说什么好。他想了好多套词儿，练习了很多种态度；这是为了应对狗主人不同脾气性格的场合。结果电话一通，没人接。他只好给呼机留言，说道：

“你的狗在我手里。”

后面附上了地址，但因为是一个地下室，想必读的人怎么看都觉得是绑票。回了家，陈恳就坐立不安起来，生怕对方误解。那时候哈士奇是一种很贵的狗，又已经一把屎一把尿养到这么大了，肯定十分金贵，绑了它就跟绑了孩子差不多，主人肯定十分紧张，搞不好还会报警。这要是报了警，警方会立案吗？听说一千块钱以上就算盗窃了，这狗肯定值一千块吧！这到底算盗窃还是算绑架啊？稀里糊涂地想着想着就睡着了。八点来钟，有人“当当当”一打门，陈恳爬起来一开门，还没看清来人是谁，只见一道黑线，哈士奇从门缝挤了出去，卡住了。

陈恳推开门，看到楼道里蹲着一个胖子。哈士奇人立起来，跟那胖子蹲着差不多高，正趴在他肩膀上又舔又叫，给胖子洗了一遍脸。胖子五官挪位，嘴里呜哩哇啦，不知道在说什么。等了一会儿，哈士奇高兴够了，转过身来又扑陈恳，跳着脚要舔他的脸。舔一下，转身看一眼胖子，嗷呜长啸一声，然后接着舔，如此往复。那意思好像“这是我新交的朋友”。胖子站起来，抹抹眼泪，嘿嘿笑了两声，突然一撇嘴又哭了，简直神经病。

陈恳被眼前的场面深深地震撼了，直达内心深处。他没养过狗，从来不知道狗和人的感情可以这么深，也没想到一条狗失而复得，可以让一个铁塔般的汉子这么高兴。他也哭了。他不知道自己为什么哭，也没思考自己为什么哭。这种哭不经过脑子，一股子酸劲儿从后脖颈子上来，刺过头壳直达鼻梁，就跟让人闷了一足球差不多。到最后，他流的眼泪比胖子还多，胖子还得劝他。结果绑架的事也没人提了，胖子也并没有报警。

这件事在陈恳的生活里是一件不大不小的事，掀起了一点波澜，但很快就过去了，什么也没有改变。胖子很有钱，坚持要给陈恳两千块钱报酬，并且身上就有现金，一卷一卷的。估计本来是打算当赎金的。陈恳一抹眼泪，上来了男子气概，怒道："我找你不是为了钱，是这狗太烦了，要不我就留下了！"胖子愣了一下，爽朗地笑了起来，笑得像在使劲捶人的胸口。陈恳看了他一会儿，也大笑起来，这是因为胖子被哈士奇舔过之后，两腮绯红，跟擦了胭脂似的。这狗吃了颜料之后，雨淋不掉，水洗不净，却能蹭在人脸上。

胖子带狗离开之后，陈恳开始收拾乱作一团的房间。他有一种感觉，觉得自己好像刚刚在家里跟好朋友大喝了三天三夜，看球打牌，十分开心；现在朋友散了，他一个人收拾房间，就是这种寻常的孤独感。可是他不能真跟朋友喝上三天三夜，并且他也喝不起。他既没有时间，也没有钱。可悲的是，他还没有朋友。他一边收拾，一边回想哈士奇跟主人重逢的场面，默默地又流起眼泪来。

陈恳再没有见过那只哈士奇和它的胖主人。工作室没过多久就黄了，老板在黄之前，给他找了个广告公司的工作，挣钱不多，但是体面，不用穿得跟太空人一样去火车站冒着摔死的危险画顶绘。他跟同事在附近找了个房子合租，这次是高层，不但有窗户，景致还不错，因为当时的北四环还很荒凉，四周没什么障碍物，视野非常开阔。

这年冬天，快到年底的一天，陈恳中午出去吃饭时，在附近的宠物店看见一张寻狗启事。陈恳对这个东西非常敏感，马上驻足观看。一看，上面写着：雪纳瑞犬一只，名叫娜娜，走失时上身穿明黄色小马甲，脚下穿四只橘红色小靴子，两只耳朵染成了彩虹渐变色。陈恳大惊道："我操，这样都能丢了！这主人是瞎吗？"宠物店的人说，这狗是大白天丢的，主人带着来做美容，刚做完出门要上车，狗突然脱了缰，疯了一样穿过一片灌木，钻进对面的铁栅栏里去了。主人和宠物店的员工马上兵分两路去追，结果找遍了那个小区也没有找到。

陈恳马上回想起来的第一个画面是在南二环那个地下室的楼道里，哈士奇和主人重逢时的样子。这个镜头就像一些有杀伤力的电影一样，放多少次都能准确击中陈恳心里的某个标靶，让它轰然倒塌，然后没出息地流眼泪——不分场合，不分地点。陈恳鼻子一酸，想想狗主人着急又没辙的蠢样子，又假设了一番雪纳瑞和主人重逢的画面，觉得实在太感人了，如果此生不把这个画面变成现实，人生就会不完整。

于是他决定找到这条狗。

宠物店的人猜测，狗可能是被偷了。这就跟手机丢了一样，如果马上拨过去发现关机了，那就是被偷了。从宠物店到小区里只有一个栅栏门的距离，又是光天化日，除非被偷，不然不可能这么快消失。陈恳得到这条线索之后，先想了想自己如果是名侦探柯南，会怎么解决这个案子。后来觉得不对，还是想自己如果是人民警察怎么办比较现实。经过上网了解发现，基层人民警察破案的一条最实用、最基本的秘诀就是：走访！于是陈恳开始从距离栅栏门最近的单元开始，走访过路群众和低层居民。

人民警察破案第二条最实用、最基础的秘诀就是：蹲守！在走访中得到一些半真半假的线索之后，陈恳对可疑住户和车辆进行了跟踪盯梢，为此损失了很多工资，工作都差点丢了。皇天不负有心人，终于有一天，他发现他跟踪的可疑人物提着一个折叠笼子进了电梯。

这件事后来为陈恳赢来了“救狗神探”的美称，还上了一份小报纸。记者问他：“为什么要花费这么大精力，去帮助素不相识的人找一条素不相识的狗？”陈恳答道：“为了正义。”于是记者就不再问他了。

救狗那天，宠物店的几个小伙子，伙同狗主人和他的朋友们，以查水表为名诈开了嫌疑人的门，雪纳瑞闻见主人的味儿，夺门而出。陈恳远远站在楼道的一端，拿着数码相机，把这个感人场面记录了下来。除了感人场面之外，还顺便记录了打人场面。

出了点小名儿之后，竟然有人开始打电话到陈恳的住处和公司，求他帮忙找狗。陈恳推说没时间，要工作。有一位豪阔的狗主人咆哮道："什么工作！不就是他妈几个钱吗！你帮我找到我家妞妞，我让你当老板！"无奈之下，陈恳只有出山。他跟这位土豪见过几次面，但他家妞妞丢的时间有点长了，摸排走访、盯梢跟踪都不好使，最后也没找到。末了去见土豪时，陈恳买了点创可贴和云南白药，往茶几上一放，坐在沙发上一抱头，说道："大哥，别打脸，我还上班呢。"土豪呆了一下，左右看看自己的小弟们，笑道："他这是什么病啊？"小弟们也跟着讪笑起来。没想到土豪突然一拍茶几，站起来指着小弟们大叫道："笑个屁，笑！废了你们信吗！都过去叫大哥！"于是小弟们排成一队走到陈恳面前，鞠躬叫大哥。陈恳觉得做了一场诡谲的噩梦。

这段经历还说明，人要出名很快，出了名要过气更快。陈恳上了报纸之后，因为种种无法推脱的理由，接手了四五个案子，毫无斩获。于是人们很快就把他忘了。可要命的是，让他出名的那只雪纳瑞，与主人重逢的场面又一次深深印在他那个容量有限的脑袋里。他爱上了那种重逢。他在网上找到很多视频，国内国外的都有，内容都是跑丢的宠物失而复得啦，退伍美军士兵回家与大狗重逢啦，凡此种种。其中还有一段，说有两兄弟捡了一头幼狮养在后院，结果越长越大，不敢养了，送给了野生动物园。多年以后，兄弟俩去动物园看望狮子，那头狮子远远在山头上就认出了他们，飞扑下来又抱又舔，像只大猫。陈恳看这个视频，看一次哭一次。他心想，我还是得找狗，有很多很多人需要我。他没想清楚这里面的需求关系。这是后话。

陈恳开始主动出击找寻狗启事，帮人家义务找狗。他这时候已经有点神经病了，但病得还不重，不至于让人报警。很多充满爱心的人最终走上极端，跟陈恳的路子都差不多，只是他们自己看不清而已。可惜的是，这些寻狗启事帮不上什么忙。一来寻狗启事本身就不好找，不像寻人启事那样满街都是。这也真怪，人丢得比狗还多！什么世界。二来许多启事早已过期了。寻狗启事上会写几月几号走失，但往往没有年。因为狗主人都希望在几天之内就找回自己的狗，谁也没想过跨年。绑架案里有一个“黄金72小时原则”，大概意思是说，拖久了事情就不好办了。所以陈恳打电话过去，不是早就放弃了，就是已经找到了。两者对陈恳来说都是噩梦。放弃的人被他这么一问，突然掀起一阵感情波澜，以为狗找到了，或者有了希望。后来一听说只是想帮忙找，一般都会骂上一句神经病，这说明他们心理上早已放弃治疗了。后者就更惨了。如果狗已经找到了，却接到陈恳的电话，第一句就问人家“您家的狗是不是丢了”，对方基本上不是态度冷若冰霜，就是开口便骂，总之都觉得他是骗子。

一年下来，陈恳备受打击，一条狗也没找到，连丢狗的事都很少遇见。用北京人的说法来形容，他此时已经魔怔了，不找到一只走失的宠物狗，就睡不好觉，吃不下饭，整个人都缩小了一圈。从后面看，跟狗差不多了。恰逢此时，命运又对其施以无情的痛打——公司搬家了。从北四环，搬到东六环开外的宋庄画家村，老员工走了一半，来了几个生瓜蛋子撑场面，公司看上去支撑不了多久了。最主要的问题是，这里是农村，遍地都是狗，家家都养狗，但没有一条寻狗启事，因为他们对于丢狗这件事习以为常。村里倒是有一些艺术家和企业家，他们养了些好狗，但不怎么丢。

陈悬蹲在路边看各种各样的狗时，心里一阵一阵翻涌着情感的波涛，眼前一层一层叠放着自己编排的画面：狗群之中忽有一条与自己正在找的狗相似，冲过去揪住耳朵，对着手里的寻狗启事一看，唉，真是嘿！遂拿出手机呼叫狗主人。俄顷，主人来了，抱住爱犬涕泪交流，陈悬就跟着一起哭。哭罢起身，主人照例拿出酬金，陈悬照例推辞，因为他要的不是钱。

他要的是一种像毒品一样有成瘾性的特定场面。

秋天里，公司来了个客人，长发飘逸，须撒前胸，十分有仙风道骨，看样子就知道是个画家。这人开了辆破桑塔纳，车里坐着条怪狗，一开始陈悬看见那狗，没看明白它怎么待着呢。因为公司到处堆放着画布，不让带狗进去，画家下了车，把狗留在了车里，窗户留了一道缝给它换气。

画家走了以后，陈悬凑近了车窗，透过玻璃看那条怪狗。

天哪，这是一条无可名状的狗。这竟然是一条哈士奇和腊肠的串儿。

这条狗的体型很像长二捆火箭。这么说还是不够形象，但陈悬自己也想不出别的词儿来形容它了。它的脑袋是小一号的哈士奇脑袋，三火蓝眼，褐色鼻子粉舌头。身上短毛如鼠，光滑似锦，末梢一条欠揍的小尾巴，跟猪尾巴有几分相似，摇来摇去。陈悬看傻了。

“这他妈的，”他叹道，“真是艺术家的杰作。”

他趴在车窗上跟狗说话，一边说，一边想象着那位仙风道骨的画家是怎样精心培育出这么一条怪胎，并全身心地爱着它的。其场面大概是：画家一手持试管，一手持烧瓶，将一些粉红色黏稠液体混合后，摇一摇，倒进一个咕嘟咕嘟冒着泡的沥青锅里，很快就有一条狗低吼着从里面挂着满身的黏液爬出来了。

陈恳转而又想到他最常想的场面上去——这狗如果丢了，艺术家得多着急！接着，本侦探一个箭步赶上前去，拍拍他的肩，潇洒地说道：“不要慌，狗我已经帮你找到了。”然后再附上一句“辫子很帅”。想着想着，陈恳觉得这些事情好像已经发生了，又好像没有发生。他进入了一种精神游离状态。

在这种状态的支配下，他用一把钢尺打开了车门锁，抱起怪狗放在自行车筐里，回家了。

讲到这里，我们可以认为，陈恳已经完成了一次从普通人向神经病的飞跃。他最初偶然遇到一只狗，并用自己的努力和智慧帮助它回到了主人身边。接着他又偶然遇到了一张寻狗启事，再次用自己的努力和智慧帮助狗回到了主人身边。严格来说，他真正目睹的那种热泪盈眶的重逢场面，只有这两次，其他的九千九百九十八次，都是他想象出来的。然而在这种不断地做白日梦、自我洗脑的过程中，他蜕变成了一个神经病，最后干出这种荒唐事来。

他竟然偷了一条狗，在自己的公司门口，从公司的客户车里。

有关这件事我们还需要补充一点，就是从讲故事的技术层面来看，这个故事里的很多内容都超出了我的叙述视角。这是因为陈恳自己把这一切都讲了一遍，但不是给我，而是给我的一个朋友讲的。我的那个朋友后来自然又给我讲了，我如获至宝，逢人便讲，没想到阴差阳错竟然漏掉了黄士奇老师，枉费她的名字跟这个故事这么有渊源。

故事当然还没完，之所以补充上面这一点，是因为接下来要讲到我的那个朋友，即把陈恳的故事讲给我的那个人。这人是个兽医，兼浑蛋，作恶多端，干过很多突破底线的事情。比方说下面这件事。

这天傍晚，秋风送爽，银杏铺路，我的这位朋友在村头的铁道边散步。他家就住在附近，家里养了数量惊人的狗，品种各异，大小俱全，全是他从自己开的动物诊所里收养的遗弃狗。他沿着铁道边走边遛狗，走着走着，看见一个瘦小的身影蹲在地上，跟一条狗说话，手里拿着一根火腿肠。那条狗半卧半坐，举着一只爪子，呼哧呼哧喘气。

我这个朋友于是就走过去了。他人虽然浑，但却是一个罕见的传奇兽医，尤其擅长看狗。他从远处一看，就发现这狗身上有两个疑点。第一个疑点是，狗一直举着一只爪子。他走到近前，蹲下身来捏起狗爪子看了看，把陈恳吓了一跳。他扭头向陈恳笑了笑，笑得爽朗宽厚，打消了陈恳的疑虑。陈恳说：

“它刚才突然从自行车筐里跳出来了，一落地，这条腿就不好使了。”

我那朋友便说：“骨折了，好使就见鬼了。”

陈恳问：“那咋整？”

朋友说：“看情况。这是你的狗？”

陈恳眼神一飘，马上被我这个机智的朋友发现了。当然他发现的还有别的。例如，疑点二：这条狗酷似他医院里来过的一条病狗，也是哈士奇腊肠串，由一位画家带来，开了刀。这是因为它偷吃了画家的一枚颜料，囫囵生吞的。所以他一看见这条狗，心里就起了疑。

他站起来，夕阳把他巨大的影子压在陈恳身上。我这个朋友生得十分高大威武，很会打架。

“我问你呢，”他压着嗓子说，“这是你的狗吗？”

陈恳也站了起来，把火腿肠一扔，在裤子上蹭了蹭手心的汗，有点慌，没说出话来。

“这狗我认识。”兽医说，“这是我们村一个画家的狗。我给它做过手术，肚子上还有刀口。”

说着他蹲下身，冲狗肚子一推，狗应声而倒，四脚朝天，露出肚皮来。上面果然有一道很长的刀疤。

陈悬一看，颓然坐倒。此刻，他已经忘了什么狗和主人重逢的画面了。他想起的是另一组画面，里面有个侦探，还有几个笨警察，在侦探的帮助下，经过缜密的推理，刚刚识破了凶手，那个凶手就是自己。凶手坐倒在地，低下头，开始一段烦人的自白。这段自白通常以“十年前”开头，以“所以，我就杀了他”结束。具体到陈悬的场合，内容自然有些不同。比如，他会说：

“所以，只有经历过那种重逢的人，才能体会到那是一种多么触动灵魂的场面！啊，只要经过一次就会上瘾的，所有人都会的。现在我带走了他的狗，养上几天就会还给他。他正急得冒烟哩！狗突然就被送回来了。肯定高兴坏了！一定会跟狗抱头痛哭的。末了，还要好好谢我一番。只要我不说，谁也不知道狗是我带走的。

“客观上讲，这对于那个画家来说，难道不是莫大的快乐吗？而他最终实际上没有任何损失。至于爪子骨折的事情，我可以讲，也可以不讲。这是个意外。

“你有没有在电影里看到过那种家族式的血腥屠杀，或是火灾、地震一样的大灾难后，一家人中幸存的几个人重逢时喜极而泣的画面？你能说他们不高兴吗？当然不能！但你又不能说屠杀和灾难是好的。人们不会为了屠杀和灾难高兴，但却能为幸存和重逢感到无比地幸福，这种幸福，不经历灾难，是永远体会不到的。多么宝贵啊！而我，却可以带给他们这种幸福，并且没有任何损害和风险。这样做有什么错！”

这里面的逻辑十分混乱，道理讲得也似是而非，但如果对象是个粗线条的浑人，还是有可能上当的。可是我这位朋友是粗线条的极致。陈悬刚刚开了个头：“十年前啊……”他就竖起手掌，摇了摇，说道：“停！不想听。”说完抱起伤狗，一手插着兜转身走了。

陈悬被晾在那儿，走又走不得，因为从四面八方，渐渐围拢上很多狗来，把他挤在垓心。这些狗全都系着黑领巾，像黑社会团伙一样，看起来很不好惹。陈悬急了，大叫道：“妈呀，这些狗是干吗的啊！”

兽医也不回头，抽出兜里的手摆了摆，说道：

“是你的新朋友。”

猫王吕碧莲

下午，我回家的时候，看到地下室窗口的栅栏上趴着一只洁白的猫。我从没在小区里见过这只猫，因为它特征鲜明，辨识度很高，不可能认错。它屁股上有一撮黄毛。我养猫二十余载，猫身上有这种焦黄，我还只见过一次。有人在网上发过这么一张图：他们家猫冬天在电暖器前取暖，把屁股烤焦了，图片里的猫屁股就是这个颜色。

我问看车的刘大爷，谁这么损把猫给点了？刘大爷摇头不语。我说："得嘞，我问问秦大妈去。"秦大妈是我们院猫太后，家里收养了许多流浪猫，还在小区院儿里长期喂养一批形态各异的猫。秦大妈退休以前是开环卫大卡车的，孔武有力，曾独立在院儿里倚着电线杆子和楼体，用砖头和预制板搭起一座高大宏伟、古拙雄浑的猫窝，让流浪猫得免雨雪之厄，功德无量。我这么说着，刚要往猫窝那儿走，刘大爷嘟囔道："嘿，你问她，你就作吧！"

我抬头望天，天光向晚，正是秦大妈喂猫的时间。我于是信步走向那座巨型猫窝。该窝坐落于六号楼侧面一角，上邻一单元102的厕所窗户，横架于楼梯和电线杆子之间，结构复杂，做工精巧，是我日常出入小区看熟了的。可是我还没走到猫窝，就先闻见一股怪味儿。只见秦大妈魁伟的背影坐在猫窝前，周围几个婶子大娘正在不住劝慰。往猫窝上看，整个猫窝墙圮瓦碎，里外焦黑一片，十分可怖。内中惨状，不问可知。

刘大爷问我："你几天没回家了？"我说三天。刘大爷又说："嘿！幸亏你没回来，头天晚上这叫一个热闹，嘿！"刘大爷说话总是嘿嘿的，配以捏手跺脚，感情很充沛。我问他猫窝的事，他虽然说得啰唆，但一来二去也算讲明白了。事发当天夜里，六号楼忽报火起，街坊起来救人救火，有人定睛一看，原来起火的不是楼本身，而是秦大妈的猫窝。人们赶忙去叫秦大妈，却见她衣衫不整，穿牖而出，大号道：

"孩子，我的孩子！"

后来消防车来的时候，火早就灭了，消防车因为太胖，挤不过小区里乱停乱放的私家车，反正火情已经消失了，消防员检查了一下隐患，登记现场情况以后就走了。秦大妈自此就在那儿坐着，不吃不喝。我去看时，猫窝已被人大致收拾停当，里面的猫尸烧成焦炭，却没人敢动，一动秦大妈就要拼命。刘大爷对我说："你劝劝你秦大妈，别人都劝不动。"我说我也劝不动啊，刘大爷振振有词，答道："但是你比我们扛揍。"

我先猫腰进窝看了一眼，场面惨不忍睹。这是我第一次进猫窝观看，虽然里面烧得一塌糊涂，但是秦大妈的巧思依稀可辨，一见恻然。我蹲在一只烧成炭的猫前，喟叹了一回，转头一看秦大妈，只见她双目精光暴射，似乎我只要动上这猫一指头，她就会扑进来把我咬死。

我蹲在秦大妈身边，先说了一些毫无用处的废话，比如，您喝口水吃点东西之类的。这种话不说也罢，说了她也不会听的。我看她双目无神，直勾勾地看着猫窝，真像木人一般，也怕这老太太就这么坐死在这儿，耽误我以后开车进出，当下想了一想，开言道：

“秦大妈，您老节哀，伤心也是枉然，还是早点查出是谁干这伤天害理的勾当要紧。”

秦大妈幽幽叹了一口相当长的气，又沉默了跟叹气一样长的时间，开口说道：

“查有什么用？我的孩子全死了。”

我说：“话不能这么说，这种变态，有一就有二，不把他绳之以法，难保他一次得手，再干第二次。”

秦大妈转头看了我一眼，周围众人一见，都发出一声轻呼，因为她保持同一个姿势太久了，这么轻轻一动，脖子就像是发出了巨轮转动的声音。“查？”她说，“怎么查？烧成这样了都。”

我想了想，答道：“为今之计，只有找吕大妈。”秦大妈又把脖子转了回去，叹道：“找什么女的妈，找男的妈也没用了啊。孩子啊，我可怜的孩子！”说着又要号叫起来。我最受不了这种带台词的哭法，连忙止住她的悲声：“您别急，别急。不是女的妈，是吕大妈，她住对面小区，她也养猫，也跟您一样爱猫。她儿子是警察，一定有办法。”

现在回想起来，这个建议很没逻辑，虽然它最终解决了问题，并且牵出了更多的问题。这是后话。但仔细一想，找一个跟秦大妈一样爱猫的妇女，最多只能跟她一起哭而已，并不是什么解决问题的好办法。秦大妈可能也想到了这一节，露出了怀疑和期盼参半的诡异神色。我有心说：这叫死马当活马医，又一想这个“死”字，眼下可万万说不得，只得咳嗽一声，说道："咱们试一把，万一瞎猫碰——"话音未落，秦大妈拍着柏油路大哭起来："孩子，我的孩子！"我赶紧跑了。

第二天一早，我去对面小区找吕大妈，其时她正开车巡视小区，威风凛凛，一派王者气象。她的座驾是一辆电动老年代步车，长有一米五，宽不到一米，高不过人的膝盖，正如幼儿园附近常见的那种伪装成汽车的电动四轮儿童车，只是稍微大了一些。这车是敞篷的，往里面看，只见吕大妈青绢帕罩头，额前拧了个蝴蝶扣；两只懒猫一样的眼睛斜斜眯成两道细线，嘴里叼着根草，手扶方向盘，端然稳坐。吕大妈很胖，塞在车里满当当的，车行至我面前，咔，卡在了马路牙子上。吕大妈抬头看了我一眼，一说话，嘴里的草叶上下翻飞，她说："看什么，帮把手儿啊？"

吕大妈在附近的四个小区照顾了上百只流浪猫，这件事我早就听说过了。一想到她的业务范围比秦大妈大好几倍，我就非常想亲眼见识一下她搭的猫窝。秦大妈的猫窝尚且如此，吕大妈贵为一代猫王，还不搭出个摘星楼来吗？可惜当天没有机会看猫窝，我说明来意之后，吕大妈愣了一会儿，又叹了口气，回家停好了敞篷老年代步车，就跟我回了小区。她的车过不了马路，忒慢。

吕大妈和秦大妈见了面，抱拳当胸，道了辛苦，安慰了几句，就钻进猫窝展开了调查。看到地上的焦尸，吕大妈气得浑身颤抖，体似筛糠。站了一会儿，她突然扯下包头发的手帕，卷成一个细条，往额前发际上一勒，这一下渊渟岳峙，端的是一派大宗匠风范。黑暗的猫窝里似乎有什么在微微发亮，环绕着吕大妈宽厚的背影。

吕大妈的儿子小郭跟我有一面之交，他们家里的事情，我是听小郭讲的。据小郭交代，这一天他回到家里，顿觉气氛诡异，家里所有的猫都缩在各个角落里，吕大妈居中端坐，没有猫敢理她。小郭觉得这很反常，平时这些猫都如一朵祥云似的，把吕大妈团团围住。吕大妈见小郭回来了，呼地站起，喝道：“儿子，你给我破个案。”小郭是片儿警不假，但不是这个辖区的，问明情况之后，哑然失笑。小郭答应替她到当地派出所报个案。有同袍来查案，想必效率会高一些吧？小郭和吕大妈都是这么以为的，结果出乎意料，派出所甚至没有立案。

更令吕大妈大失所望的是，经过小郭的努力，好容易得到调取当地监控录像的许可，却发现对着猫窝的那个摄像头，数据线被剪断了，什么也没录着。什么也没录着，也敢叫摄像头吗？万一底下杀人了怎么办？吕大妈对小郭大吼，小郭只好缩着脖子听着。骂了一会儿，吕大妈觉得没劲；要讲打，如今已经打不过儿子了，早两年可能还行。

吕大妈找了块布，绑在鸡毛掸子上，做了面旗子，上书八个大字：不报此仇，誓不为人！她是个民间书法家，虽然没有正经练过，但写出来也非常唬人。小郭的爸爸是个民间科学家，吕大妈那辆代步车就是该民科的遗产。小郭对民间书法家和民间科学家都烦透了，他是受过正规高等教育的，认为一切应该从基本功做起，系统学习，才能修成正果。吕大妈不理他的嘲笑，她把这面旗子插在代步车上，突突突地开走了，没走两步，就被巡逻的保安拿下，说小区里禁止私自扯大旗。吕大妈气得差点厥过去，忍了一会儿，拔腿跑到我们小区来了。

你们不是不管吗？吕大妈心想。老娘自己也能查出来！到此为止，烧猫案已经从秦大妈的事变成了吕大妈的事了。而秦大妈就像一个林黛玉一样每天嘤嘤嘤地哭。吕大妈去秦大妈的家里探望了一回，家里的三十多只猫都对她又蹭又舔，发出各种淫贱的叫声。吕大妈挤开猫群，蹭了一身毛，坐在秦大妈身边问："你有没有什么仇家？"她这么问是有道理的。大凡他们这种民间养猫爱好者，不可能没有仇家。其实也说不上仇家，因为养猫如果过了度，方法不当，那的确是非常扰民的。

从秦大妈家走的时候，吕大妈留下了很多猫罐头。她看了一眼秦大妈家的配置，堪称顶级。一溜食盆水盆，全是不锈钢的；两个双层豪华厕所，用的松木猫砂，贵得很。靠墙竟然有一台巨大的台式取暖炉，旁边是一个三层立式猫爬架，上面蹲着许多猫。秦大妈看完，心里隐隐觉得有什么不对头，但一时想不出来，只好罢了。关上秦家大门，吕大妈又敲开对面的门，对门是个孤老头儿，姓封，人称疯老爷。这是因为他确实很疯，疯起来连自己都打不过自己。他有时候还往楼下扔屎，"啪"，砸人家挡风玻璃上，屎花四溅，他就很开心。有被砸的车主知道是他干的，也不能打疯老头，实在气不过的就半夜提着屎来抹他家的门。疯老爷家的臭，与秦大妈家的臭，一时瑜亮，难分轩轾。

吕大妈潜运内力，闭住气息，访问了疯老爷家。家里除了桌椅床铺，别无长物，老头一个人居住，除了玩屎之外，没有任何情趣可言。疯老爷脑袋是不疯的，只是被儿女遗弃，性情大变，自暴自弃而已。吕大妈问疯老爷，你对秦大妈印象怎么样？疯老头怒道："疯老太太，养十几只猫，臭不可闻，楼上楼下，谁不烦她？但是猫窝不是我烧的，我要想收拾她，我就——"吕大妈急忙竖起手掌："打住！"转身离开。

出了楼，吕大妈又去看了一下猫窝。猫窝旁站着两个壮汉，正在比比画画地商量着拆除这个遗迹。吕大妈一惊，忙问何时拆除，答说明天统一来拆，不光拆这个窝，附近方圆十里，所有类似的猫窝都要拆掉，扫除火灾隐患。

吕大妈回到家里，托腮不语，寝食俱废。猫子们怯生生地开始接近她，见她并不反对，如逢大赦，拼命在她腿上挨挨擦擦。吕大妈看了看它们，叹道：你们多好啊，有个房顶，有饭吃，有水喝，能避风雨，又不遭那回禄之灾。想到伤心处，眼圈儿红了。她在饭桌上铺开一张白纸，写了几行字，画了几张图，挠头不解，困苦万状。这些事情，小郭都看在眼里，不然我也不会知道。小郭非常心疼，虽然他很不喜欢猫，但他喜欢妈啊。于是他凑过去叫："妈。"吕大妈白了他一眼："干什么？贼忒兮兮的。"小郭说："您还破案哪？看来您不但是民间书法家，还要当民间警察啊！"吕大妈怒道："对了，简称民警，你们不管的事，我们都管，人民警察为人民！我问你，烧猫窝事小，倘若烧了上面的通信电缆，烧到民房阳台，可还了得？"小郭听了，心里一震，觉得颇有道理，这件案子当地派出所不给立案，确乎不该。小郭说："妈，民间警察是不行的，民警还得专业的来，我明天带你去见一个人。"吕大妈问是谁，小郭答说是他的师父，在纵火界名头很大。吕大妈闻言大喜，转而又露出疑惑的神情，问道："你莫不是在做那官匪勾结的事情吧？"小郭吐了吐舌头，值班去了。

小郭的师父名叫霍玉贵，跟《雍正剑侠图》里的电光侠一个名儿。此老儿已经退休，但他是纵火案方面的专家，不但队上有事常常找他，有时候他还要出国参加研讨。吕大妈进门前听小郭这样介绍，心下不免惴惴。但见了本主儿一看，慈眉善目，和颜悦色的一个老者，并不像连环画儿里的秦明或者孟获。霍玉贵问了问情由，长叹一声，看起来十分感慨，似乎一句"阿弥陀佛"马上就要出口了。他站起身来，说道："大姐，您要不嫌麻烦，我陪您去现场看看？"吕大妈一听大喜，刚要称谢，突然从里屋撞出一个大姑娘来。这姑娘一阵风似的，冲出来对着霍玉贵大喝道："干什么去，不许去！"霍玉贵当即坐倒，满脸赔笑地说："不去，不去。"吕大妈和小郭站在一边，神情尴尬。

霍玉贵介绍说："这是我姑娘，名叫霍琳。"姑娘白了他一眼，对小郭说："你知道我爸什么身份吗？全国大案都请不动他，他有哮喘你不知道吗？1999年自强市场大火，我爸吸了烟尘，差点晕厥过去，你在现场，是不是？"小郭哑口无言。霍琳又进行了追击，"平时队长局长来请我爸，好歹也是几条人命的案子，咱们当警察的，那也无话可说。你这叫什么事，不就烧了一个猫窝吗？我告诉你，我最讨厌猫——"这姑娘说起话来，犹如竹筒倒豆，噼啪作响，还要再说，吕大妈霍然站起，咳嗽一声，对霍玉贵说："霍老师，叨扰了，告辞！"说罢转身离去。

小郭回家路上一直企图解释自己和霍琳的关系，而按照剧作规律，这是无须解释的，吕大妈自然知道这一点。只是眼下纵火案要紧，没有时间跟儿子置气。当天晚上，吕大妈去自己的小区周围喂了猫，看到自己照顾的猫安然无恙，而秦大妈的子民则惨遭涂炭，除了悲伤怜惜外，心里也有一丝自豪。又走访了几家邻居之后，吕大妈无功而返，回到家里，小郭竟然不在。一直耗到12点，小郭才睡眼惺忪地回到家，甩给吕大妈一本破旧的大书，摆摆手就进屋睡觉去了。吕大妈大喝："什么玩意儿？"小郭大不耐烦，隔门喊道："辟邪剑谱，九阴真经，易筋经！"倒头便睡。

吕大妈将易筋经拿到灯下一看，乃是一本破旧的《刑事侦查学》，书中几页用曲别针别着，很容易翻到。打开一看，这几页上勾勾圈圈，点点画画，显然是老师画的重点；而页眉页脚，又有女孩子娟秀的笔迹。吕大妈又惊又喜，不知这上古奇书是哪位前辈高人所留，当下挑灯夜读起来。

不觉两日过去，吕大妈只觉胸中学识横溢，不到火场去看一看，恐怕就要爆炸。这种脑袋里的能耐快要淌出来的感觉，像我辈绝顶聪明之人都有，并不奇怪。吕大妈刚穿好衣服，忽然想起火场前一天就应该被拆除了，心里一沉，赶忙飞步奔来。这种事完全是瞎操心，有我在，怎么会允许这种事发生？负责拆猫窝的兄弟是我院对面施工队的，他们上次在院里施工，撞坏了我家窗户。我没让他们赔。反正是要换钢窗的。这么一来，这哥儿俩很承我的情，虽然一扇窗户没多少钱，但他们喜欢我这种宽广的胸襟。我心想，秦大妈虽然没在这儿看着，但是这桩八卦没有看完，岂能容他们造次？一问限期，反正还有一个礼拜，我就把猫窝留了下来。

吕大妈二次查猫窝的事情，我是亲眼见到了的。她左手拿着一本小册子，上面抄着好几种颜色的笔记，其间还杂有图形。吕大妈一边查，一边看手册，一边念念有词：“解读火灾语言，检查烟熏痕迹、炭化深度、燃烧最低点——”说着弯下腰去，从屁股兜里抽出手机，“咔嚓”一闪，拍了一张。其流畅程度，恰如侠客拔剑，见血封喉。“先拍照，后采取。”吕大妈继续念叨着，站起身来查看墙壁。

猫窝的墙壁由两面生锈的铁板和一个立起来的席梦思床垫构成，床垫已经燃烧殆尽，里面的弹簧露了出来。顶是石棉瓦的，烧坏了一部分，但因为石棉瓦具有阻燃特性，经此大厄，竟然没有坍塌，可见秦大妈手艺惊人。门板是木头，已经烧没了。铁板上有一道弧形下弯的分界线，弧顶接地，两侧熏黑，中间却几乎保持着原样。“V形燃烧痕迹，顶点就是起火点……”吕大妈看了看手册上的示意图，自信地点了点头，抽出手机又拍了一张。蹲下身来一看，V形下端的顶点处有一团烧焦的东西，从残骸来看，可能是秦大妈给猫睡觉的被子。吕大妈摇了摇头，站起来刚要出去，忽然又回过头来。

被子残骸的旁边，有两具猫尸。这是两只成年猫，已经烧成炭，看不出品种相貌。吕大妈愣了一下，重又进门，去检查其他的猫尸。“不对啊，”她一边看一边自语道，“没道理啊……”猛地站起身来，不防自己身形过于魁伟，忘了低头，脑袋撞到了石棉瓦。这石棉瓦顶棚一碰之下，竟然碎成粉末，“噗”地落了吕大妈一身。整块的石棉瓦一下子变成粉末，蔚为奇观。这一下猫窝里照进了阳光，吕大妈的眼睛也亮了起来。

傍晚，吕大妈给儿子发了条微信：“儿啊，老子要去拜访你师父，你给老子绊住你女朋友。”她自老伴还在世的时候就在儿子面前自称老子。家里确实也是她更像老子一些。一会儿小郭回复道：“什么女朋友！绊不住！”后来我采访过小郭，据说他下班以后找到霍琳，突然提出请她吃饭，霍琳疑神疑鬼地去了。可见小郭平时是有多么不爱请客。

吕大妈来到了霍玉贵家。老头正在拼一座用火柴搭的别墅，秦大妈咣咣一砸门，老头吓了一跳，房子倒了一大片。吕大妈进屋之后先鬼鬼祟祟地四处查看，老头一见，笑道：“小琳子没在家，您……”吕大妈拿出手机，用手指在上面划来划去，给霍玉贵展示照片。“V形燃烧痕迹有两处，这说明什么？”霍玉贵戴上眼镜看了看，抬头又看了看吕大妈，笑道：“笔记您都看了？”吕大妈答说：“看了，您这个闺女虽然有点虎，字儿可不错。”霍玉贵说：“那不是她的字。”说着背起手来，走进屋里。

两人在沙发上坐定，霍玉贵认真看了照片。“这不是两处V形痕迹，”他说，“是三处。你仔细看，床垫的弹簧上也有。”吕大妈放大图片一看，不住点头。“这说明什么？”她又问了一次。霍玉贵说：“一处V形痕迹，就是一处起火点。多处V形痕迹，通常可以判断是纵火。”吕大妈怒道：“这还用您说？傻子都知道是纵火啦！”霍玉贵仍然不紧不慢地问：“走访过群众吗？”吕大妈像煞有介事地翻开本子，叹了口气：“我不是警察，群众不怎么配合，没什么有用的线索。”霍玉贵安慰道：“哎，尸体尚且能够讲话，何况群众？”

根据吕大妈白天的走访，目击到火灾的群众有不少，但与影视剧给人的印象不同，并没有那种什么都记得特明白的群众。但是有两位街坊都说，当时的火苗很奇怪，尽管在夜里隔窗望去，不太真切，但还是印象深刻：火苗是深红色的，与平时烧纸烧柴截然不同。霍玉贵笑了笑：“这就是重要的线索啊，怎么能说没用呢？多份相同旁证，证明力就比孤证高得多了。”吕大妈只觉这位老刑警谈吐文雅，一点不像一个刀头舔血的人物，说出话来让人心里十分平静熨帖。

霍玉贵又看了看照片，捻须沉吟道：“深红色火焰，发生在居民小区里，燃料多半是煤油。”吕大妈一拍大腿：“我知道了，是他们小区看自行车的老刘！”霍玉贵微笑道：“为什么？”吕大妈说：“这个老头会修车，常常免费给小区里的人修自行车。我的代步车坏了，也过马路找他修过，他手里有很多煤油。”修车的手里有煤油，这倒不是新鲜事，他们喜欢用煤油擦金属部件，擦完锃光瓦亮，能把二八锰钢擦出一种奢华感。霍玉贵点点头：“咱们先不忙着下结论，这个人有动机吗？”吕大妈叹了口气：“动机嘛，人人都有。像秦大妈那样养猫，难保不招人讨厌。本来嘛，这么养猫确实也是不对的。”

秦大妈搭建猫窝，引来大量流浪猫，却不给流浪猫做绝育。日复一日，这些猫繁衍不休，很快成了一个巨大的族群。春天里，猫发起春来，叫声十分恼人。腊月天朔风一起，猫禁不住冻饿，又要哀号一番。猫窝虽然豪华，却容不下那么多的猫，小区里野猫流窜，不少人被抓伤过。吕大妈贵为一代猫王，深知这样养猫很是扰民，但她更加清楚，这样养猫的人是劝不回来的。

霍玉贵摘掉眼镜擦了擦，问道："这个老刘你一定也走访过了？"吕大妈自豪地答道："当然了，头一个走访的就是他，与其说我访他，不如说是他主动找我提供线索。依我看，这叫欲盖弥彰。"霍玉贵笑道："这可难说。大姐，我得提醒您一句，查案破案，那是警察的事情。您办此事，万万不可越界，否则就跟养猫扰民的性质一样了。"吕大妈唯唯称是，此时对这位老先生已经奉若神明。

霍玉贵起身送客，忽见吕大妈头发上斑斑点点，全是瓦灰，当下问道："您这头上是哪儿蹭的灰？"吕大妈答道："这事奇了怪了，好好一块石棉瓦顶棚，让我拿脑袋一撞，竟然碎成了灰。"霍玉贵略一沉吟，说道："石棉瓦在高温之下，其中水泥和石棉纤维失水，结构破坏，碎成粉末也属正常，但是这猫窝铁板所筑，里外可燃的东西最多就是门板和床垫，以及里面的被褥蒲团，要烧到这么高温度，可不是擦自行车的一点煤油够用的。"他让吕大妈拿出手机，指着其中一张图片说："你知道V形燃烧痕迹的成因吗？V形以内的区域，与火焰直接接触，一般涂料和覆盖物都会燃烧殆尽，露出建筑本色。两侧没有接触到火焰的地方，多被烟熏，所以变黑。你看，这两处V形痕迹，形状狭长，可见是起火时迅速向上延烧，这说明什么？"吕大妈略一思索，忽然答道："燃料，墙上泼了燃料！"霍玉贵非常满意，不禁伸手掸了掸吕大妈头上的灰。好死不死，防盗门"咔嚓"一响，霍琳恰好在这时候进来了，身后跟着小郭，神色十分尴尬。更尴尬的是霍玉贵，手停在半空，掸也不是，不掸也不是。霍琳看了看她爸爸，又看了看吕大妈，又看了看小郭，哼了一声，摔门进卧室了。

吕大妈带着小郭灰溜溜地跑出霍家，一路互相埋怨，一个说儿子牵敌不力，另一个怪老太太事先不打招呼。吕大妈大怒道："老子给你机会谈恋爱，你还怪起老子来了！"小郭也急眼了，还嘴道："什么给我机会谈恋爱，是你自己想谈恋爱吧！"一位人民警察，却这样跟自己的母亲说话，此处真应该发生一些家庭暴力才对。

吕大妈不愿意在家里跟儿子生气，匆匆热了点剩饭吃了，开着敞篷座驾去巡视她喂养的猫子民们。吕大妈养猫与秦大妈风格不同，我也是此事以后才知道。从前我听说她的名气大，只觉得她必然营建出比秦大妈被烧的这个更加宏伟壮丽的猫窝，岂料不但没有宏伟壮丽，连猫窝都没有。吕大妈照顾流浪猫，采取皇帝治理太监的办法，将其擒获净身之后，放归小区，再不能生儿育女。此后每日巡查，照顾饮食起居，投喂猫用维生素，有病瞧病，没病强身。因此吕大妈这边的野猫都非常肥硕。偶尔有生病较重的猫，治好以后，吕大妈就把它们留在家里养病，是以家中经常也有七八只猫。

吕大妈喂完自己的猫，心想秦大妈如今心灰意冷，对面小区的猫又养尊处优惯了，没人照顾怕是不行。于是把车停好，拎着一袋猫粮和一个空水桶，信步来到我们小区，正撞见刘大爷跟疯老爷吵架。疯老爷不知道发了什么疯，吃完晚饭，突然抛出一袋屎来，砸在刘大爷看车的岗亭上。刘大爷恶心坏了，对这个疯老头子忍无可忍，两人隔窗大骂，很快疯老爷冲下楼来，眼看势成肉搏。可惜我不在，我要在肯定猛敲锣边。吕大妈来时，刘大爷正大步流星赶回车棚，俄而手舞一把铁锹冲了出来。吕大妈一见大惊，连忙放下猫粮水桶，垫步拧腰，"噌"地冲上前去，施展小擒拿手法夺下了铁锹。

疯老爷被人劝走之后，刘大爷吃了片降压药，坐在地上喘粗气。吕大妈说：“您消消气，我把铁锹给您放回去。”借机进了车棚，四下巡视了一番，果然发现了一壶煤油，但就算全都倒出来，可能也没有一泡尿多，更谈不到泼洒三面墙壁。正要出门，忽又看到自己刚放好的铁锹，心里一动。出得门来，吕大妈问刘大爷：“您这把铁锹是干吗用的？”刘大爷看了她一眼，答道：“说了您也不信。这门口的马路上，经常有车撞死猫狗。咱们秦大妈养的猫太多，一窝下一窝，数不胜数，所以几乎每天都有个把死在马路上的。我看它们死无葬身之地，就那么慢慢烂去，十分可怜，所以每次看到，就用铁锹铲了，葬在银行后面的花圃里。”

吕大妈心下释然，本想车棚里唯独这把铁锹与诸物格格不入，大是可疑，不料却有这般用处，不由得又有些失望。但是听了刘大爷这番解释之后，先前对他的疑心已经去了大半，反而平生一股钦佩尊敬之情，忍不住就要念道“善哉善哉”。当下找了几处流浪猫可能出没的地方，放好食水，去小卖铺买了一袋牛奶，准备去刘大爷说的花圃祭奠一下。到了花圃，吕大妈撕开牛奶，洒了一圈，口中祝祷：“愚蠢的猫子啊，你们活着的时候乳糖不耐受，但我知道你们最喜欢喝牛奶。唉，来世投胎成鸟，过马路不会被车撞死……”正说着，忽然发现花圃中有很多小坑。

吕大妈回到小区，找到刘大爷问：“这把铁锹有人借走过吗？”刘大爷说了几个不相干的人，最后提到了秦大妈，说她有时候看到马路上有死猫死狗，也会借铁锹去铲起埋了。吕大妈心想，这也合情入理，实际上秦大妈干出这种事来比刘大爷更加说得通。吕大妈总觉得心里有好几个地方透出一丝光亮，似乎有什么大错特错的事情就在眼前，只是自己一叶障目，没有看穿而已。心烦意乱之下，回到家里，竟然发现霍琳和小郭对坐在餐桌旁。吕大妈吓了一跳，赶忙关门出去，转又一想："这是老子家，为啥我要走？"再次开门时，霍琳已经站在门口准备走了。吕大妈看见她手里拿着那本《刑事侦查学》，刚跟她一对眼神儿，霍琳就开口说道："阿姨，这本书是我妈的遗物，我拿回去了。"顿了一会儿，她又说，"您办这事儿的这份心，真的很了不起。小郭跟我说了，您养猫跟她们那些老太太不一样。阿姨，我很佩服您，有什么问题，您就上我家……您就给我爸打电话吧。但是我爸有哮喘，您千万不能让他去现场。"

临走时，吕大妈笑问："你不是最讨厌猫吗，我们家坐得下去吗？"霍琳也甜甜一笑："您家干净整洁，一尘不染，比我们不养猫的家庭还让人舒服。"她指了指墙边的一溜猫食盆，"刚才我看见猫们吃饭，很有意思，一个猫一个盆，排成整整齐齐的一溜，哈哈，好玩。"说完跟小郭打了几个没人懂的暗语手势就走了。

小郭神情扭捏地走过来，叫道："妈。"吕大妈像没听见一样，愣愣发呆。小郭又叫了一声，吕大妈回过神来，忽然大喝道："一个猫一个盆，一个猫一个盆！"说罢穿衣出门。过了一秒钟，她又开门，问道，"你小子跟这丫头什么情况？"

原来霍琳发现留有母亲手迹的《刑事侦查学》不翼而飞，不问就知是在郭家，于是瞪了霍玉贵一眼，来找小郭要书。两人一言不合，吵了起来，最后小郭终于急眼了，怒道："我妈就是喜欢猫，怎么了？我妈养猫，不碍人事，不伤天害理，不花你们霍家钱，你管着吗？我妈就是爱猫，猫窝被烧了，她不查个水落石出，心里不甘，咱们是警察，不帮忙就算了，能别裹乱吗？"一番申斥之下，一个假小子一般的霍琳，仿佛大雨浇灭了头上三把神火，竟然露出一丝娇羞的神态来，低着头轻声嗔道："你不会好好说话吗，嚷什么呀。"后面的事小郭这厮没有交代。

且说吕大妈匆匆来到我们小区，我正在小区门口的酒馆门前抽烟，看她脸色不善，就问了一句："吕大妈，哪厢去？"吕大妈说："起开，别跟我这儿讪脸。"我掐了烟，匆匆跟上，问道："案子破啦？"吕大妈瞪了我一眼，问我："你小子是不是一天到晚也没什么事儿？没事儿跟我找正主去！"我嬉皮笑脸地说："跟我有啥关系？我不去。"吕大妈怒道："不去你跟着我！没你也没这一大堆屁事儿，你给我进去吧你！"伸手在我腧府、神封两处穴道上推了两掌，把我塞进楼道门。

后来的事情，颇像老套的侦探片结尾。侦探片结尾，当侦探把证据全部摆在嫌疑人面前时，嫌疑人往往"扑通"一跪，开言道："十年前……"接着讲出一大套动机，然后被侦探申斥一番，愣在当场，侦探拂袖而去，深藏功与名。吕大妈如此指认秦大妈的时候，秦大妈当然也是先吵闹了一番，然后接连上演了冷笑、怒喝和带台词的号哭三场戏。因为我进门时没关门，最后刘大爷、疯老爷和酒馆老板都来围观了。酒馆老板揪住我说："你还没结账呢。"我气得鼻子都歪了："这当口你还关心结账！快看戏！"

吕大妈在一开始来秦大妈家慰问时，就隐约觉得有什么不对，只是当时调查刚刚开始，绝对疑心不到秦大妈身上——吕大妈是故事的主角，不能像读者一样一上来就猜到凶手就是受害者本人这种古旧的情节。后来霍琳在她家门口说的那句话，让她想起秦大妈家的这个疑点来。"一个猫一个盆。"她说。吕大妈这次前来，进门就数了食水盆，各有十六个，有零有整。而猫有三十三只，即使分两批吃饭喝水也差一个。这当然说不上什么证据，说不定秦大妈养的猫是废物，根本学不会排队吃饭这么高级的技巧。但是吕大妈马上想到了疯老爷的一句口供：

“疯老太太，养十几只猫，臭不可闻，楼上楼下，谁不烦她？”

吕大妈养猫三十余载，猫的习性气味，食量体型，以及其中的多少种变化，尽皆了然于胸。想起秦大妈家的味儿来，确实比疯老爷家还臭；即使是吕大妈这等爱猫之人，也不能长期在这样的环境下生活。结合疯老爷的口供可知，秦大妈家里的猫原本只有十来只，是最近一阵子才陡然间增加到这个数目的。吕大妈讲到此处，酒馆老板突然指着猫爬架上的一只脑门上有八字形黑斑的老猫说：“这不囧叔吗！我经常在小区里看到它。”这只猫我也有印象，不知道是哪个缺德孩子给起了这么个名字。此猫攻击性很强，嘴很贱，很多人被它咬过。

吕大妈顺着酒馆老板的手指走上前去，摸了摸囧叔的头，这猫不但没有攻击她，还露出十分淫贱的表情蹭她的手。吕大妈右手一指墙边的取暖炉，说道：“我起初以为这是台电暖器。猫怕冷，冬天光靠小区的集中供暖是不行的，我家里也有给猫用的电暖器。但是这台暖气既没有管子，也没有电线，你们猜它是什么工作原理？”

到此阶段，就像一局LOL打到顺风收尾，大家不急着结束战斗，而是肆意享受着虐杀对手的快感，正所谓“逆风挂机顺风浪”。吕大妈揭开暖气上盖的床单，拿住把手，轻轻把燃料盒从取暖器里抽了出来。这个燃料盒足有二尺长，里面的燃料倒出来，估计有一脸盆之多。背面贴纸上写着：煤油，吸入或口服有毒，勿泄漏，严禁烟火，等等。我接过来看了看，结果对重量判断失误，差点挥起来抡着自己，原来里面是空的。

吕大妈又说道：根据V形燃烧痕迹判断，三面墙上都是起火点，如果人在里面进行了这么复杂的操作，再点了火，里面的猫怎能不跑？现场调查的照片显示，火场里有好几只死猫，均已炭化。就算纵火犯能够堵门点火，总不能堵门泼煤油，然后再蹲下进行三次精确的点火操作。煤油剧烈燃烧产生的高温，把石棉瓦都烤成了灰，但这也证明嫌疑人无法从顶部投入火种纵火。那么这些猫只能解释为点火前就已经死了。秦大妈固然不会杀猫，因为原本住在窝里的猫都被接进家里，屋内的猫才一下多了一倍有余。如此说来，有关这些死猫的来源，只有一个解释——

刘大爷接口道："花圃！"

秦大妈虽然没有跪下，反而困兽犹斗，大哭大闹了好几场，但最后还是跟我们解释了她这么做的动机。她养这么多猫，跟街坊结下的梁子当然不少，小区里很多青壮年邻居多次威胁要把她的猫窝拆了。但是实际上老头老太太如果撒起泼来，当真一老当关，万夫莫开，这小区里除了疯老爷，还真没一个带种的敢跟秦大妈正面对抗。但是，这么一来二去，秦大妈和邻居们之间形成了一种尴尬的局面：她在小区里的人缘越来越差，除了我这种没立场的青年，没有人愿意搭理她。更有人冷言冷语，或是暗中下绊儿。街道和居委会也派人做了很多工作。秦大妈深受其苦，生活几乎无法为继，但自己性格刚毅，此事被架在半空，没台阶儿，下不来。如果就此拆了猫窝停止养猫，不但挽救不了自己的人际关系，反会为人嘲笑。

万难之下，她才想出这么个办法，如果不是吕大妈发现，她就会从众矢之的变成一个受害者，收获很多关注。说白了，不过是面子上的问题。

这番解释把我们所有人都说蒙了，还不如不解释。吕大妈还要苦口婆心地教育她，而刘大爷则认为此人已失心疯，应当逮捕。众人争吵起来，猫子们又到处流窜嚎叫，场面乱作一团。疯老爷突然从身后抽出一个塑料袋，大叫一声：“看法宝！”幸亏我和酒馆老板手疾眼快，这袋屎才没有拍到秦大妈脸上，刘大爷对我俩还颇有不满，冲疯老爷竖了竖大拇指。这时有人大声敲门，刘大爷开门一看，小郭和霍琳身穿警服，亮出证件，闯进门来，异口同声地断喝一声：“什么情况？”

这事要按众人意思，就当如此了局，谁也别搭理这个老太太就是了。但是吕大妈说，秦大妈喜欢猫，因爱成痴，以至于干下错事，其中有些地方她也是可以理解的；今后秦大妈还要在此生活，不宜闹得太僵。至于小郭和霍琳，则被她骂走了，说我当初去报案，你们警察说不归你们管，那你们现在也别管了。两个年轻人一想，这事本来不是自己辖区的，况且在后来的事情里，除了扔屎和抄铁锹打架的两个老头需要批评教育，并无违法犯罪，也就罢了。

四月里，春暖花开，小区里的猫开始叫春。吕大妈祭出法器：三段式不可逆诱捕笼，将闹春的猫子一一拿获，送去做绝育，再由长期合作的领养机构接管。生病的猫，治好以后由她和秦大妈分头照顾。小区里一应私搭乱建已经拆除，流浪猫逐渐被捕捉送走，刘大爷和酒馆老板也各自收养了一只，疯老爷收养了四只，从此有事可忙，不再扔屎。清明节，吕大妈、刘大爷和秦大妈祭扫了花圃，几只死后还被祸害尸体的可怜小猫也被重新安葬。但小郭说这里是绿地，私自葬猫也属违规，最终由街道出面，请专业机构妥善处理了这些死猫死狗。

秦大妈脸上挂不住，由刘大爷和吕大妈出面撮合，请街坊邻居吃了顿饭，可惜我有事没有出席。据刘大爷说，最后结账时，秦大妈和吕大妈抢着结账，又上演了一出好戏。秦大妈假借上厕所之机去结账，想那吕碧莲何其机警，见她神情有异，暗暗跟去。秦大妈刚递上信用卡，吕大妈就施展大擒拿手中的“罗汉折枝”，拿住她右手大指。秦大妈大惊之下，却不慌乱，顺势一扭，左腿插入吕大妈两脚之间，要使一招“骆驼扳”。吕大妈陡然间迈出一步，左臂环抱，一招“天官赐福”，接着右手一推，左腿一绊，又一招“翻江扳拦”，秦大妈她反被抱在怀中。吕大妈递出自己的信用卡，哈哈一笑，回头看了看桌上的霍玉贵。

吕大妈问：“怎么样，这两招对吗？”

霍玉贵摇头笑道：“驴唇不对马嘴，对付对付老太太还行。”

吕大妈在账单上签了字，风摆荷叶一般回到桌前，与霍玉贵并肩坐下，笑道：“那你说应该怎样？”

霍玉贵捻须微笑，说：“晚上我再教你。”

夜间出租车

有一回大学同学聚会的时候，一个福建的同学问我："十年过去了，北京的出租车司机怎么还都这么爱聊天啊？上车想睡会儿觉都不行。"我说："别说十年了，过去刚有那种黄面包车的时候，出租车师傅就特能聊。你一上车，就从眼前的路、车、人讲起，最后到你下车的时候，话题所落之处，完全不可预料。其过程可涉及天文地理、历史金融、军事政治、医学社科，没有他们不能点评的。"同学说："对对对！你还别不服，这些师傅脑袋里真有货，不像咱们在网上聊天，为了显得博学还得现搜索。"我呸道："谁跟你是咱啊。"

后来我这同学问我："你见过不愿意聊天的师傅吗？"我说当然有了，多得很，还有你一说话就跟你急眼的呢。接着我就给他讲了这么一个师傅。师傅这个词，充分体现了汉语的玄妙：它可以指男性，也可以指女性；可以指司机，也可以指售票员。它还可以指各种年龄的人。我上学那几年，出租车司机师傅都是四十往上，一个将军肚，一副白手套，一个保温杯。后来出租车多了，司机师傅也日趋多样化，男女老少都有。我见过头发花白的老大爷，眼神儿似乎不太好，得把下巴贴在方向盘上开；也见过比我大不了三五岁的大姐，风姿绰约，顾盼神飞，讲起故事来满脸跑眉毛，吓得我赶紧借口拉肚子提前下车了。我给大学同学讲的这个师傅，也就三十来岁，个儿不大，精瘦得像一匹小马驹子。我坐他的车，看见副驾驶上贴着名牌儿：晋文山。我眼一花，以为晋文公呢，要不是地方小就跪下了。

晋师傅开车，极少说话。他身上有一种“不要跟此人聊天儿”的气场，你上车一看，就知道最好别搭茬。若是乐得安静的乘客，当然就舒服了；赶上我这种不说话会憋死的主儿，真是人间地狱。头一回坐他的车，从西客站到机场，一打表将近40公里，加上堵车，不让说话简直能急死人。但是我一上车，就知道这回必须得忍了。

晋师傅个子虽然不大，但是个光头，且相貌凶狠，右眼下还有一条又平又直的2.5厘米的刀疤。该刀疤之平，令人不禁认为凶徒是拿着水平仪划的。这都不是最要命的，最要命的是他开车的时候姿势太奇诡了。加上他是跑夜班的，每次坐他车都是晚上，真是吓人。他开车时，左手扶方向盘，右手挂挡。说是扶，其实只是把左胳膊伸直搭在方向盘上，其与方向盘接触的位置既不是手掌也不是手腕，而是小臂内侧。我后来试了试，这个姿势要转动方向盘，需要调动肱三头肌，太别扭了。更别扭的是，他开车的绝大多数时间里，脖子都是向右弯着的！其角度大约有60度，而且似乎跟时间有关系，若过了晚上12点，则会弯成45度。好在我没在半夜赶上过他的车，不知道会不会折成30度。只有等红灯时，他才会直起脖子，但是还不老实，必定要咯吱咯吱地转动一圈。

我在自己的车上曾经模拟过这个开车的姿势，根本没法开。人类生就两只眼睛，是水平的，而你开车行驶的路面与你两个瞳孔的连接线应该是平行的，这样才能获得安全舒适的视野。侧成45度之后，路上发生的每个状况，大脑都要重新调制解调一番，才能得到正确的处理指令，实在太危险了，大家千万不要模仿。总之，这位晋师傅就是以这么个姿势开车的，每次都是，你们感受一下。

坐晋师傅的车，虽然直观体验恐怖，但客观地说，实际上还是很平稳、很安全的。他从不超速，也不乱并线。路上有不会开的主儿不小心别了他一下，这是难免的事，他置若罔闻。有时候碰见故意斗气儿的，他就踩一脚刹车，等那车走远了再慢慢开。有的司机不愿意系安全带，就把安全带的收紧马达扯坏了，然后拉出一截安全带搭在身上。晋师傅不会这么做，他总是老老实实地系好安全带。并且他的车里总是很干净，有种特殊的气味。这种味道很好闻，但又不是香味儿。后来我问他，答说是HEPA滤网的味儿，他自己加装的。跟他聊天不搜索还真不行。

晋师傅总是在我家附近的一家酒店门口趴活儿，有一段时间，刚好跟我的出行规律一致。听其他师傅讲，在这趴夜班儿，等于赌博。赶上几个大活儿，一宿就算没白干，要是再赶上没空跑回来的话，基本上一个活儿就可以歇了。夜班儿的师傅一般都极爱聊天，因为不聊天容易睡着了。客人在后头一打呼噜，司机很容易神志不清，或是变得极其狂躁。只有这位晋师傅不爱说话，总是歪着头一声不吭地开车。他不听音乐，也不听评书，也不听匣子，开车的时候除了风噪胎噪，车里能听见自己的心跳。这种安静的环境，连车里的电台一类的机器，都忍不住哔哔两声，物犹如此，人何以堪？当然，像我这样的聊天高手，这种难题只需要花点时间，还是能迎刃而解的。晋文山这种人，一看便知，属于闷口儿大葫芦型，肚子里有很多料，但是口儿让蜡封住了。只要把口儿启开，就能听到很多好故事。一想到有故事可听，我就流口水。大概坐了四五回车之后，这个口儿无意中就开了。

我辈聊天高手，虽然有很强的表达欲，但都有一些大宗匠的架子，一般不会主动开口骚扰人家的。只要对方一句话让我搭上茬，就必须默默忍受我几万字的话语空袭。问题是晋师傅不搭茬儿，他连你去哪儿都不问，你上车他就起步走人，快要经过第一个路口时，如果你还不说话，他就直行。按他的理论，你要去哪儿应该主动说，不应该等他问，着急的是你，又不是他。也有几分道理。我就这样默默地坐了几回车，直到有一次去机场，刚起步没多久，一辆红色马自达斜刺里猛地杀出来，右车门擦着我们这车的左前杠，简直间不容发，呼地过去了。晋师傅本能地猛踩了一脚刹车，车几乎完全停了，在地上拖出四条刹车痕，响彻四野。我因为没系安全带，差点从开着的窗户飞出去，气得大骂："×你妈！"那时候我读书少，说话气儿很粗，现在不这样了。我骂完之后，一看晋师傅，正歪着脑袋，翻着白眼，张着嘴，看我。我赶紧说："哦，我不是说您！说那个马自达呢。"

晋师傅把脖子顺时针慢慢扭了一圈，咯咯直响。接着他又开起车来，没走多远，他就开言道：

"赶着投胎呢这是！"

这应该是一句自言自语。哎哟？我心说，这你可是自找的。我赶紧接上话茬儿："可不是吗！"我这一句出口，大概就跟有烟瘾的人憋了仨小时之后抽第一口烟的感觉差不多。这四个字后面，蕴藏着三十年之修为，无穷内力绵绵不绝，马上就要跟上了。没想到我这回可错了。我这内力还没打出来呢，晋文山师傅毕生之浑厚功力便排山倒海，汹涌而至了。他从路上经常遇到的几种类型的二百五开始讲，到怎样规避这些二百五，到如何与霸道的公交车斗智斗勇，到怎样在不违反交规的情况下开得最快，再到许许多多开车的经验和教训，以及渐渐夹杂的一些私事和过往，简直像一个在孤岛上生存了三十年的当代鲁滨孙，刚刚找回了“说话”这个功能一样。

他讲了好多故事。好在那条路足够长。

据晋师傅交代，很久以前，他是一个开黑车的。那时他在杏石口一带，开一辆部队淘汰下来的桑塔纳，车况不错，人又年轻，开得很野。在那一带的黑车司机里，他很有点名儿，人称“晋疯子”。杏石口地处西山八大处脚下，地貌起伏，多残桥小路，河边很多道路没有路灯。晚上走起来，对面会车，真正是狭路相逢勇者胜。往往会车的结果是胆儿肥的一个把另一辆车逼得轧了路肩，马上就要掉河里了，二马一错镫的工夫还得留下一句对彼此祖先的问候。这种情形，晋师傅总是胜者，因为他总是勇者。当然，常赶集没有不碰见亲家的，这样疯狂地开了一段时间之后，很快就出事了。晋师傅身上出的事很多，他时间有限，拣其中紧要的几件跟我说了。我篇幅有限，现在先说不太惨的，更惨的后头再说，说了大家吃不下饭去。

他说的这条杏石口的河边小路，我有幸走过一次，的确很恐怖，而且我也遇见了会车的情形。众所周知，我是一个很老实本分的人，我缩在路边让人家过去了。就这我都惊出一身汗来。可以想象，多年以前，年轻的晋文山开着二手的桑塔纳走在这条没有路灯的路上时，现场是多么惊险。此处应用直升机俯拍，因为他所遇到的危险，不是会车，而是超车。当时，一辆白捷达从后赶来，超车而过。这本来没什么，要超你就超呗！超过去之后，这车在晋文山前头狠狠跺了一脚刹车，车屁股都快坐地上了。晋师傅讲的时候，我心里想，一定是你先惹人家了。但是我没敢说。晋师傅当下大怒，摘下四挡，挂上二挡，一掰轮儿，一给油，桑塔纳“噌”地射了出去。前车看了，也向左打轮，想要拦住晋师傅的去路。那是一个化油器车和电喷车更迭的时代，捷达司机忽略了老桑塔纳在降挡操作下的推力。黑桑塔纳犹如浑河里的一条大鱼，倏忽而至，继而咆哮冲过，回到了路上。事情就是这时候发生的。捷达可能也降了挡，要不就是踩了一脚底板油，然后猛一甩轮晃出身来，正要再超，不料迎面来了一辆吉普。

晋师傅说，当时所庆幸者有三。其一，事发时已经送完客人，是空车返回，车上只有他自己；其二，出事的捷达也是一辆空驶的黑出租，据说并没有什么梁子，只是嫌晋文山开得慢；其三，该司机还没傻透，危急关头，没有正面对抗硕大的吉普，而是继续打轮，滑下道梗，斜斜插入了两棵护道树中间。吉普扬长而去。

晋师傅停好车，一路小跑赶向那辆卡在树中间的变形冒烟的捷达。没想到那个司机几乎没受伤，就是门卡住开不开了。晋师傅一发蛮力，拽开变形的门，把捷达司机拉了出来。那司机甫一站稳脚跟，抬手就给了晋师傅一拳。他手上戴了个假钻石戒指，而且是女式的，钻石很大，给晋师傅脸上平平开了一道血槽。

晋师傅拿手背抹了把脸，上下打量了一番，问道："你没事儿吧？"

捷达司机愣了一下，说："好像没事儿，你呢？"

听到此处，我差点没让口水呛死。

自那之后，晋师傅放弃了黑车。此时天降奇缘，同一大院儿的一位姓秦的老师傅找到他，问他愿不愿意开双班儿。这位秦师傅有"个体出租"执照，车是新换的，老师傅开车在意，保养及时，车况非常好。晋文山问他："秦师傅，您知道我刚把人车弄河里去了吗？"秦师傅说知道。晋文山又问："那您还信得过我给您开夜班？"秦师傅说，就因为知道这事儿，我才找你。把晋文山说得晕头转向。

北京个体出租车牌照极少，十分金贵。牌照对应的车管理严格，不能说换就换，所以车对这些老师傅来说就是命根子。那几年，他们不用交份儿钱，一个月挣下来，除了油钱保养，车辆损耗，加上交点微不足道的税，剩下都是自个儿的，十分令人眼红。秦师傅说：“小晋啊，你开我的车，可就不能当晋疯子了，你车门子上印着‘个体出租’这几个字儿，本身就招事儿，咱们开车必须得规规矩矩的，知道吗？”晋文山说：“知道了，我不走河边儿。”说完一点火走了。秦师傅气得胡子都撅起来了。

实际上，晋文山比以前确实老实多了。他极力克制自己，不开快车，不斗气儿。因为这时候他已经知道，开车除了要注意行人，还得注意车，因为车跟车一旦出了事儿，动静还是挺大的。但是由于开的是夜班，路上车少人稀，他总是以限速以内的最高时速行驶。半年下来，秦师傅一查，一个违章都没有，挺满意。每次交车，秦师傅只嘱咐一句：“别超速！”晋文山答说：“哦。”

那年八月的一个晚上，下起毛毛雨来。这种雨几乎看不见，摸不着，但是站在雨里，一会儿全身就能湿透了，十分讨厌。路上凉津津的，又湿又滑，像被猫舔过似的。当时从西郊进城，已经修好了几条联络线和高架，晋文山接了车，在西郊转了一圈没有活儿，准备走其中一条联络线去城里趴酒店。上联络线前，他停在白线上等红灯，红灯在湿漉漉的柏油道上投下一团口红似的影子，这让他想起一个人。他想起秦师傅的女儿。晋文山说，这姑娘比他大三岁，叫秦琪淑；她跟秦师傅说自己是外企的白领，实际上是俱乐部里跳舞的。我听完这段描述，脑子转得十分吃力，因为这里面包含了太多信息。比方说，晋文山可以这么讲：“我是七六年的，秦琪淑是七三年的”。但是他却用了“大三岁”这个显然带有抱金砖指向性的说法。

这时候，右边的车道停下一辆车，晋文山感觉到，那辆车在毛毛细雨中摇下了车窗，司机从里面在看他。他只用余光就能知道，又是那辆尼桑。这是一辆1991年的墨绿色蓝鸟SSS，已经很老了。车身重新喷涂过，尾翼和排气管显然进行了改装，镀了锌；同样电镀的轮毂闪着战斧似的寒光。在西郊，很多人见过这辆车，它总在12点以后上街，像一头莽撞的小兽，到处惹麻烦。它马力大，提速快，转弯灵活，喜欢急冲猛跑，疯狂变线。开车的是个黄毛小伙子，西郊的夜班司机们不认识他，咸称之为“那个傻×”。现在这小子已经出名了，大家还是不知道他叫什么名字，因为他上报纸和电视的时候都叫“小轿车司机”。

这辆车几乎每天都跟晋文山碰上。它喜欢在红灯线上跟并排的车拼起步，几乎百战百胜，因为没人乐意搭理他。其实晋文山也不乐意搭理他，只是起步本来就快而已。几次跟晋文山并排起步，结果都大出这辆蓝鸟所料。晋文山的提速太快了，你坐在他车里，能够清晰地听见发动机转速逐渐加快，然后以摘挡和离合器的声音为标志，突然降了一个高度，并以稍微缓慢一些的速度继续上升，如此往复。你感觉不到空挡那一瞬间的降速和后挫感，因为他选择换挡的时机就像屠夫寻找牛脖子上的关节，批砉导窾，流水行云。而那辆蓝鸟，晋文山只用了两个字儿形容它的司机：傻踩。他似乎以为在转速尽可能高的地方换挡会获得更好的动力，而且不管晴天雨天，水泥柏油，他换挡的节奏听起来是一样的。这说明他就是傻踩，没什么经验。一开始，蓝鸟只是偶然跟晋文山比过几次，都输了之后，表示不服，整晚上在大街上找他。晋文山说：“那车发动机的声音越来越大，可能是进排气都进行了改装。”我问他：“是不是那种排气管特别粗的？”晋文山说：“不知道，我很少看别的车的排气管，都是别人看我的。”

八月那个下雨的晚上，晋文山看着红灯的倒影，想着怀抱金砖的秦琪淑时，那辆蓝鸟缓缓停在了旁边，还摘空挡轰了两脚油。彼时，蓝鸟的司机一定不会知道自己将在这个夜晚永远地告别他热爱的马达轰鸣声。

比赛开始了。绿灯一亮，蓝鸟发出巨大的咆哮，领先半个车身跃出。晋文山是在变灯的一瞬间现挂一挡的，他不像别的老司机那样老早就踩着离合器踏板挂好一挡，也不用二挡起步。“太累，你知道我一宿得踩多长时间离合吗？能少踩一秒是一秒。”他这样解释道。他每换一次挡，油门有好几个动作。他说：“先试探性地踩一脚，等车告诉你：准备好了，走你！再一脚踩到底。”这个说法我想了半天也没想明白，在自己车上试了试，没什么感觉。晋文山后来又说“试探性地踩一脚”这个说法，实际上非常之快，根本感觉不到，只是一种感觉。一种根本感觉不到的感觉真是太玄妙了，实在不懂。我觉得这完全是语言表达能力的问题。

这个红绿灯的位置就在联络线开始的地段，进入主路之后几秒钟，就是一个大上坡。上坡时晋文山已经完全超过了蓝鸟，并达到了这条路的限速。每到此时，他总会故意踩一下刹车。刹车灯一亮，就等于在跟后面的车说：我已经赢了，只是不想超速，你走吧。每次都把那个蓝鸟气得一路按着喇叭就走了，也不知道什么意思。那天晚上也是这样，上到坡顶时，晋文山踩了刹车，其实那一瞬间的车速还是非常快的，以至于蓝鸟生气地按喇叭超车时发生了多普勒效应。这个多普勒效应没能拖多久的长音儿，就被一阵巨大的恐怖响动拦腰斩断了。不到一秒钟，晋文山也到达了那个声音发出的地方，本能支配着他猛打方向盘，并在尽可能合适的时机用尽可能合适的力度踩了刹车，他的轮胎与湿柏油路摩擦出来的尖厉噪声接替了那阵复杂的撞击声。最后停下时他车头朝后，竟然还摘了空挡。

讲到这里时，我们正好路过收费站。晋文山利用收费员找零钱的时间，使劲搓了搓脸，然后咯吱咯吱地转了转脖子，继而又恢复到45度的姿势。他用这个姿势给我讲述这种事，总有一种奇怪的恐怖气氛。搓完脸，他接着讲下面的事情时，我才知道他为什么要搓脸。他大概已经很久没回忆起那个画面了。

他先是在车里坐了一会儿，呆呆地看着事故现场。他的车头在疯狂的旋转中不知道怎么转了一百八十度，正好朝向事故现场的方向。那辆蓝鸟撞在了一辆大得已经失去真实感的平板拖车后面，但并没有完全贴死。否则以蓝鸟的车高，估计会直接塞进拖车的车斗下面，整个车顶都得给铲飞了。晋文山想，这怎么可能没撞上？从那个角度看，蓝鸟的鼻子好像还挺完整的。于是他使劲搓了搓脸，开门下车。那时候他还没有歪脖子和转脖子的毛病。

等走过去一看，晋文山差点一屁股坐在地上。他当时想到的第一件事是找根烟抽，而不是打电话报警。可是秦琪淑最讨厌他在车上抽烟，所以他戒了。有一段时间，他又转过脸去不敢看车里，因为实在太惨了。但是他最终还是转了过来。他这次没有问“你没事儿吧”，因为已经没有必要了，这很明显，那个蓝鸟的司机，已经从各种意义上完完全全地死了。

那辆大型拖车的车斗上，散放着一些长到难以想象其用途的大钢筋。这些钢筋又粗又长，自重把它们坠得弯了下来。撞击的瞬间，一共有七八根钢筋穿进了蓝鸟，它们在一些复杂的力学作用下分散向各个角度射去，把蓝鸟射得千疮百孔。它们就像罗家枪的枪法一般，一抖七个枪头，只有一个是真的，这个真的枪头准确地穿过了司机。关于这根钢筋所穿的位置，晋文山并没有讲，用说书的行话来讲，他用很长很长的沉默，把这一段“码”过去了。即使他讲了，我也不想再讲一遍，因为那实在太惨了。

晋文山手脚没地方放，在原地转悠了半天，双向都没有一辆路过的车。这时候他想起来他有一个手机。那个时代的手机十分原始，刷不了微博也拍不了照，只能打电话和发短信。他打了个110。按说这时候应该打122，但是这不重要，任何紧急情况都可以打110，总之他前言不搭后语地报了警。警察问了好几遍，在哪儿啊？哪个路口啊？他也说不清楚。一个夜班出租车司机，竟然说不清地名，这也真是要命。他的脑袋那时候完全乱了，一手举着电话，一手指着远处，转来转去，最后说了个“西黄村”。这个地方倒也不远，警察费了不少劲还是找到了，因为后来有别的车报了警。报完警之后，他忽然想起来，不是还有个货车司机吗？结果等他拉开车门一看，大车驾驶室里没人。

他歪着脑袋给我讲这段的时候，我眼珠子都要瞪出来了，差点跳车。他看了看我，解释道：“这不是闹鬼，后来才知道，一出事那个司机就下了车，看见人死了，二话没说就跑了。也不知道他跑个啥，是人家撞他，又不是他撞别人。”我心说，你现在说得这么淡定，当时不也吓尿了吗？这不是我夸张，是他自己说的，他说当时差点就尿裤子了。空荡荡的柏油路上，飘着讨厌的毛毛雨，四围一个活人都没有。他拿起手机，想要打个电话。他妈死了好多年了，他爸是个酒鬼，这时候早睡成一摊烂泥了，他不知道给谁打。他想给秦师傅打，又觉得太晚了，不合适，再把老头吓着。他想给秦琪淑打，又不知道说什么。

他环顾四周，路两侧的住宅楼全部都关着灯。南面不远有条铁路，平时经常过车，这时候也阒寂无声。全世界只剩下他一个人了，连根烟都没有。最后他坐在湿漉漉的护栏上，拿着湿漉漉的手机，整个人湿漉漉的，像个水獭，一边挠头一边给秦琪淑发了一条短信。发完之后，手机就进了水，坏了。他是这么发的：

“淑子姐，西黄村在下雨。”

然后他就在满面雨水的掩护下，呆呆望着蓝鸟的司机，撇着嘴无声地哭了起来。

我问他：“你这算是为谁哭？”他说为那个被钢筋插死的傻×哭。我说：“人又不是你撞的，而且这回你连挤他都没挤，他自己赶上了，赖谁？如果大车在你那条道上，死的就是你了。”晋文山说：“我想过，我能应付。”但是估计他还是应付不了。阎王要你三更走，谁敢留你到天明？我一拍大腿道：“对啊！你这不是想得挺明白的吗，有什么可哭的？”他说：“傻×的命也是命啊。”

这件事发生之前，他刚刚过完生日没多久，从秦师傅那儿分到的车钱已经能让自己的爹住个半年的养老院，他是这么打算的。他还想存点钱结婚，虽然他根本没胆子跟秦琪淑提这个事儿，而秦琪淑则好像有好多个男朋友。这个晚上之后，世界就像一个星期没换水的金鱼盆一样，你还能看得见一切，但它们都不再闪闪发亮了。

从那以后，晋文山经常做噩梦。噩梦的内容很俗，就是重现车祸的过程。梦里，有时候蓝鸟里的司机变成开黑车时被挤下道的那辆白捷达的司机。更多的时候，他自己变成了蓝鸟司机，坐在蓝鸟里，仪表盘、中控台呼之欲出；他在一座桥上爬大坡，看不到坡对面的情况，但心里很清楚，对面有一排排铁枪在等待着他。他踩刹车，可是车怎么都停不下来，开过了坡，眼看着铁枪像一片倒下的森林一般直压过来，他使劲扭身子想躲开，可是身体被安全带勒住了。他只好用力歪脖子，想把脑袋躲开。在梦里，有时候能躲开，有时候躲不开，能听见钢筋进来时一系列复杂的声音。在后来的梦里，他从一开始就歪着脖子开车，果然一次都没被扎中过。等醒着的时候一开车，发现这个毛病已经改不过来了。

现在的晋文山开车，总要比路面规定限速还低10公里。我有几次赶去机场，十分着急，但他就是不给我开足马力。我虽然生气，但是觉得这样也没什么不对，开快车、开斗气车，下场是很惨的，他一个人惨就行了，不要等我在车上的时候惨。

我后来问他："你的淑子姐跟你怎么着了？"晋文山腾地坐直了，跟让人戳了尾巴骨似的。然后他做出了一个匪夷所思的动作：把脑袋歪向了相反的一边。他还用右手不停地挠脸，好让我看不见他的脸是不是红了，我是这么认为的。

晋文山能够克服心理压力重新上岗，当然少不了秦老师傅的开导跟教诲。秦师傅开导完，怕矫枉过正，永远都要找补一句："别超速！"每次交车，必要交代这句，凡是由晋文山开夜班的日子，无一例外。关于超速，有一件事，晋文山认为算是个例外，但那不是在交车的时候发生的。

春节的时候，因为过节活儿少，有几天歇车。三十儿晚上，秦师傅心急火燎地来砸晋文山家的门，咣咣咣。晋文山披衣开门一看老头满头是汗的样子，大惊道："师娘怎么啦？"秦师傅一愣，啐道："师你妈个娘，是你淑子姐，她宫外孕了，我喝酒了，快跟我走！"公平地讲，我觉得秦师傅表达得很清楚：秦琪淑发生了紧急状况，需要去医院，而他自己喝了酒不能开车，所以需要晋文山开车，这有什么难理解的吗？也不知道他反应到底是快是慢，晋文山觉得一头雾水，发了半天呆，最后问了一句："啥叫宫外孕？"老头大怒，说出一串不堪入耳的话来，晋文山直缩脖子，连说："您别着急，等我一下我这就来。"他进到他爸那屋，给床边铺了一个厚垫子，防止他爸掉下来，然后拿上钥匙就走了。他爸喝得烂醉如泥，迷迷糊糊醒来，喊了一句：“都给我铸起来！”然后果然掉在垫子上，接着睡了。

庆幸的是，这天过节，路上没什么车，而且也没有下雪。不幸的是，路边有很多人在放炮仗，有的人看车少，跑到路中心来放。有人竟然焊了一个铸铁的架子放在路中间当炮台，真没地方说理！晋文山开着车绕着这些路障赶往医院，车外炮声隆隆，跟到了摩加迪沙似的，车内安静得像上冻的湖，没什么人说话。

秦琪淑只说了一句：“小山子，我把你车弄脏了。”接着就倒在她妈怀里不说话了。路灯一盏一盏地从车窗把灯光投在她脸上，她一会儿像活人，一会儿像死人。

过了一会儿，晋文山说：“没事，这是咱爸的车。”

我听到这里，真想击节赞叹：机智！其中细节，只有有心人能听得出来，我就是一个有心人。秦师傅坐在副驾驶，对这种细节好像没什么心思去想，他只是一直在嘟囔：“快点，快点，快点。”

晋文山歪着脖子，斜着眼，问了一句：“师傅，能超速吗？”

秦师傅这次没说“别超速”，他咬了咬嘴唇，哆嗦着说：“快点，快点，快点。”

这句话说出来的时候，正好经过一个红灯。晋文山停下车，扭了扭脖子，然后不再歪脑袋了。他坐姿端正、平视前方的时候，两眼射出两道火光，耳朵机警地竖着；他身体前倾，左臂微曲，左手紧握方向盘10点钟方向，仔细从间或传来的鞭炮声中捕捉细微的发动机的声音，又把右手放在排挡杆顶端的球上感觉它的震动。那个球被他们爷儿俩盘得油光锃亮，跟道光朝的差不多。这一切用了5秒钟。5秒钟之后，他让发动机悬停在3500转，向4000一点一点地试探，接着直接拉进二挡，一脚油门，把硝烟冲出一道无形的胡同，车身激飞而出，这时候还没变灯呢。那一刹那，一颗闪光雷划过车顶，把四周照得亮如白昼。接着炮声大震，天地相连，零点到了。一时硝烟四起，红雾叆叇，漫天飞舞的礼花弹、蹿天猴儿，在晋文山看来，就是曳光弹、高射炮；而他则是一名机动部队的战士，正在带着最重要的伤员跟死神抢时间。

有这么严重吗？可能他觉得有。

注：开快车、开斗气车，和任何违反交通规则的行为，都是非常危险和错误的。在任何情况下，不论基于什么理由，请安全、平稳驾驶，遵守交通规则。

你们为什么不吃点儿药

秦琪淑的女儿秦珊珊上的是一所豪华私立幼儿园。一个孩子在豪华私立幼儿园里弄了一身伤，对家长来说，这是一件匪夷所思的大事。而秦琪淑又是个钻牛角尖爱好者。

有关秦琪淑的女儿为什么姓秦，这里面的故事很长，能够再写几篇。简单说，这孩子一出生爹就失踪了，说好的锦衣玉食全都没了。现在秦琪淑能开车接孩子，没爹的女儿还能上豪华幼儿园，完全是拜其干爹所赐。关于秦琪淑的干爹，后面还会出现很多次，现在不着急讲。没有这个干爹，凭她的亲爹，车跟豪华幼儿园都不会有的，因为她的亲爹是一个开出租的。秦琪淑在夜总会上班，这件事她不敢让家里知道，瞒了很久。直到有了孩子，再后来孩子的爸爸跑了，事情才穿了帮，给她爹气成了半身不遂。

六月里，天已经热得冒火，柏油路上只要摆上笼屉，就能蒸包子。秦珊珊穿一条土里土气的小裙子，出门就往妈妈怀里扑。小孩子们有很多愚蠢又善良的诡计，比方说她希望通过瞬间移动到妈妈怀里，不让妈妈发现自己膝盖上和手心里的伤。秦琪淑其时不过二十来岁，耳聪目明，哪会上这种当？她一眼就看见女儿腿上的两块硬币大小的擦伤，顿时勃然大怒，拉着女儿就去找老师理论。

老师告诉她，孩子跟一个叫宋博的小男孩闹着玩，被推了一下，擦伤了。秦琪淑一拍桌子站了起来："放屁，闹着玩有往前推的吗？坐屁股蹲儿能擦伤膝盖吗？你膝盖往后拐，你是驴啊？"这等绚丽辞藻，在豪华私立幼儿园工作的老师可能一辈子都没听过。

后来一看录像，根本就不是闹着玩，而是那个叫宋博的小孩带有主观恶意地从后面猛推了秦珊珊一把。这个孩子——如人们普遍认知的那样——是个小胖子，浑身上下散发着浑蛋气息。有关孩子有没有天然的善和天然的恶，各界的讨论很多，秦琪淑一定是认为有的。看完录像，她更是怒从心头起，恶向胆边生，问老师："这个熊孩子呢？"老师说已经放学，被家长接走了。秦琪淑怒道："出了这种事，你们不给我打电话，还把熊孩子放跑了？你给我他家长的电话，我自己找他们去。"老师说家长电话是隐私，不能随便给。秦琪淑拍桌狂啸："谁跟你随便啦？啊？现在我看起来随便吗？"

拿到电话以后，秦琪淑其实不知道该怎么办。她一路都很生气，开车狂飙猛拐，孩子坐在后座上，吓得把两边的安全带都系上了。到家停车时，秦琪淑一边熄火，一边对女儿说：

"你放心，宝贝儿，妈妈一定给你出气！"

这听起来能让人放心吗？孩子顿时哇哇大哭起来，叫道：

"妈妈，我不生气，你也别生气。"

秦琪淑听了心情复杂，一语不发。回到家，她打了几个电话，想解决这事。实际上，跟很多被情绪支配的人一样，她也不知道这件事要怎么"解决"，以及自己想要一个什么结果。"情绪"是一个面目狰狞的大魔王，当你被情绪支配的时候，你可能只想做些什么让自己显得很生气，好让情绪快点过去，这跟应付差事差不多。还有些人只是因为懦弱才大喊大叫，因为他们不知道能做些什么，也不敢做。

她先给夜总会的几个哥们儿打了电话。说完事情之后，对方的反应大多是狂笑："小淑子，你想让我们干啥，打那孩子一顿吗？绑架我们可干不了。"秦琪淑有心说，打他爸一顿也行啊！自己也觉得有点离谱。让黑社会出面解决幼儿园纠纷，这件事本身就太可悲了。

放弃了黑社会之后，她想起了自己的干爹。广义上讲，她的干爹很可能也是黑社会的一种，但给干爹打电话，跟给夜总会门口的几个混混打，意义还是不同的。就算实际上解决不了什么问题，至少可以哭诉一番。

结果干爹的电话一直都在通话中。

秦琪淑这个干爹，从表面上看，是一个教科书式的干爹。

首先，他是一个有钱人。通常我们定义"有钱人"时，有好几种方法。比方说，从资产厚度上，可以分为身家百万级、千万级、亿级。民间又对应地称之为"土豪""富翁"和"富豪"。往上还有"大富豪"，估计性质跟"大法师"差不多，比"法师"强了不是一点半点。以前还有个说法叫"万元户"，现在好像没人提了。从资本的积累方式和速度上，又可以分为"富商""精英"和"暴发户"等。秦琪淑的干爹虽然姓马，但是跟马云和马化腾的社会属性相去甚远，基本可以划为"土豪"和"暴发户"。社会上的干爹中，以这种属性的居多。一般来说，这种干爹不应该特别忙，这是秦琪淑第一次想找他却联系不上。

多数情况下，当几次尝试都失败之后，这个被情绪支配的人要么已经消了气，要么就是气疯了。秦琪淑被自己气疯了之后，咬碎银牙，拨了一个自己最不想拨的电话。

“喂！”她吼道，“小山子，我让人欺负了！”

这个小山子名叫晋文山，也是开出租的，跟秦琪淑的关系有点复杂。秦琪淑的爸爸没半身不遂之前，开一辆双班出租车，晋文山开夜班，算是他的半个徒弟。好多年前，秦琪淑因为宫外孕导致出血，危急关头，正是晋文山闻讯赶来，及时把她送到了医院。显然，晋文山对她的感情超过了师父的女儿这种关系；但他在感情上是一个白痴，谈起恋爱来昏招迭出，收集起来，可以写一本《笑林广记》。而且他面对自己喜欢的人时，脸皮极薄，关键时刻总是说不出话来。最后虽然在秦家立下了大功，却什么都没落着。秦琪淑其实什么都明白，多少觉得有点对不起他，但知道多说无益，自己见他一次，就给他徒增三分烦恼，所以轻易不找他。

但是只要找，他是一定来的。

这正是暗恋的可悲之处：暗恋的人鞍前马后地跑，一边觉得自己委屈得要死，一边又对这种委屈甘之如饴，还挺上瘾。被暗恋的人心想，鬼才想让你鞍前马后啊！但她们又总是乐于保持这种关系，因为这种关系有一种水果糖味儿。

晋文山是个光头，脸上一道大疤，相貌凶狠。且一身都是小块小块的李小龙式肌肉，夏天里穿一个跨栏背心，很是唬人。接电话时他刚接了班准备出车，赶忙像条狗似的把车往秦琪淑家楼下一停，奉旨前来跟她商量对策。因为这时候其实秦琪淑没有任何计划和战术安排，只知道发脾气。

秦琪淑说：“来，你先给这人打一个电话，这应该是熊孩子他爸。”晋文山挠了挠秃脑袋说：“我打电话说什么啊我？”秦琪淑怒道：“笨蛋！你就说你是珊珊她爸，你女儿被他儿子欺负了，膝盖跟手都破了，要个说法！这还用我教吗！”晋文山听完，龇牙咧嘴道：“姐，这能行吗？”秦琪淑抄起沙发上一本杂志卷了个卷儿，劈手就是一招长虹贯日：

“什么行不行的，不行你就问他住哪儿，咱们带人找他们去！让你当回珊珊爹你还不乐意了是吧，瞧你这堆废话！”

说完这句话，两人愣了半天，手脚都没地方放。秦琪淑把脸扭向一边，后悔得要命，简直想把自己嘴缝上。晋文山挠了挠头说：“呵呵。”然后拿起手机上阳台打电话去了。秦琪淑把珊珊叫过来，摸摸头，摸摸手，老觉得空气里哪儿都绷着，不知道说什么。

吃完饭，俩人开车去熊孩子宋博家讨说法。也不知道晋文山是怎么跟对方说的。秦琪淑和珊珊坐在后面，路灯一个一个地过，她的脸一会儿亮一会儿暗。到地方以后，晋文山开门下车，秦琪淑问：“要不我叫几个人来？”晋文山转了转脖子，一副很能打的样子，说：“不用，咱不是来说理的吗？你跟孩子在这儿待着吧。”

秦琪淑有点恍惚，脑子里在想别的事儿。她想自己说的那句“让你当回珊珊爹”说完之后的奇怪感觉，百思不得其解。这感觉就像你用一个挺舒服的姿势坐着看电视，上了个厕所，再回到沙发上，找不着刚才那个舒服的姿势了，别扭得要命。说出那句浑话之前，她跟晋文山还算坐在一个挺舒服的姿势上，现在俩人之间比以前更干了。这可咋整？正想着，珊珊突然扒着玻璃大哭起来，喊道：“小山子叔叔！小山子叔叔要死啦！”

秦琪淑转头一看，一个胖子正左一拳右一拳地往晋文山身上招呼。月光和路灯之下，两人的影子在地上伸缩不已。楼上很多窗户都开了，大大小小的脑袋探出来看。

一开始，晋文山竖起两手，尽可能做出严谨的防御，吸收胖子的攻击，但一味防守终究不是办法；节节后退之间，一脚踩在便道牙子上，“扑通”一声倒了。胖子更得理了，抬脚就踹。晋文山缩成一个甲虫状，尽量保护要害。打过架的人都知道，此时胜负已分，挨几脚就没事了。

秦琪淑愣了几秒钟，突然发起疯来，开门下车，尖声大叫，势如疯虎地扑向胖子。挠了几下之后，顺势一倒，扑在晋文山身上，两臂张开，回头叫道：“干什么啊！他不就是打不过你吗，有什么了不起的啊！”女同志在这种场合说出来的话，一般都缺乏逻辑，不必计较。那胖子笑了几声，抬手捋了捋背头里散落出来的几根头发，转身走了。

秦琪淑刚把晋文山扶起来，那个胖子又出现在楼道窗口，往下撒了一把钱。

有钱的恶人打完了人之后以各种方式给钱，这不是什么影视作品里的情节，现实中多得很。我们知道，现在打一场架成本很高，而且其中很大一部分无法预估，主要看你把（被）对方打成什么样。依据伤情，你可能需要付药费、医疗费、住院费、误工费和一些用于防止你被抓的不法费用。

但是，除了纸钱冥币，俩人还真没见过有人这样撒钱。

楼道灯完全熄灭以后，场面又尴尬了起来。晋文山张了半天嘴，刚吐出一个字，还没听清是什么字，秦琪淑就骂了起来。什么窝囊废啊，让你出气结果更生气了啊，挺大个男人打架都不会啊，诸如此类。要是正常人，就算生气，也肯定要问清楚前因后果，比如：你到底是怎么跟人家沟通的？为什么打起来了？但是这类问题秦琪淑一个都没问。她最后只问了两个问题。

问题一是：“他打你怎么不还手啊？”

晋文山揉着肋骨，咕哝了一句：“打架太贵了。”

这句话秦琪淑没有听懂。她一跺脚，提出了问题二：

“要你有什么用！”

说完自己就哭了起来。晋文山两手都不知道放哪儿，在秦琪淑肩膀和腰际悬空比画了好几回，没敢搂，也没敢拍。哭了一会儿，秦琪淑说：“算了，不用你了，我找我干爹去。”晋文山说：“你干爹是吃猫鼠吗？”秦琪淑突然把音量提高了十倍喊道：“我没跟你开玩笑！”这么一喊，楼道灯又给震亮了。喊完，她把珊珊从车里抱出来，出小区另打了一辆车走了。

在车上，珊珊不停地问她：“妈妈你怎么哭了？妈妈你为什么哭啊！”秦琪淑心里说，我他妈也不知道啊，我他妈为什么哭？又不是我挨揍。但是她没有说话。哭了一会儿，她拿起手机给干爹打电话。通了。秦琪淑一听见干爹的声音，二话不说，先大哭了一顿，把干爹哭毛了，骂了她几句，才安静下来。

干爹听完她的故事，叹了口气，对她说：“这点小事你生什么气？自讨没趣，以后不要这样做了。”又问珊珊伤得有多严重，秦琪淑答非所问地说：“那也不能就这么完了啊！”这句话的潜台词是说，干爹给奴家做主。可是干爹又叹了口气。干爹说每句话之前恨不得都先叹口气。他说：“我自己的事还焦头烂额呢。”秦琪淑一听，半晌无言。因为她怎么也想不通自己这个神通广大的干爹有什么可发愁的事。

把珊珊送到奶奶家时，已是秦琪淑该上班的时间了。匆匆化了妆赶去，挨了一通骂，耷拉着脸跳了几支舞以后，干爹来了。干爹肚子很大，派头也很大，一摆手，正在骂她的领班姐姐就跑开了。干爹的脸耷拉得比她还长，两人坐在卡座里，一时相对无言。服务生剪了支雪茄，干爹猛抽了一阵，卡座上云雾蒸腾，对面看不见人。干爹在云雾里讲了白天的事。听起来确实比秦琪淑的事大。

干爹名叫马叔平，在南方一个小地方开了个厂子，只生产一种东西：消防车用的水管。然后他用一些不知道是不是合法的手段，说服对口衙门，每年以更新保养的名义，采购许许多多的水管。说是保养，其实跟"包养"差不多，这样干了十几年，马叔平赚了不少钱。后来水管的事被查了，马叔平花钱上下一运动，在一个制药大厂里谋了个不小的官儿，到东北干了十年。退休以后他来到北京发展，投资了一些乡村幼儿园。非典那年，他折腾呼吸机的管子，资本又雄厚了一些，挨的骂也多了一些。有媒体调查了他的背景之后，发文章骂他，说他卖呼吸机管子是发国难财，开幼儿园是赚小孩的钱。

马叔平不太懂北京有钱人社交圈的规矩，他看身边跟自己体型差不多的老板都有个干女儿，便也随便认了个干女儿。认完才发现，别人认的都是大学生，他认的是夜总会跳舞的。但他觉得不能坑人家姑娘，所以也就没有退换货。他其实也不太清楚跟干女儿该干些什么。在夜总会里认识的其他老板劝他换一个，他不听，那些老板就偷偷跟秦琪淑说："你干爹发国难财，赚小孩钱，不是好人！你看他那个名字——马叔平，都跟隋朝的麻叔谋差不多，你知道麻叔谋是谁吗？"秦琪淑一脸茫然地摇摇头。回去一问亲爹，才知道麻叔谋不但发国难财，还活吃小孩，当下大怒，找到干爹质问："你是坏人吗？"干爹愕然道："卿何出此言？"秦琪淑讲了那些老板说的事之后，马叔平朗声大笑起来。

他说："我卖消防车的管子，呼吸机的管子，都是该多少钱，卖多少钱。只是我有些手段多卖一些罢了。我开幼儿园，是因为那些地方缺幼儿园。你自己判断吧。"秦琪淑于是又在卡座上跟他起腻了。

有关马叔平干的事跟麻叔谋是否相似，社会各界讨论不一。但我们可以从另一件事上看看他的为人。这就是秦琪淑和晋文山讨说法并且挨揍那天前不久的事。

有朋友对马叔平说，现在老板都时兴弄个微博，发发自己的慈善事业，感慨一下人生什么的，你也应该弄一个。马叔平说："好啊，怎么微？"好事的老板让自己的助理帮他开了一个，让他每天多看看，学会了别人怎么玩，再说话，别瞎发。马叔平回家路上刷了一路，刷出这么一条：

少女为救癌症母亲退学打工 母亲去世后自己患绝症无力治疗

马叔平看完，把手机往大肚子上一扔，抬头看了半天车顶，叹了口气。"这他妈叫什么世界啊。"他说。

回家以后他开始打电话联系朋友。他的人脉很野，各行各业都能联系到。一开始，他想找到那个女孩，给她捐点钱，自己好发个微博。结果仔细一看，那女孩现在用的药，一支两万多，只能维持五天生命。这叫什么怪病！马叔平想了想，这样给钱填窟窿，不是个办法。头一回做慈善的有钱人能像他这样理智的不多，大多是发完微博就拉倒了。

在江湖上翻江倒海地折腾了几天之后，他意外地从一个做呼吸机时认识的合作伙伴那儿听说一种药，一盒六支，需要从日本买，折合人民币十五万。但是用一盒就可以维持三个月到六个月，给手术争取时间。他心想，这个合算啊，等能手术了再捐现金不是效率更高吗？这就是他妈的生意人。于是他神通广大地弄到了一盒这个药。从日本订购，通过冷链运到国内，再通过检验检疫什么的，总之花了不少时间和钱。过了一个星期，他终于拿到了这盒药。

这是一个特制的小铝盒，手机大小，十分精致，看起来机关重重，触手冰凉。打开卡扣，刺地喷出一股白烟儿，里面一块黑海绵上，整齐排着六支晶莹剔透的针剂，景象跟科幻片儿里差不多。给他出主意的老板说，要想赢得轰动效果，你得给全社会一个惊喜，在没有通知的情况下，直接把药送到病房里。人家一问你是谁，你要挺起胸膛说，我是民族企业家马叔平。马叔平笑道："这叫什么玩意儿！你这样送去的药，人家敢用吗？"他还是提前跟女孩的家属取得了联系，介绍了药的作用之后，约好第二天亲自送去。病人家属和他自己都发了微博，转发一下子破了万，就差第二天举着药盒跟女孩合影了，简直完美。

结果送药的那天出了幺蛾子——药丢了。

那天他的司机开车来接他，因为疲劳驾驶，一头撞在一块写着"三超一疲劳，灾祸从天降"的牌子上，人是没事，可车不能开了。马叔平骂了几句，也无法可想，只好打车去医院了。他在北京这几年，还没怎么单独打过车，对司机师傅之话痨没有心理准备，心情又好，一路聊得开心，下车的时候把盒子忘在车上了。这就是秦琪淑给他打电话的那天。第一次打电话时，他正在手忙脚乱地联系社会各界人士，因为彼时不光微博上几万双眼睛看着他，连传统媒体都开始关注了。也难怪秦琪淑打不通。

到晚上来夜总会找秦琪淑时，问题还没有解决，所能做的无非是在广播电台发条启事。可是他刚把这段前情提要给秦琪淑讲完，电话就响了。一个陌生号码，内中一男子，自称是捡到药的出租车司机。"什么治病救人，"他在电话里说，"一看就不是好东西。毒品对吧？我懂！"这位什么都懂的司机要求马叔平在规定时间内交出一万块钱，都要旧钞，不准报警，否则把药扔河里。肯定是某类片儿看得太多了。

马叔平挂了电话，跟秦琪淑一讲，她马上忘了自己的事儿，激动起来。“咱们去拿吧？”她两手攥拳，“救人要紧，一万块钱您还没有吗？”

马叔平说：“一万我当然有了，十五万的药买到手，几经折腾，二十来万都花出去了，还在乎这一万吗？可是我车坏了，你等我找个车。我再也不坐你们北京的出租车了。”秦琪淑一拍他大腿：“咳！找什么车啊，我给您叫一个来！”

于是她又给晋文山打了个电话。

可悲的是，无论她用什么样的话伤害这个可怜的秃子，他还是会来。一叫就来，立刻，马上。

车来了，两人出门一看，马叔平就急了：“这不还是出租车吗！”秦琪淑把他塞进车里，又推了推，塞严实了，自己从另一边上了车。“这不一样，这是咱自己家的出租车。”这句话听在晋文山耳朵里，想必很不是滋味，但是当天都已经听过“当一回珊珊爹”这种更不是滋味儿的话了，其实也没什么。

他回头看了一眼马叔平，不知道叫什么好。憋了半天，他说了这么一句：

“先生您好，您去哪儿？”

秦琪淑哈哈大笑起来。“什么先生，”她用膝盖隔着车座顶晋文山的后背，“这是我干爹！”

“哦。”晋文山开起车来，没再说话。他差点说“干爹您好”，但是这种一厢情愿的亏他已经吃过一次了。几年前送秦琪淑去医院的路上，秦琪淑流了血，抱歉地说把他的车弄脏了。当时他曾经说过：

“这是咱爸的车。”结果什么便宜也没讨到。打那儿以后他一想起这事，就会脸红，并且本能地吹起口哨来，就跟有人在旁边看他的笑话，需要自我解嘲一样。

秦琪淑又说：

“我干爹可厉害啦，能救人命。是吧，干爹？小山子，我跟你说，有个干爹特别好，你也认个干爹吧。”

晋文山歪着脑袋开车，翻了翻白眼，小声说：

“我才不要干爹呢。我只想要老丈人。”

说这话的时候他猛踩了一下油门，“轰”的一声，把他的话盖过去了。

约定交货的地点是西四环的一个立交桥。这是个复杂的桥，上下三层，若从空中俯瞰，桥体曲曲弯弯，盘成很多个圈，很像人类的前列腺示意图。他们大概是来早了，约定的那层没有停着的车。晋文山靠边熄了火，打上双闪，“咔吧咔吧”地转了一圈脖子。

马叔平看了，问道：

“小伙子，你会打架吗？”

他这么问，可能是基于他在社会上摸爬滚打多年所积累的丰富经验，判断一会儿搞不好要打一场。这种场面一般都是由他的司机负责，那是个东北大汉，打起架来悍勇无比，给人一种街霸里拆汽车的感觉。

晋文山还没回答，秦琪淑就一甩大波浪卷儿，叱道：“他会个屁，他就会去[1]那个挨打的。”

晋文山又小声嘟囔道：

①去：此是北京方言，意味“扮演某某角色”。

“谁说的，我是觉得打架太贵了。”

可是这次已经熄了火，没有发动机给他打掩护，被秦琪淑和她干爹听见了。两人毫不犹豫地狂笑起来。笑罢多时，马叔平边喘边说：

“你怕赔钱，是吗？一会儿要是打起来，你就该怎么打怎么打，钱，从来都不是问题！”

人们区分富豪和土豪还有一条标准，就是对待钱的态度。上面这种态度就是土豪。晋文山不愿意跟土豪说话，就下车抽烟。秦琪淑也下了车，靠在旁边点了一根。两人看着月亮，谁也不说话。三层桥面上车来车往，红色的尾灯拉出一道道弧线。路灯顺着匝道整齐地戳成一个圈儿，眯起眼睛一看，灯光向四面八方拉出炫目的星芒。夏夜干燥清凉，令人愉快。

俄顷，晋文山抬起手来用烟头指了指西面。“淑子姐，”他吐了一口烟，“你还记得西黄村这个地方吗？”

秦琪淑说：“记得，你在那儿给我发了一个短信是不是？神经病。什么叫‘西黄村在下雨’②？”

这些都是以前的事了。晋文山想了想，自己也说不清自己为什么曾经发过一条这么奇怪的短信。所以他没回答。秦琪淑抽完了烟，把烟屁股往桥底下一弹，问道：

“小山子，你是不是生姐气呢？”

“啊？”晋文山扭头看了她一眼，又抬头看上面那层桥面，“没有啊，生你什么气？”

秦琪淑低头用左脚踩右脚面，练梯云纵。“生很多很多种气。”

晋文山又没有说话。他皱着眉头，像是在思考什么，又像是什么

---

② 参见《夜间出租车》。

也没想。他看见上层桥面的拐弯处，停着一辆出租车，打着双闪。车窗里露出一条穿黄衬衫的胳膊，拿着手机。同时，车里的电话响了，马叔平赶紧接起来。

“喂，你他妈的是不是报警了？”出租车司机说，“那个红衣服的女的是便衣吧！我一看她就是便衣！”

说完，“啪”地挂了。桥上那辆车把车窗一摇，点火并线，开走了。

晋文山把烟头一弹，推了秦琪淑一把：“上车！”

他把点火、挂挡、松离合器、踩油门、关双闪、打左灯、系安全带等一系列复杂的操作在一瞬间都完成了。以至于这些动作发出的“噼啪”“咔嗒”之声连成了一片，像一个班的特警在检查装备。他的出租车发出由短渐长、由低到高的吼声，座椅靠背一拨又一拨地推着后座的两个人。接着他身子向左倾，打轮拐上弯道，爬上第三层桥面。这就是说，他在进行那一系列复杂的操作同时，还想明白了怎样盘桥。

马叔平问：“你看见了？”

晋文山的出租车穿过两辆同样涂装的出租车，超过一辆奔驰，绕过两辆奥迪；每超过一辆车，秦琪淑和马叔平就觉得四周的空气微妙地震颤了一下，发出“嗡”的一声，这一声的尾音已经被那辆被超的车带到很远的地方去了。在一次次空气的震颤中，晋文山摘下五挡，中指、无名指一拉，挂进四挡一给油，尾灯顿时拉出两条火柱一样的红光。

“就是前面这辆。”他说。

有关晋文山是怎样在四环路上那么多出租车里准确识别出一辆，秦琪淑和她干爹做了很多种猜测，都猜错了。正确答案是，谁跑得快谁就是贼。出租车在环路上行驶，绝不可能超速，他们都是老油条。晋文山盯住那辆超速的可疑车辆，然后推回五挡，忽地超了过去。二马一错蹬，他还冲人家抛了个媚眼，然后打轮把他逼停了。司机和晋文山同时下了车，拉开架势干了一架。

该司机既然认为车里是便衣，为什么还敢干架，这是个未解之谜。秦琪淑有个解释："傻逼的脑袋你没法理解。"总之，他从一开始就摆出了要打架的姿态，因为他下车时拎出一个"虎头"。虎头者，出租车司机对方向盘锁的爱称，状似管儿钳子而巨大沉重，全钢打造，头部有锯齿。秦琪淑从车窗探出脑袋，叫道：

"小山子，留神！"

晋文山回头喊道："留你个花露水儿的神，快去他车里找药！"边说边侧身闪开一虎头，两臂擒住司机右胳膊往怀里一带，脚下一绊，司机扑地便倒，虎头当啷啷掉到路边去了。

秦琪淑在那车里翻到了药盒，拿给马叔平看。马叔平打开检查了一下，少了一支。他走过来，蹲着问那司机："少的那支呢，你喝了？"司机摇摇头说，没留神打碎了。马叔平气得额头青筋暴起，他站起身来，喘了半天气，叉着腰挺着肚子转了几个圈。路灯把他的影子在司机身上碾来碾去。末了儿，他从兜里掏出钱包，拽出一沓钱，往司机脸上一摔，喝道：

"小山子，给我打两千块钱的！"

后面的事太惨，而且会输出不正确的价值观，故不赘述。我们可以直接跳到第二天的病房里，拿到药笑开了花的少女和她的妈妈，跟马叔平亲热地合影的场面。但这个场面没什么意思，另一个场面比较有意思。这个场面是说，晋文山在马叔平摔钱的时间里，忽然觉得他长得跟那个熊孩子的爸爸有点像。可能土豪长得都有点像。后来又一想，不是长得像，是摔钱这件事比较像。回去路上，他对马叔平说：

“那个干……先生，您能再跟我去个地方吗？”

然后他们来到熊孩子家。晋文山又给宋博的爸爸打了个电话。那个不知死的胖子当然又下来了，这类浑人都没什么脑袋瓜。下楼一看，除了那疑似两口子的年轻人之外，还有个酷似自己的有钱胖子，不觉一笑，说道：

“你是猴子请来的救兵吗？”

马叔平说：

“不是，我是慈善家马叔平，来给你付医药费的。”

胖子还没想明白，左眼就挨了一拳。接着他又挨了很多天马流星拳和闪电战斗拳。晋文山打一拳，问一句：“有钱了不起，啊？知道生不知道养，啊？”骂得十分流畅，好像打过草稿一样，秦琪淑跟马叔平在一边看着，直咧嘴。打了一会儿，晋文山回头问马叔平：“怎么样，还管得起吗？”马叔平点点头：“应该管得起。”晋文山又打了几拳，把胖子打成了一个更胖的胖子。

他站起来的时候，问了一句：

“服吗？”

北京人打架，这一点十分烦人，总要问一句“服吗”，问完之后一般很难收场，还得再打。没想到那个胖子没有说服，也没有说不服。他擦了擦鼻血，问道：

“你算干吗的，你管得着这摊事儿吗？”

晋文山被他这么一问，愣了一下，不知道怎么回答。这时候秦琪淑走过去，蹲在胖子边上，拍着他的脸，一字一句地说：

“这是我们家珊珊的爸爸，你说管得着吗？”

说完，就像事先按照剧本排练过一样，马叔平走到舞台中央，扬起手来，冲胖子撒了一把钱。一回头，发现三个小鸡崽成精一样的瘦小保安愣在五米外，瞠目结舌，不知道走还是留。马叔平走过去，在每个人上衣口袋里塞了点东西，指了指花坛里的监控摄像头，然后上车走了。

关于秦琪淑和晋文山解决这件事的方法，我们应该说，它是有效的，但不是正确的。这件事确实没有留下什么后患，珊珊也不再受欺负了。有效的方法不一定是正确的。假使有个人，为了知道水开了没有，每次都用手指试试起不起泡，我们可以说这是一个有效的方法，但不是一个正确的方法。用暴力解决问题，多数时候都是不正确的。但也得分跟谁。

回去路上，马叔平双手放在脑后，大肚子一腆，长出了一口气，问道："小淑子，你说这盒药能管用吗？"

秦琪淑坐在副驾驶，正在给晋文山拳头上的伤口贴创可贴。"啊？"她有一搭无一搭地答道，"有用吧？肯定有用。"她这么说时，心里想的却是，怎么能说没用呢？它把小山子变成了一个爷们儿。

天花板之眼

星期四的早上，小齐正在监控室里值夜班，突然被一个电话吵醒。“你来一趟，”酒店经理在电话那头说，“咱俩谈谈。”一般来说，经理要跟员工谈谈，绝没有好事。小齐的这种预感很快就应验了：他被辞退了。

起先，小齐以为自己干的那些事情被经理发现了。那还得了？那就不是辞退那么简单了，那是犯罪。但是经理显然并不知情，表面上，他只是对小齐总在值夜班时睡觉很不满。“你睡觉的时候，酒店万一出了人命，你都不知道！”经理说。此外，他还提出一个很难反驳的理由：小齐除了管监控录像，还管停车场抬杆。早上六七点钟，客人开车出去，小齐睡着了不给抬杆，客人就会按喇叭，一酒店的客人都被吵醒了，一个早上能有十几个投诉和差评。

小齐离开经理办公室时简直是乐着出来的。相比那些事情被发现，辞退简直是再小不过的一件事了。临走时他问经理，自己要走了，工作跟谁交接？总得有人管监控吧。经理使用了一系列外交辞令之后，小齐终于明白了真相：他采购了一套软件，来干小齐的活儿。一劳永逸，不用发工资。这套软件周一就投入工作了。小齐又问："那这三天要是出了人命怎么办？"经理气急败坏地说："不用你管！你给我出去。"

小齐收拾完东西，坐在监控室里想事情。他主要想的是自己的那些令人发指的黑暗行径会不会因为这次系统更新而被发现。技术上讲，这种可能性很小，因为任何酒店的监控升级，都不会涉及客房内。而他的那些宝贝都在客房内。

小齐的第一件法宝是酒店的无线路由节点，也就是AP。酒店的交换机不能直接管理每个客房的网络，因此每两间房都会有一个AP，通过这个AP，小齐能够得到客人连入酒店Wi-Fi后访问的网址，浏览和发送的图片，甚至——如果他想的话，但他并不想——记录用户操作，比如，网银的账号和密码。

小齐对账号密码不感兴趣。他感兴趣的是那些图片，这是用钱买不来的东西。小齐发现，不管入住时如何衣冠楚楚的客人，到了晚上，大多会访问一些不正经的网站，发一些不得了的图片。有些图片是客人收到的，还是套图，相当不得了。有时候还会有更加不得了的小视频，对于单身多年的小齐来说，简直是成吨的伤害。但是很快，小齐就发现了比图片和小视频更刺激的内容：直播。

有关直播的事情是这样的。当年酒店出了一起斗殴事件，一名男子在走廊里被一群人追着打，后来被他们擒获，押回到了自己的房间。等再出来时，这帮打手一个个俯首帖耳，点头哈腰，而被追打的男子则像一只打赢了架的鹅，趾高气扬，把那些人轰走了。走廊里的整个过程，小齐后来都在监控里看到了，至于房间里到底发生了什么，到最后也不得而知，这简直让小齐崩溃。他太想补齐这段剧情了，然而由于房间内没有监控，他已经永远地失去了这种机会。

抱着这种想法，小齐在客房里私自安装了一组摄像头。一般来说，安保部门没什么机会进入客房，因为里面的任何事情都不用他们管。但是小齐有作案条件，他能制作房卡——尽管权限仅限于未入住的房间，只要巧妙地配合走廊和电梯摄像头的“故障”，就能赢得足够的作案时间了。

小齐一共安装了六个摄像头。两年来，这组摄像头就像只有六个频道的电视，承担了小齐夜间消遣的重任。某种意义上，这比电视好看，电视剧没几个能做到源于生活高于生活的，大部分都低于生活。像这种发生在酒店客房里的故事，导演编剧都没看过，怎么可能高于生活？小齐看了两年，觉得自己一旦下海当编剧，绝对干翻中国电视剧圈半壁江山。比方说，他看到过一次捉奸在床：一个女的叫开房门，突然忽地一推，闯了进去，指着里面的一个大爷破口大骂，又把小三抓起来打了一顿，看起来似乎是一对忘年恋。正骂得起劲，又闯进来一个男的，揪住那女的说今天看看你找什么样的男人，哪儿比我强，你起开！说罢一搡，女的摔了个跟头，露出后面的老大爷来，只见那男的愣在当场，惊道：“爸？”这种剧情，中国编剧不是编不出来，是不敢编，觉得观众不信，其实每天都在上演，非常真实。

还有一些客人，经常出差办事，来了就住这个酒店，要固定的房间。固定房间这件事本来没有那么简单，但其中有几个人十分有趣，所以小齐在这方面帮了些忙。比方说，有一个姓庞的客人，喜欢在房间里唱卡拉OK。他会放一浴缸水，在浴缸尽头的墙壁上巧妙地粘上三个粘钩——下面两个朝上，上面一个朝下，形成一个等边三角形——再往里插入一台平板电脑，连接一台蓝牙音箱，然后脱个精光，溜进浴缸，用这套简单的卡拉OK系统和浴室特有的混响环境唱上六七首歌。这位庞先生唱得实在太好了，看多了其他房间的重口味演出之后，小齐喜欢来庞先生的演唱会洗洗耳朵，但他会选择把视频源关掉，只留音频。他并不喜欢看男人洗澡。

庞先生与小齐之间仿佛有某种默契，每次选择的歌都很契合小齐当天的心境，其曲库之大，匪夷所思。被辞退的这天晚上，小齐带着一种正在向经理复仇的错觉，打开摄像头。他先浏览了一下缩略图，结果一眼看到庞先生正好又来出差办事，看样子刚刚入住，正往浴缸里放水，在墙壁上贴粘钩，调试平板电脑和蓝牙音箱。看到庞先生开始脱衣服，小齐就切换到其他房间。庞先生的准备工作长达十分钟之久。

1号房没人入住，所以摄像头取不到电，是黑的。

2、3号房是大床房，床上都有一对男女在滚，小齐今晚没什么心情看滚床单。

4号房是个圆床套间，挂着蕾丝帐幕的圆床之上，一个身形硕大的外国胖子正在对着电脑起劲地手淫。为什么人们进入酒店，总想做一些跟生殖器有关的事情？这还不如看滚床单，小齐又切回了2号房，没想到2号房的客人居然在这一分钟的时间里结束了战斗。还好3号房的战斗还在继续。一开始，小齐准备看个两三分钟，就切过去听庞先生唱歌。岂料该客人非常骁勇善战，十几分钟过去了，还没有任何要结束的迹象。最后，小齐跟他赌起气来，非要看个结果不可，就这样又浪费了二十分钟的时间，房间里的女人一直在喊："天哪，天哪！"小齐笑得可乐都喷了，他从没听见过有人在这种时刻喊"天哪"。两人终于偃旗息鼓之后，小齐按下切换键。

5号房熄灯了。

6号房就是庞先生。

浴室里，庞先生光着身子，上半身离开水面，双腿插在水里，整个人斜斜地悬浮在浴缸之上。

这个超自然现象太过震撼，以至于小齐花了好几秒钟才意识到，浴室里还有另外一个人。此刻，这个人穿着保洁的服装，正在用一根笔在墙上的平板电脑上点点划划，看不清屏幕上有什么。摄像头的视角可以旋转90度，但小齐没敢动，他怕发出声音，被这个人发现。因为此时，小齐已经破解了庞先生的超自然现象之谜。

浴缸上方有一根晾衣绳，从一侧墙壁抽出，插入挂着平板电脑的那一侧墙壁后旋紧，可用于晾晒简单的衣物。眼下，庞先生的脖子上绕着这根晾衣绳，头以一个不自然的角度向后仰着，舌头伸出老长，大腿根以上露出水面，肌肉僵硬，阴茎勃起。而那个穿保洁制服的人，似乎对挂在晾衣绳上的庞先生并不感兴趣。这个人在平板电脑上弄出了声音，虽然看不见画面，但从声音判断，肯定是淫秽物品无疑。

庞先生的大腿颤抖了几下。他还活着！小齐脑后一阵发麻，他抓起手机，按下110三个数字，但没有拨出。他想到一个严峻的问题：我正在目击杀人现场。但是，我应该如何向警方解释我是怎么看到的？小齐的脑袋不快，脑袋快的人一般没工夫干偷窥之类的事情。他想了一会儿，觉得可以说是在酒店的监控中看到有人半夜进入客房，很久没有出来。但转念一想，这也不靠谱，自己已经被辞退了，怎么可能看得到监控？何况半夜进入客房的人往往都在天亮前才走，此乃常识。事后小齐回想起来，此时如果说是一个保洁进入了客房很久都没有出来，也许就解决了大部分问题——除了被辞退的保安如何看到监控画面的问题。

要不出去上街找个公用电话，匿名报警？对，这个办法可行！小齐穿好衣服，但在穿鞋的时候又迟疑了。匿名报警？太天真了，自己是搞监控出身的，怎样通过满大街的摄像头找到一个人，小齐比大部分人都清楚一些。

小齐抱着脑袋，回到电脑前。屏幕上，穿保洁制服的人旋松了晾衣绳的固定扣，庞先生扑通一声掉进浴缸，水花四溅。接着，那人把浴缸的龙头打开一点点，又拔掉了防水塞，然后从摄像头里消失了。

走了吗？小齐盯着屏幕想。他没有听见房门开闭的声音，但这并不说明什么。他又把注意力放在庞先生身上。他的脸整个变成了紫色，脖子以下泡在水中，一条胳膊耷拉在外面，手指有节律地颤抖着。“这人还没死！”小齐又站了起来。“我能救他，只有我能救他。”小齐念叨起来。与人命相比，自己在房间里装了个摄像头，这算个事吗？

也许算吧？小齐想。

他装了不止一个摄像头。他装了六个。他看了好几年客人的隐私，有些还截了图，发到了网上，只是没有事发罢了。一旦报警，势必要配合调查，接着就是秋后算账，斩立决。小齐想着想着，渐渐觉得自己才是那个脖子上绕着晾衣绳，被泡在浴缸里的人。他转头看看屏幕，庞先生的手指已经不再抽动了。

庞先生大概是死了。

小齐错过了救活一条人命的最好时机。但是现在报警还来得及吧？早点发现尸体，早点抓住凶手，早点判刑，早死早托生……想着想着，已经把凶手的事想成了自己的事。小齐一屁股坐在地上，大口喘着气。庞先生死了。在客房里被人用晾衣绳勒死，泡在浴缸里了，还有一个不认识的人通过天花板上的摄像头全程偷窥着。也不算全程吧？这人是怎么进来的，跟庞先生什么关系，庞先生为什么会开门，是怎样被剥光了活活勒死的？前面的犯罪过程，小齐没有看见。但不管怎么说，庞先生死在他眼皮底下了，他是全世界唯一一个目击者，并且这场目击完全不为人知。

小齐晃悠悠地站起来，把屏幕关了。他脱了衣服，躺在床上，脑袋里乱得像一场刚刚打响的战役。庞先生的尸体会被发现吗？也许保洁能发现，即便发现不了，到退房的时候也早晚会被发现的。那时候尸体得被泡成什么样子了？小齐脑袋里浮现了一些恐怖的画面。接着他意识到，从刚才起，房间里就一直回荡着那台平板电脑上的声音。一个女的在浪叫不休。即使隔壁房间听见了这个声音，也不会觉得奇怪吧？小齐懒得再开屏幕、关声音，起身顺手往电脑上插了副耳机。声音没了。

睁眼醒来，天已经大亮。小齐一看表，惊奇地发现自己居然在这样一个夜晚睡了十个小时，现在已经快中午了。他起床洗了个澡，吃了两块饼干，但很快就趴在马桶上吐了起来。吐完之后，他走到电脑前，想要去掀起屏幕。但他很快想到，想到昨晚没有退出后台，屏幕正对着浴缸里庞先生的尸体，那具尸体，某种意义上可以说是因为自己见死不救而死的。

小齐没有动电脑，穿好衣服出了门。他觉得自己漫无目的地转了很久，但走着走着一抬头，他吓了一跳：自己并没有漫无目的地转，他已经走到酒店外的停车场边上了。这还了得！小齐赶忙缩进路边的电话亭里，拿起电话贴在耳边，嘴里念叨着："南无阿弥陀佛，无量天尊，万物非主……"这要是被经理或者酒店里的熟人看见，非出人命不可，他想。继而他又觉得很可笑，人命早他妈出完了，他们现在可能还不知道吧！如果自己不去告诉他们，恐怕尸体臭了也没人能发现。这帮人也真蠢，就一个晚上没人在监控室值班，酒店就出了人命。叫你们辞退我！不对，有这么巧的事吗，我一走就出事？酒店从电梯到走廊都有监控，不敢说毫无死角，但想全都躲过去，安然走到楼层正中的一个房间，进去作案之后再全身而退，不被人发现也不留下痕迹，这也太难了吧？正这么想着，电话铃响了，吓得他赶紧把话筒扔下了。

然后他才意识到不是公用电话在响，是自己的手机。小齐一看号码，老钱。老钱是酒店的电工，没家没口，就住在酒店里，跟小齐关系不错。

“小齐啊，”老钱说，“我给你说个事儿，你可别害怕啊。”

“什么事儿？”小齐尽量面无表情地问。然后他意识到老钱看不见自己的表情。

“你昨天一走，酒店出大事啦！”老钱兴奋地说，“死人啦！”

“啊？谁死了？”

“314的客人，一个男的，经常来，西装革履的那个。”

“哦。想不起来。咋死的？”

“咳，可邪乎啦！在浴缸里，自杀了。”

“自杀？”小齐叫了起来。

“都这么说，警察已经来了，经理陪着呢。说是脖子上套着浴缸上的晾衣绳，光着屁股躺浴缸里，死了。我听经理说，叫什么‘窒息式自慰’，你知道什么叫自慰吗？就是……”

小齐有点蒙，很想坐下，但电话亭太窄了。他只好使劲靠着墙，不让自己瘫倒。

“小齐，我跟你说，你可有点危险哪！”老钱神头鬼脑地说。

“什么，已经怀疑到我了？”说完这句话，小齐狠狠抽了自己一个嘴巴。

“你想呀，你早上被辞退，晚上就出事了，你可是管监控的啊！”

“可是，”小齐福至心灵地想到一个逻辑问题，“不是自杀吗，关监控什么事？”

“咳，那是经理说的，警察可没那么说，现在他们还没走呢，估计一会儿就得找你，咱们关系好，我跟你透个风，你准备准备啊！”

老钱说完就挂了。小齐举着电话，保持着通话的姿势好几分钟，也没想明白最后这句话什么意思。我准备准备，准备什么啊我？老钱发现什么了？他可是电工！正想着，电话亭外传来女孩子的笑声。小齐一看，两个女孩捂着嘴跑了。小齐一想，也难怪人家乐我，谁在公用电话亭里打手机打这么半天啊。他推开门，走出电话亭，下过雨的空气让他的精神稍微好了一点。他发现停车场尽头聚集着一大群人，不少人举着麦克风和照相机。这场面他在电影里看到过。记者。

小齐溜达到人群边上，拿耳朵一摸，立刻听到“窒息式自慰”几个字。妈的，到底什么意思？比起这个词本身的奇诡之处，小齐更诧异的是它传播的速度之快。怎么连记者都知道了？他靠在一辆车上，拿出手机搜索“窒息式自慰”。

第一条是个百科条目，里面详细讲解了窒息式自慰的原理，大意是说，人在窒息时通过手淫的方式获得的高潮，比平时要强烈一些等。这不作死吗？小齐无法理解。他接着往下看，下面有篇文章，说一个英国的著名主持人就是玩这个不小心把自己玩死了，也是在酒店里。再往下看，居然还有个70多岁的老先生在酒店里自慰身亡，脖子上缠着皮带，屋里还有成人玩具。看着看着，小齐竟然产生了一种放心的感觉，觉得庞先生乃是自慰不得法导致窒息身亡，而不是被人杀死。这种感觉持续了一秒钟之后，小齐立马想起来：怎么可能，庞先生就是被人勒死的，我亲眼所见！想到此处，感觉后脑像被人捶了一拳一样。技术上讲，小齐确实没有亲眼看见那个穿保洁制服的人勒死庞先生，但那人在房间里时，庞先生脖子上勒着线，身体还在动，等到那个人把绳子放长，让庞先生泡进浴缸里时，庞先生已经不动了。

这算不算目击杀人过程？小齐把左手比作庞先生，以拿着手机的右手比作凶手，双手在空中比比画画，口中念念有词，正要推理出一套让自己安心的逻辑时，突然肩膀被人推了一下。

“嘿！”推他的人说，“起开，谁让你靠我车了？”

小齐醒过神来，慌忙点头道歉。接着他发现自己刚才靠的是一辆警车。推他的人是一个魁梧雄壮的警察，身后还有个瘦小枯干的警察。个儿大的警察打量了他一下，立刻闻出了某种味道。

“你是干吗的？”警察问，“身份证拿我看看。”

“哦！”小齐掏了半天，递过身份证。

“齐天……”警察眯着眼念道。

“晟，齐天晟。”小齐补充道。

“嚯，你名字够牛逼的啊！”警察叹道。这时副驾驶座门开了，本来已经上车的那个瘦小的警察又冒了出来：“齐天晟？老马，那不就是那经理刚才说的那小子吗？”

小齐被马警官和他的搭档小侯带回了局里。小齐第一次来这种地方，但是在心里他已经想象过无数次这个画面了。所幸今天的身份并不是嫌疑人，小齐想。他又想，在警察眼里我还指不定是不是嫌疑人呢！马警官把他安排到一间空屋子里，墙上并没有写“坦白从宽”，只挂了几面锦旗，看起来不像是审讯室。一会儿，马、侯两位警官都来了，说要跟他了解些情况。

虽然整个了解情况的过程一直是马警官问，小齐答，小侯不时做一些补充，但小齐反而得到了很多情报。比方说，事发当时，酒店大堂的监控录像正常工作，但并没有拍到嫌疑人。嫌疑人可能是步行进入了地库，而地库的摄像头只识别车牌。从地库经步行梯来到案发楼层后，楼层的监控完全没有工作，嫌疑人顺利来到房间。至于嫌疑人是怎么打开房门，进入房间作案后又安然原路返回的，警方希望小齐能提供些线索。

小齐脱口而出：

“酒店买了一套新系统，正在更新。”

隔了一会儿，他又补充道：

“所以他们把我辞退了，如果我在的话……”

马警官摇了摇手，示意他不想听这个。他问小齐，有没有办法人为切断特定楼层的监控？小齐解释说，大堂的监控是地方上要求装的，直接联网，不归他们管；但楼层里的监控，都是一路的，他离职的那一天，酒店已经开始更新监控系统，可能当天没有完成施工的楼层，恰好就是出事的楼层。小侯摇摇头，他不相信这种巧合。“有没有人为的办法？”他问。小齐说：“办法有两个，一个是进我的监控室，通过后台关闭录像。另一个办法，就是剪电线。”小侯问：“电线在哪儿？”小齐说：“在地库里。”老马问：“监控室和地库里这个电箱，有没有监控能看到？”小齐摇摇头。他正想补充两句，外面突然乱了起来，隐约有女人的哭声传来。

老马笑了笑：“这地方常有的事，没啥，你坐会儿，我去看看。”

老马走了一会儿，回来叫上小侯也出去了。小齐呆坐了半晌，见没人理他，战战兢兢地推门出去一看，大厅里乱作一团，几位女警官正在安抚一个情绪失控、号啕大哭的老太太，老马和小侯则在对付一个黑西服男子。

小齐围观了挺长时间，也没人理他。他也不知道自己能不能走了，只好继续看下去，一直看到老太太不哭了，黑西服也不冷笑了，小侯才发现小齐出来了。“你咋上这儿来了？”他问，“没啥事你可以回去了，保持手机开机，别到处说去。”小齐答应一声，出去了。他在大门口溜达了一会儿，天近正午，感觉有点饿了，便拐弯进了一家汤包店，要了一屉包子，一碗馄饨。

等馄饨的时间里，小齐闭上眼睛，回想着他亲眼看到的杀人现场画面。到现在，留在脑袋里印象最深的画面，是庞先生整个人斜斜悬在水面上的那个瞬间。那个画面太超现实了，像假的，像特技，像做梦，像恶作剧。但那是真的，百分之百，现在自己已经被警察叫去配合调查了。小齐想起刚才在警察局大哭大闹的老太太。她八成是庞先生的家人吧？没准是他妈。真可怜啊！儿子出个差，突然就死了，全身赤裸，泡在浴缸里，还被传得满城风雨——窒息式自慰。

小齐有点后悔，刚才在警察局没说实话。他有好几次机会说实话，但是拖得越久，说实话的后果就越严重，越不敢说。到底说不说？万一警察真以窒息式自慰给定性了，庞先生就成了自杀了，永远没人知道真相。说吧，自己这辈子算完了，也不用想找什么工作了，下半辈子都有人管吃管住。小齐正想着，馄饨上来了。他用筷子扒拉着馄饨，数着个儿。他想，他妈的，要是单数，我就去自首！不对，这不叫自首，叫主动配合调查。不过据说自首判得轻。但是我这案子跟庞先生这案子不是一码事啊？他一边想，一边数：八，九，十，十一，操。再数一遍。二，四，六，八，十，十一，操。再数一遍。

正数着，老太太和黑西服来了。两人坐下之后，黑西服频频扭头看小齐，最后干脆起身，坐在小齐对面。

“你好，”他脸上带着一种冷笑，“我姓金，你可以叫我金律师。”

“你是谁啊？”小齐愕然道。问完以后他觉得自己是个神经病，人家刚说完自己是谁。

“你先别问我，我先问问你。我刚才在里面看见你了。”金律师一说话，总是先冷笑一下，“你是不是也为酒店这案子来的？”

一拳击中要害，直截了当。小齐愣了，没想好怎么说。金律师又说：“这是命案，办这个案子的警察一般不会同时办别的，我看见那个姓侯的警察跟你说话了。你别误会，我是受害者的律师。”小齐“哦”了一声，金律师又补充道：“我同时也是受害者的同事，我们是一个所的，他叫庞玉，也是个律师。”他回头看了看老太太，老太太面前摆着一碗馄饨，冒着白气，老太太无动于衷，筷子都没动一下，宛如一尊佛像。“那是庞玉的母亲，”金律师说，“我们刚从上海飞来，老人家非常伤心，有些谣言你应该也听说了。”

包子上来了，小齐拿起筷子，戳着包子，包子里的汤流了出来。

“酒店传出谣言说，庞玉死于窒息式自慰，被发现时，脖子上缠着晾衣绳，全身赤裸，泡在浴缸里。”金律师说，“我们是不相信这个说法的，警方现在也没给定性。你呢，因为什么事扯进来的？”

小齐的脑子拼命地工作着，想编出一个身份来。他抬眼看了一下金律师，金律师正在冷笑，两眼射出两道寒光，所到之处，仿佛能把包子里的汤都冻上。小齐心想，砍的不如旋的圆，对面这人看起来很可怕，还是别瞎编的好，以后要编的事儿还多着呢，还是把有限的智商留着应付警察吧。越想越觉得自己像嫌疑人，他妈的。小齐抬起头来说：

“我是酒店的保安，事发时我已经辞职了。”

金律师抬起两个手指，向下压了压，示意他小点声，别让老太太听了激动。

“警方勘查时，发现楼层的监控录像没有在工作。”金律师低声说。

“我跟警察说过了，他们可能在更新安防系统。”

“你有没有别的线索？”金律师说，“任何你知道的事情都可以，有可能拍到或看到一个人进入庞玉房间的线索。”

小齐心里一震，心说，他怎么知道？正常人会这么想事情吗？往不存在的方向试探一下？

“我……我不明白。”小齐说，“客房里面是没有监控的。”

金律师又冷笑起来。

“我没说客房里面。”他说，“不过你这个提法很有趣，客房里面虽然没有监控，但有没有别的什么？你是专业的，你想想。”

“没有！”小齐斩钉截铁地答道，“那是犯法的。”

“犯法？犯什么法？”金律师歪起头，饶有兴趣地看着小齐。

“……我也不知道，刑法吧？我又没，没那个。你知道吧。”小齐已经不知道自己在说什么了。这时候，老太太给他解了围，她扭着身子，叫金律师：“小金？这是谁呀？”金律师说：“哦，阿姨，这是个当地的朋友。”他站起来，给小齐介绍，“这是宋阿姨，我的当事人，这是——”他把气口留给小齐。

“阿姨，我姓齐，我是……”

“他是检察院的保安，我们来办案子，经常遇见。”金律师笑着说。他这人面相阴狠，怎么笑都像是冷笑。小齐心想，这时候，他是宋阿姨身边最可靠的人了，他怎么冷笑，恐怕在宋阿姨眼里也是暖的。宋阿姨听说只是个保安，没什么兴致，礼貌地笑笑，就坐下了。小齐发现宋阿姨满头华发，戴着眼镜，文质彬彬的，怎么看也不像是会在公堂之上大哭大闹的类型。

金律师拿出一张名片，塞在馄饨碗底下，用手指敲了敲低声说："你刚才提到的情况，如果是酒店的客房安装窃听器、录音录像装置、摄像头等，视具体使用方式，可能涉嫌多项违法，构成刑事犯罪。我和庞玉一样，都是刑事律师，对这个话题有兴趣的话，可以联系我。想到别的有用的也请告诉我，谢谢兄弟了。"说完冷笑了一下，回到自己桌上去了。

小齐一直坐到金律师和宋阿姨都走了，才离开包子铺。走起路来，感觉像每一步都踩了狗屎，怎么走都不得劲。快走到家时，小齐终于想明白别扭在哪儿了：单数的馄饨！不是说好了单数就去自首吗？怎么给忘了？又一细想，恐怕这不能算是忘了。金律师意味深长的几句话，把他刚从深渊里拼命钓上来的勇气和良心又给吓回去了，脱钩了，跑了。涉嫌多项违法，构成刑事犯罪。妈的，这人怎么一副什么都看穿了的样子，我说错什么了？小齐这么想着，回到家往床上一扑，闷头睡了一觉。

起床时天已经黑了，屋里没开灯，漆黑一片，只有扣着屏幕的电脑侧面有个蓝灯在闪，表示它正在休眠。小齐想起此时6号房内已经没有庞先生了，想必摄像头内的场景不会如何恐怖，他决定打开电脑看看。屏幕亮起，监控画面漆黑一片。小齐意识到这间房已经断电了，摄像头从房间内插卡电路取电，现在什么也看不到了。小齐盯着那个黑框，感觉自己被吸了进去，置身6号房内。卧室空无一人，而庞先生就在他身旁的大玻璃窗内，脖子上拴着晾衣绳，泡在水里，水龙头开着，放水塞也开着，两者构成了一道小学数学课本上的经典蓄水问题。放水速度没有蓄水速度快，水汩汩流出，又源源不断地流入地漏里。凶手为什么要放着水？小齐想了想，不得而知。他离开浴室，来到房门前，来开房门。门上着链，没拉开，借着走廊的灯光，他把门链摘了下来。挂着门链，凶手是怎么进来的？小齐又想了想，还是不得而知。走廊里一片大亮，不远处的天花板上挂着圆形的监控摄像头，像一只机敏的大眼睛，忽闪忽闪，转来转去，你永远不知道它在看哪里。事实上，事发的时候它哪里都没看，它睡着了，被人关了。小齐感觉自己踩着走廊的菱形花纹地毯，地毯很软，弹性十足，留不下任何脚印。他走到楼梯口，回头看了一眼，走廊空无一人，他推开门。

突然，小齐坐直了身子。他回到了自己的房间里。他好像看见了什么重要的东西。他揉揉眼睛，再次盯着屏幕上的黑框，却再也进不去了。小齐觉得头痛欲裂，有什么非常要命的事情被他忽略了。他蹬上鞋，抓起衣服。他得回酒店看看。

酒店的地库位于楼体右侧，门口确实有一个摄像头，但这显然是个废物，即使它不是识别号码的专用摄像头，高度也只能拍到人的大腿根。小齐钻过停车杆，摸黑走进地库。

他先来到配电箱旁。配电箱被黄色的警戒线围着，无法靠近，即使靠近，小齐也不知道自己要干什么。他横着走开几步，从配电箱门的缝隙往里看了看。

线没断，锁也没坏。电箱平时都是锁着的，不把锁破坏就没法破坏电路。小齐听见一声鞋底摩擦地面的声音，慌忙回头一看，没人。他骂了一句娘，其实并不知道自己在骂谁的娘，骂完就慌忙钻进楼梯间的门里。楼梯间有声控灯，但他小心翼翼地迈着台阶，不让声控灯发现自己。小齐这时候在想：如果凶手跟自己一样，不惊动声控灯，楼梯间的摄像头是不是就拍不到自己？但没用，走廊才是最难的一关。爬到事发楼层，小齐已经累成了狗，直伸舌头，想喝水。他想拉通往走廊的门把手，但突然想到，我操，指纹！我刚才是不是已经推过地库的门了？他用袖子包住手指，谨慎地把门拉开一条缝，倏地钻了进去。

走廊一片光明，天花板上的眼睛闪闪发光。小齐看见它们，忽然觉得自己愚蠢透顶。既然没有人家凶手的技术和办法，躲过这些眼睛，刚才在楼梯间里装神弄鬼有什么意义？管他呢，反正已经来了，我现在又没犯法。再说，八成这玩意儿还没修好，新系统大概也没更新完成。警察大概不会允许酒店在没破案之前施工吧！也不知道停业没有，房间里有客人吗？远远望去，案发的6号房并没有什么警戒线。小齐一步步踩着有菱形花纹的厚厚的高级地毯走过去，边走边四处张望，寻找他觉得至关重要的那个东西。

他走到6号房。

他又退了回来，来到5号房。

他抬头看了看，情不自禁地拖着长声“哦——”了一声。

“有发现呀，阿sir？”一个人在他身后说。小齐吓了一跳。字面意义上的一跳。他转过身一看，是姓侯的那个瘦小枯干的警察。

“谁是阿sir啊，”小齐喘着粗气，“您才是阿sir呢！”

结果小齐又被带回了局里。老马面带倦容，脸色很不好，像是要打人。他问小齐为什么到现场去，小齐解释不出来。这件事要解释起来非常复杂：因为违法私自安装了客房内的偷窥摄像头而目击了杀人案，但由于懦弱迟迟没有报警，直至案发后才知道事情的严重性却怎么也想不通凶手如何绕过自己曾经日夜坚守的摄像头进入房间行凶因而想进去看看，这么说肯定不行。小侯警官笑着说，犯罪心理学上讲，犯罪分子都有回到现场的倾向。小齐赶忙解释说：“我不是犯罪分子啊！”老马说：“没人说你是，别紧张。”

最后小齐随说随想，居然编出了一个解释，让老马把他放走了。

也不算是编，一大半是心里话。他说他在包子铺遇见了庞玉的妈妈，还有一个律师。老太太很伤心，律师也很想破案，所以自己受到了触动，想帮帮忙。老马告诉他，律师这个职业，不管破案，他们只负责辩护。具体到刑事案件来说，他们通常是给嫌疑人辩护。听到这里，小齐产生了一个疑惑，但还没来得及想明白这个疑惑是什么，他突然想起自己在被小侯警官抓住之前的那一刹那所发现的那个东西，那个曾让他在家想起了什么至关重要的事情，却又没摸清楚轮廓的东西。

他决定先厘清这件事。告别了老马和小侯，他又来到那家包子铺，要了一碗馄饨，一屉包子。他用筷子蘸着馄饨汤在桌上写写画画，试图梳理在酒店走廊复盘时的每个步骤和每条线索。想到入神处，他夹起一个汤包，咬了一口，热油喷射而出，烫得他满嘴起大泡。“我操！”小齐跳了起来。掌柜的给端过来一碗凉水，让他漱漱口。“小伙子，外地人哪？头回吃汤包啊！”掌柜的问。小齐呜呜呜地说了两句什么，匆匆结账，跑回家去。

他想起一件事，一件确实至关重要的事。这件事他早就该想到了。

回到家，小齐打开电脑，轻车熟路地摸进酒店楼层AP的后台——密码没换，也没被封锁——小齐顺利地打开访问记录，调出事发当晚6号房的网页访问历史，和AP缓存文件夹里的图片。他一张张地翻过去，心想这里面一定有什么重要的线索。

结果并没有。

事发当晚，庞先生刚刚入住没多久，就发生了凶案，他基本上只用手机访问了几个再正常不过的网页，图片大多是页面上的logo和广告。

小齐把自己狠狠摔进转椅靠背里。他想，我这是在干什么？人被杀的现场，我亲眼所见，却没有报警，没有阻止，没有告诉任何人，没有想任何办法。事发之后，警察找到了我，我本来可以和盘托出——马警官说过，破案是警察的事——然而我又没说。出了警察局，我遇见了宋阿姨和金律师。宋阿姨多可怜啊！金律师告诉过我，宋阿姨无法接受什么窒息式自慰的说法呀，更不相信什么自杀，这都哪跟哪啊！庞玉是个正派的律师，从不像其他那些单身住客，一进酒店的房间，总想玩玩生殖器，不是玩自己的，就是玩别人的——

小齐想到这里，好像想到了什么。他拨通老钱的电话。“喂，老钱，”他说，“你能帮我弄到庞玉最近几次住店的日期吗？就是被杀的那个男的。”老钱说：“你有病吧，我他妈是电工。”小齐说：“你别急，我教你。”老钱问他：“你要这个干啥？”小齐福至心灵：“被杀的那个人，他的律师给我钱，跟我要这个，回头短不了你的！”这招很灵，老钱马上就变得十分配合。

小齐这么干，是因为他发现自己从没偷窥过庞玉的网络访问记录。这是为什么呢？大概是因为庞玉除了在浴缸里唱歌之外，平时是个穷极无聊的人。他不叫特殊服务，也不看黄片自慰。他这个人有某种近乎仪式感的强迫症。唱歌是他唯一放松的时刻，一旦洗完澡从浴室出来，他就会恢复到那个全身紧绷绷的状态，穿上睡衣，正襟危坐，用电脑浏览一会儿什么，然后回到床上，闭目养神，过一会儿就躺下睡觉了。他睡觉跟死人一样，睡前不看书，睡时不翻身，睡醒不赖床。前后两样都不难，睡觉不翻身——这个一般人来不了。现在回想起来，这个人跟一块木头一样，给人一种没有感情，也没有欲望的印象。小齐觉得他除了唱歌的时候，都很无聊，所以从没看过他的访问记录。但他确实每次都在睡前用一会儿电脑。

老钱的电话很快就回过来了，事情出乎意料地顺利。因为这份东西警察也要了，从前台的打印机缓存里很容易得到。老钱只需要去跟前台妹子聊一会儿天，设法趁机打开打印机，再拖延一会儿时间关掉就行了，剩下的事情，小齐从网络后台就可以搞定。

这份列表统计了庞玉一年来入住的记录，次数相当之多，每条记录都有精确到分钟的时间标记。小齐搓了搓手，开始工作。他打开AP后台，按照上一次庞玉入住的时间，访问6号房的缓存记录。滚动条一闪而过，小齐眼前一亮：第一单就出货了！这一天的缓存文件夹里有大量的图片，还有一些小视频。小齐随便打开一个，吓了一跳，里面是个光屁股女人。打开下一个，还是。哈！庞先生，您可让我逮着啦！哎，不对……小齐高兴了没三秒钟，就发现了异常：一个小视频里，某个男子正在对着摄像头抚弄自己，背景正是酒店的客房。然而这人并不是庞先生。

小齐明白了，这是5号房的客人。5、6号客房共用一个AP，没有办法区分哪部分记录来自哪个房间。

接着小齐看到了一系列奇怪的图片，这是一些男人的裸照，照片中的男子全身抹油，好几块腹肌，眼神狂狷邪魅，十分吓人。

他切换到再上一个日期。

这一天又是一大堆色情图片，看得小齐口干舌燥。没什么收获，他翻开再上一个日期的记录。

在一堆没什么创意的色情图片中间，小齐发现了十几张男性裸照，还有两段小视频，就是小齐看了以后不禁发出“哇……”的赞叹的那种。他妈的，这是特技吧，有这尺寸的男人吗？小齐愤怒地想。他继续往前翻着。

结果，经过统计，庞玉住店的日期里，十次有八次都访问了某个特定的色情网站，下载浏览男性裸照多达数百张，视频几十段。小齐想起偶然间看到过几次庞先生用电脑的情景，庞玉像是对面有个尊贵的客户一样正经八百地坐在桌前，面无表情，滚动着鼠标滚轮，偶尔轻敲键盘，敲完之后，漂亮的左手手指就捏住自己的下巴。这个画面突然就清晰起来了。一个男人，看男人裸照，还是这个表情，或者说面无表情，这说明什么？

小齐也不知道这说明什么。但他觉得这是个巨大的发现，恨不得马上告诉什么人。他打算先告诉老钱。但又一想，老钱是个傻逼，而且刚帮自己办了事，没准马上就要讹人，先别理他为妙。

小齐想到一个人。他拿起外套，翻出金律师的名片。

和金律师见面时已经快凌晨一点了。他们约在一家名叫Round 4的酒吧里，酒吧宽大安静，灯光晦暗。金律师一脸冷笑，从吧台上推过一杯“自由古巴”。“庞玉生前喜欢喝这种酒，”他说，“我不太喝得惯，你试试。”

小齐喝了一口，没什么酒味儿，基本就是可口可乐。他使劲咽了一大口，低下头，对金律师说道：

“律师，您相信庞先生是自杀的吗？”

“当然不信，不然我来干什么？”金律师点了一杯“曼哈顿”，里面有颗长柄樱桃。“现在流传的说法也不是自杀，而是窒息式自慰导致的意外死亡。当然，这个我也不信。你想起什么了吗？”

“嗯……是的，”小齐抬起头，金律师正把那个樱桃在嘴唇上蹭来蹭去，脸上依然挂着冷笑，“金律师，我也觉得庞先生不是自杀，也不是意外，而是有人杀了他。”

“哦？”金律师的冷笑消失了，“你知道些什么吗？”

“也没太多，算不上什么证据，我想。”小齐说，“您说，什么样的人会杀庞先生？”

金律师跷起二郎腿，把十根修长的手指叠在膝盖上。他仰起头，叹了口气。“庞玉这个人，”他悠悠地道，“其实是个很无聊的人，没有什么兴趣爱好，也不怎么社交，跟家人关系很好，朋友又不多。除了工作之外，他没有太多机会树敌。”

“您的意思是，工作上？”

“律师嘛，”金律师看了看小齐，“你知道的，尤其是刑事律师。人们总在问，为什么要给坏人辩护啊？这份工作难免让一些人不开心。”

小齐脑袋里亮起了一片网状闪电。跟马警官告别时那件模模糊糊没想清楚的事情，一下子明白了。自己的脑袋真笨，这件事还用人说了才明白吗？庞玉是律师，马警官说，律师不管破案，他们只管辩护，具体到刑事案件上，就是给嫌疑人辩护。当时小齐就觉得这句话跟案子有什么关系。因为他是客观上唯一知道肯定有一个凶手存在的人。所以他也是唯一会顺着这条路思考凶手是谁的人，只是脑袋不好使，没想明白这一层：凶手要杀人，他得有动机；动机嘛，不是钱——没抢财物；不是色——这还用问吗？那么不是情就是仇。金律师提醒了他：庞玉是律师，律师可能产生仇人。

“我啊，也想过这件事。”金律师慢悠悠地喝了一口酒，“出事后我第一时间就开始分析嫌疑人。”

“有结果吗？”

“有可能性。”

“是谁？！”小齐急了。他想知道是谁，干什么的，长什么样，为什么杀人。关键是长什么样，多高，胖不胖，穿多大号鞋——他能跟印象里的那个穿保洁服装的人对上。

金律师饶有兴趣地看了看小齐。

“你大晚上的找我，蹭我酒喝，不是想听八卦吧？”

“我……当然不是。我有东西给你看。”

小齐看看四下无人，拿出手机，凑到金律师跟前，打开那些男性裸照，一一翻给他看，边翻边解释这些照片的来历。

“AP？”金律师惊道。小齐有点得意，这个优雅淡定的金律师终于让他惊着了。

“我虽然被辞退了，但是AP的密码他们没换，所以我能看到。”小齐有点兴奋，语速很快，“金律师，我觉得庞先生是……是那个。”

“哪个？”

“那个。”

“哪个？”

“咳！就是同性恋！”小齐一着急，大声说了出来。话音刚落，酒吧里有几十双眼睛投向了他们。

“你别嚷嚷，”金律师说，“这里都是同性恋。同性恋怎么了？”

“啊？”小齐完全没有想到Round 4是一个专业场所。他缩了缩脖子，接着说，“没，没怎么。金律师，您说这能不能算证据？虽然我不应该看，但没换密码又不是我的问题……”

金律师竖起一根手指，止住了他的话头，又把这根手指贴在自己嘴唇上，想了半天。“你的事情，你不用担心。有我在，你什么事都没有，放心做证。但是这件事你不能声张，一切听我指挥，才能帮庞玉打赢这场仗。懂吗？”

小齐使劲点了点头。

“你觉得这个证据的证明力在哪儿？”金律师顿了一会儿，又补充说，“就是说，为什么庞玉在房间里看男性裸照，或者说他是同性恋，可以证明他不是窒息式自慰导致意外死亡？”

“因为浴室里放的毛片儿是女的啊！同性恋不看这个吧！”

“你怎么知道？”

“傻子都知道啊！”

“我问你怎么知道浴室里的淫秽录像，是女的？”

小齐愣住了。

酒吧里的音乐换成了Elton John，不过反正小齐也听不懂，听得懂也没脑子听，他现在脑子里只有俩字：完了。

没想到金律师没有就这个话题追问下去。他喝了一大口酒，问小齐：

“AP没换密码这事，你们经理知道吗？”

“他知道个屁，”小齐如逢大赦，“他就认得钱。”

金律师凝视着小齐的双眼。小齐觉得有什么不太对劲。接着他意识到，事情正在向非常狗血的方向发展。

“您觉得是经理干的？”小齐的调门又高了起来。

“我只是有这个怀疑。”金律师把脸凑近，低声说，“庞玉办过你们经理的案子。”

有关庞玉和经理的事情是这样的。几年前，庞玉第一次来这个城市出差，办的是一件迷奸案，被害人在酒吧里被人下药迷倒，带回酒店后强行发生性关系。第二天一早，被害人报了警，之后跑去找她哥哥，但在路上突然死了。嫌疑人是惯犯，很快抓住了，庞玉给这个人辩护，手段出神入化，但所用证据全部合法，最后竟证明被害人是死于肝炎。这件事闹得满城风雨，比现在庞玉自己死了要热闹多了，微博热门话题一连几天都有这个案子。

受害人的哥哥就是辞退小齐的那个经理。

“这也太狗血了吧！”小齐吼道，“庞玉自己不知道吗？”

“不知道，我也不知道。”金律师平静地说，“我是这次来调查这个案子才知道的。”

“不是，大哥，”小齐乐了，“那他妈也太蠢了吧，早上把我辞了，晚上就干活儿，生怕别人不知道是他干的啊？杀完人，难道警察傻吗，不马上查他抓他？他还想继续开酒店吗？要是不开了，费这劲干吗？直接弄根钢筋，跟踪庞玉，后脑勺上给一下不就完了吗，反正都是要被抓的，对不对？或者开车撞他，撞死了往江里一扔，再逃跑……”

小齐还在手舞足蹈地说着。金律师用手指捏着酒杯转来转去，关节发青，脸上阴云密布。

“小兄弟，”金律师低声说，“你在说的是我的朋友。他已经死了。”

金律师的声音有点颤抖。

小齐连忙道歉：“对不起对不起，我没有那个意思，能抓住坏人当然是好的……我是说可能性啊，这说不通啊！”

“没什么说不通的，”金律师恢复了平静，“法庭上讲的是证据，没有证据的逻辑推理都是耍流氓。如果没有铁证，不管他的计划多么漏洞百出，这个人杀了庞玉，还可以继续开他的酒店。就算开不成，他也不会被抓。你以为他的脑袋很简单吗？这人只有初中文化，却当上了这么大酒店的经理。他的犯罪思路虽然简单粗暴，但作案现场却井井有条，冷血凶残。他知道我们会想到、查到的，干脆就不花精力去设计和回避。而我们最需要的证据，他都一一消除了。一个初中文化的粗人，能设计出窒息式自慰这样的剧情，其用心可见一斑。而且，你要知道，他是没见过庞玉在客房里的样子的。也就是说，进入客房之后，行凶之前，他用了极短的时间，现场设计出了这个剧情。了不起吧？”

金律师一口气喝干了杯底的酒，站起身来。“对不起，我去下洗手间。”他的声音和身体都有一点抖，背影在吧台的一盏盏射灯间隙消失，出现，消失，出现。

第二天一早，小齐找到老马，说自己犯了个错误。这种招数，他从小就用惯了，十分管用。要表功，先认错；认的错只是个不存在的小错，背后还有个可怕的大错。这一套组合拳打完，家长往往就会产生一种原谅你的倾向。小齐提交了那组照片和视频，说明了来历。“我没有说老实话，我有AP密码，但是我真不知道他们没改……我也不知道这个有没有用，因为……”小齐接下来想说：因为我也不知道浴室里放的毛片儿里是男的还是女的。但这么一说，智商就跟经理一样了。

马警官拍拍他的肩膀说：“干得不错。这是一份非常重要的证据，我们还会进一步围绕它进行调查取证的。”

这句话说完，小齐又产生了上一次跟老马告别时那种熟悉的模糊感：有什么事情不太妙，但又死活想不清楚。等他回过神来，老马已经走了，一转身，身后站着金律师和宋阿姨。

“我就知道你准得来。”金律师说，“宋阿姨说想当面谢谢你。”

小齐一惊，谢谢我？谢什么啊，谢我发现你儿子是同性恋？

宋阿姨握了握小齐的手，温柔地一笑：“孩子，你非常勇敢正直，你是个好人。庞玉的事情我都知道了，他是我的儿子，他无论有什么取向和选择，我都支持他。”

小齐又一惊：我是个好人？我成好人了我？他想也没想，脱口而出：“不不不，阿姨，我不是好人。不是！我是……”已经把中国话说成了外国话。宋阿姨又笑了笑，对小齐说：“不是好人也没关系，每个人生来都是好人，即便后来没当成好人，上天都会给你一次救赎的机会。”

小齐做醍醐灌顶状：“所以，嫌疑人也要有律师来辩护，对不对？”

金律师冷笑道：“不，我们辩护不为什么救赎，而是因为，嫌疑人在国家机器面前永远是弱势的。”至此，小齐已经完全听不懂了。金律师和宋阿姨再次向小齐致谢，表示后面还有很多的案头工作要做，战斗才刚刚打响，真正的坏人还没有绳之以法，希望小齐能一如既往地支持他们。

小齐使劲点点头，有那么一瞬间，他几乎相信自己是个好人了。每个人都应得一次救赎。啥叫救赎啊？小齐不太懂，但隐约感觉就是做了坏事被原谅的意思，死了不下地狱，不会被小鬼叉起来炸成油条。我救赎成功了吗？他问自己，心里有点打鼓。目击杀人现场，见死不救，不报警，对警察说谎，对律师说谎……最后虽然提交了证据，但是这足够吗？到底要怎么才能得到那次应得的救赎啊？小齐陷入了沉思。

金律师走后，小侯警官又火急火燎地冒了出来。“哎！”他拍了小齐脑袋一下，“幸亏你没走，来给我按个手印。”

“手印？按什么手印？”小齐摸摸脑袋。

“你不是提交证据了吗？”小侯揽着小齐的肩膀进了屋，屋里的墙上写着：坦白从宽……小齐没有注意。他面前有一张表格，小侯让他慢慢填写，再在右下角按上十个手指的全部手印。小齐填表的时间里，小侯喝着茶，有一搭无一搭地跟小齐聊天。

“哎，”他总是用“哎”开头，“你知道这案子是杀人案吗？”

“啊？不是自杀？”小齐抬头看了看小侯，小侯指指表格，让他专心填写。

“多亏了你提供的那个证据，虽然它不是直接证据，但对已有的证据造成了巨大的挑战。”小侯煞有介事地用播音腔说道，“我们马上围绕你提供的这份证据展开了调查。你知道，警察是不能随便拿你手机的几张图片当证据的，我们得调查原物证。”

小齐填着表，后脑勺感觉有点凉。小时候每次说谎被家长发现以后、揭穿之前，就是这个感觉。他似乎想明白了刚才老马说话时，他产生的那种熟悉的模糊感是什么。

“这一查，嘿，你猜怎么着？”小侯自顾自地说道，“你这证据还真是货真价实！案发现场所用的那个什么AP，里头真有这些图片，日期时间都对，我说，真有你的嘿！对，填完了就在那儿按手印……”

小齐看了一眼小侯，他那张干瘦的猴脸上一脸看戏的表情。“按，快按，按完咱走了。”他说。

小齐按了手印。十个，全部，鲜红鲜红，实实在在。

“后来你猜怎么着，嘿！”小侯扣好茶杯盖，走过来拿起表格看了看，“我们的技术人员为了确认这些图片不是隔壁房间访问的，就调查了AP的硬件访问记录。这个我是不懂啊，你搞这个的你懂，每个设备都有一个自己的地址……”

小齐的半个后背都凉了。

“就在案发的房间，我们突然发现AP上有一个奇怪的硬件地址，这台设备只要房间一插卡，就自动连接，不论什么日子，哪位客人入住，都会有这么一台相同的设备连入AP。”

小齐凉到了腰眼儿。他退了两步，摸了把椅子，坐下了。

“然后我们这么一调查，你猜——咳，这也甭猜了，傻子都能猜出来，屋里有一个隐藏的硬件呗！那是什么呢？我们这通找呀，最后终于在浴室的天花板上找到了一个联网的摄像头。”

小齐咽了口唾沫。

“我们的技术人员非常爱岗敬业，既然有一个，这黑酒店肯定还有其他的，一查，有六个哪，这还了得？我们马上采集了摄像头上的指纹。我估计，装这个摄像头的人这辈子也没想过有一天会被人抓住，上头那指纹，那叫一个清楚哇，比你那天回酒店的时候留在门把手上的清楚多了——怎么说呢，就跟这个似的。”

小侯说着，把表格上十个鲜红的指印在小齐面前晃了晃。

小齐看了，顿觉天旋地转，屁股底下的椅子都动了起来，他想站起来，又不知道站起来干吗。一个没站稳，他又重重摔回椅子上，椅子倒了，跟地板发出刺耳的摩擦声，小齐后脑勺着地，昏了过去。临昏倒之前，他看着天花板上的摄像头，嘟囔了一句：

“操，救赎失败了。”

后记

这篇小说有很多事情没有说明白，比如，经理是否真的是凶手，被抓了没有？警方在拿到小齐的指纹之后，是否会错误地认为他才是凶手？凡此种种，不一而足。然而这都不重要，相信读小说的人，脑袋都比写小说的人聪明，这些都可以自己想办法说圆了。说它们不重要，是因为这篇小说关注的不是一件杀人案的真凶是否被绳之以法，作者本人还是相信公安机关和检察机关的。这篇小说是要说，当我们陷入小齐那种境地的时候——这一辈子多多少少会有那么几次——我们会怎么做？

比方说，好几年前，我在一家游戏公司打工，老板是个很好的人，但老板娘有神经病，坊间盛传她在员工电脑上装监听软件。我跟一个IT部的哥们儿关系特别铁，这件事很容易被我们查实了，因为对方采用的手段拙劣，一个netstat - a，所有混杂模式的终端无处遁形，再一台台通过共享去找，很快在其中一台上找到了证据文件夹，里面是来自这些被监控的机器上的定时屏幕截图。

截图我也看了一些，很有意思，大部分都是骂老板的证据，但其中有一条，是我们部门的一个负责媒介的小姑娘，在跟乙方探讨拿回扣的比例。事情是这样的，她从乙方手里拿了一万多回扣，这是她第一次干这事，她以为这属于乙方的某种善意，就给乙方买了一份一千多的礼物送去了。乙方得知以后笑了好几天，在QQ上告诉她：你不用回馈我，这事本来就不上台面，再说我该拿的我们公司会给我，给你的钱也不是我出的。

乍看之下，我当时觉得这件事里小姑娘和乙方都没什么错。但我很快意识到：这是在拿公司的黑钱啊！我觉得应该举报。我那个IT部的大哥差点没因为这事把我打死，他说："你要是举报，不就把我们破解老板娘安装窃听软件的事暴露了吗？"我惊了，心说，窃听才是犯罪，我们是他妈受害者好吗？IT大哥又说："举报什么？啊？举报什么？跟你有关系吗？拿你黑钱了吗？这叫行规，懂吗？"我又惊了，IT部都懂市场部的行规啦！他还说我是"圣母病"。那年还没这个词儿，大概意思如此。

最后我跟IT大哥达成共识：我们不需要举报，只要不删除监控文件夹里这张截图，老板娘自然就会看见了。没过多久，姑娘就辞职了。IT大哥删了好多东西，我没什么好删的，只删掉了我利用公司网络下载的证据。

类似这样的事情，乃至齐天晟面对的事情，是比较极端的情况，比生活中一些情况要复杂得多，但生活中那些简单的情况，我们依然处理不好。我有个学生，在公司干得处处不顺，被挤对走了。半年之后，该学生偶然从她以前的女同事那儿听说：她部门有个性格很奇怪的男生，一次在她不在场的时候，曾经跟办公室其他几个人放过豪言壮语：“我就是看不上×××，我要让她在我办公室里混不过半年，你们信不信？”当时在场的就有这个女同事。该男生论职位，跟我这个学生是平级的，只是来得早，在某种意义上忠心耿耿，很得老板的欢心而已。一个没什么职权的人，凭借老板的欢心就能把人挤走，其手段之脏，可以想象。也可能是我这个人比较护犊子。这种货能得老板的欢心，导致我后来连这个老板都不喜欢了。这是后话。当时我问她：“你同事说这话的时候，你没问问她为什么听了以后不对你示警？”她说：“人家也要混饭吃呀。”写完这篇小说，再反思那个女同事的立场，我陷入了一种不会有结果的沉思。

人生赢家

李平安出生之时，因其是长子，第一个孩子就得了儿子，令其父狂喜不已。按照当地习俗，李平安的父亲跑出门去找名字，看见的第一个词是什么，孩子就取名叫什么。据称这样比较容易养活，是以当地叫百货和削面的孩子最多。李平安的父亲大喜之下，一路跑到城关，城关有一座破败不堪的古城楼，不知道何朝所传，左右各有一块立额，上书：出入；下对：平安。实际上，李平安的父亲先看见了出入，但是觉得李出入不好听，便闭上一只眼，昧着良心回到医院，告诉家里人：孩子叫李平安。李平安并不好养活，不但有一种怪病，发作起来骇人听闻，而且因此摊上一大堆破事，其一生与平安二字可谓毫不沾边。所以说，封建迷信都是糟粕。

有关李平安的怪病是这样的。大约从初中开始，他的成绩直线下降，经查是上课常常睡觉导致。屡教不改之后，李平安上课睡觉的毛病引起了校方的重视，老师在观察之下惊奇地发现，李平安的睡，是一种突如其来的睡：上一秒钟还在听课，或写作业，或与后面的女同学交头接耳；下一秒钟直接就睡，毫无过渡。这种睡眠很浅，使用一个粉笔头就可以轻易唤醒，但唤醒之后，又会引发这种怪病的下一阶段：瘫痪。

后来人们知道，倘若李平安突然陷入睡眠，千万不要叫醒他。这是因为他醒来之后，只有脑子醒了，身体完全陷入瘫痪；这会令他陷入巨大的惊恐之中，从而号叫起来，这样子号叫下去，全校都无法上课。李平安本人对此病的恐惧，迅速发展到了对正常睡眠的排斥，因而终日一副刚刚手淫过的表情，怏怏不乐，自我厌恶，没有精神，也没有朋友。

同学们开始叫他“李瓶儿”，是跟他的发病同时开始的。初中的男生们虽然看不懂《金瓶梅》，但也大致懂得，家长和学校不让看的东西，用来羞辱同学最合适不过。在李平安的睡眠瘫痪发作时，有些男生会转到他的椅子后面，对着他的屁股做下流的动作。初中男生作起恶来，没人知道是为什么。其时有一位正义凛然的女生，就是在后面跟他交头接耳的那一位，名叫洪妮，生得人高马大，相貌威武。她一直以保护李平安为己任。初中女生心地纯良起来，也没人知道是为什么。

李平安跟洪妮在一起的最初几年，是他生命中最平安的几年，因为洪妮对他呵护备至，连他的怪病似乎都极少发作了。然而，按照剧作规律来讲，这样的戏是不好看的，该发病还是要发病。到了李平安22岁的那年，病终于发作了，但这次不是李平安，而是洪妮。

洪妮很小的时候，因为爬树不慎掉下来，脑袋摔在一个台阶上。据她自己描述，当时她清楚地听见了“咔嚓”一声。但是村卫生站检查后发现，该女孩健硕无比，行走正常，智力嘛——似乎也没比摔伤前更低。洪妮就这样过了十几年，那“咔嚓”一声终于像一个音画不同步的视频被人调好了一样，从她的身体里爬了出来。有一天，李平安把自己瘦小的身躯从洪妮身上翻下来，刚想休息一会，突然就睡着了。洪妮对这种情况应付自如，她垫高李平安的头，检查他的眼球和舌头，然后紧紧搂着他，等他醒来。如果醒来后他陷入了瘫痪，洪妮就会依次拿起他的双手，告诉他："这是左手，这是右手……"但李平安醒来之后，并没有瘫痪，他只说自己做了一个噩梦。他梦见自己被人削掉手足，装进了一个瓶子里，供人观赏。洪妮抚摸着他的头发说："那叫人彘，只有皇后才能享受，没有人会削你的，谁削你我也不干——"两人大笑起来，突然洪妮不笑了。李平安抬头一看，发现洪妮双手猛地一抬，两眼一翻，接着就再也不动了。

洪妮被辗转从卫生站送到了镇卫生院，又送到了市里的大医院，看了很多科室，做了很多检查。洪妮的母亲早逝，父亲是一个不怎么说话的壮汉，但在洪妮看病住院的几个月里，这位壮汉等比例缩小了几号，看起来变得谁也打不过了。一个傍晚，壮汉来到走廊里，问李平安：

"你有没有钱？"

李平安愣了一下："钱？啥钱？"

壮汉没有再问，摇了摇头，离开了医院，再也没有回来。第二天，医生找到李平安，问他病人家属呢，李平安此时对未来还一无所知。他反问医生："妮子怎么样了？还在昏迷吗？"医生说："我想这不是昏迷，负责地说，我现在还没法告诉你她的具体情况。我可以肯定她没有生命危险，但是我们还需要做一些检查。"李平安很想揪住医生，让他多承诺些什么，但他生来胆小，性格谦和，绝不是医闹的料。他知道医生没有敷衍他，医生是不会贸然说"肯定"的，既然说了，那么生命危险应该是没有的，而医生不敢保证的事情，他连想都不敢深想。

这天晚上，洪妮突然醒了。医生找来李平安，告诉他洪妮的情况。“恐怕要及早转到省会专业医院去会诊，那里的设备和技术都好一点。”后来的事情，医生也没有预知的能力和责任，但客观上说，这个建议确实影响了李平安的一生。他给洪妮的父亲打了几个电话，没人接。李平安无法可想，来到病房。病房里有两张病床，靠门的215号床住着一个老太太，每天都有一个暴发户模样的汉子来看她，看起来是她的儿子。靠窗的213号床上就是洪妮。李平安扑进房间时，那个暴发户正好也在，两人撞了个满怀。

“操，看着点儿！”暴发户说。

李平安看了他一眼，此人肩宽背厚，肚大腰圆，脸上的肉坠得两个嘴角总是指向地面，一对大环眼皂白分明，十分吓人。他的头发很少，根根直立，两边耳朵往上都剃秃了，其中一侧还文了一只王八，简直莫名其妙。他的脖子上戴了一条很有分量的金链子，可惜脖子上的肉太多，金链子隐藏在皱褶里，不剧烈运动露不出来。李平安缩了下脖子，没敢说话，与暴发户擦肩而过，来到床边抓起洪妮的胖手。

“妮子，你咋睡了这久呢？”李平安带着哭腔说。

洪妮抬起另一只手，摸了摸自己的嘴。李平安问：“想吃东西？还是渴了？”洪妮说：“不是，我摸摸胡子长多长了，这样我就知道我睡了多久。”两人都笑了，连暴发户都笑了。洪妮在了解了眼下的情况之后，告诉李平安，不要去找自己的父亲。“我太知道他是啥样人了。”她说。李平安说：“可是你要上大医院啊，出院得结账啊！”洪妮摆出一副诸葛亮式的表情，指挥李平安在病房里寻找了一番。果然，她的随身物品都在左边的床头柜里，在一个布满钢钉的黑皮包里，李平安找到一张银行卡。“我有存项，”洪妮说，“我知道早晚指望不上我爹。”

李平安拿着卡去取钱，里头有两万块钱。这应该够了吧？李平安心想。但他又有点没底，毕竟已经住了这么久的院了，住院是很贵的。拿着两万块钱，李平安去找那个说话很严谨的医生，这是一个和善认真的中年男人，姓陈。他亲自带着李平安去跑烦琐的出院手续，最后把他带到了结账柜台，柜台一看，洪妮的账上早就欠费了。陈医生想问欠多少，但因为要出诊，就匆匆离开了。“万事不要慌，”陈医生嘱咐李平安，“有没有钱我们也是先看病的。”

陈医生走后，柜台里面递出一张单子：两万八。

李平安没敢结账，谎称拿错卡了，逃离了柜台。回到病房，215号床边多了个小女孩。这小孩长得真好看啊！李平安差点说出声来。小女孩五六岁年纪，看上去营养很好，长得很结实；头发和眼睛黑得像用浓墨画出来的，碎花连衣裙的领子里露出来的脖子和手臂又白又嫩，像刚刚洗刷干净的新藕。看到李平安进来，小女孩很有精神地喊了一句：叔叔！那个暴发户拍了她后脑勺一下，低声说：“认识吗你就叫人家？自来熟！”小女孩冲老太太伸了伸舌头，老太太觉得有点尴尬，对李平安说：“我儿子是个粗人，你别理他。这是我孙女！”李平安点点头，走到213床边。起初他吓了一跳，因为洪妮又睡着了。还好老太太很快说：“陈医生来过，说没事，她睡着了。”李平安不知道说什么好，点点头坐在洪妮床边，突然就睡着了。

迷迷糊糊醒来，李平安感觉天已经黑了，屋里开着昏黄的灯。洪妮似乎还在睡。侧耳倾听，小女孩已经走了，暴发户和老太太在低声争吵着什么。老太太说：“我得这病，多一半都是你们子孙不积德。”暴发户说：“我怎么不积德了？您这都是封建迷信。”老太太说：“人家用你的缆绳，吊在那么高的地方擦玻璃，这是要命的东西，能掺假吗？你卖一根假的，能多赚多少钱啊？”暴发户说：“您哪儿懂啊，我那不叫假的，只是没证，东西是一样东西。”老太太说：“放屁。”然后就不再说话了。暴发户嘟囔了一句：“这不也没摔死人吗？”拿起暖壶准备去接水，回头看到李平安醒了，还听到了他跟他妈的秘密谈话，十分尴尬，咂巴了两下嘴，出去了。

这时候洪妮醒了。她第一句话就问：“平安，你咋的了？”多年以来，李平安任何一个细微的情绪变化都逃不过洪妮的法眼。李平安把手按在洪妮手上，又拿开。他挠了挠脸，低着头说：“钱不够。”

洪妮笑了。“这算啥事？”她扭过头来看着李平安，“我这病一时半会又死不了，陈医生已经跟我说了。咱们回家，筹到钱再治病。天下还有没头儿的路吗？”

李平安想了想，觉得洪妮这个比喻有点不吉利。他说：“我打几个电话去，你休息休息。”

李平安走出医院，碰见了穿便装的陈医生。“洪妮的情况还不错，”陈医生露出健康的牙齿，伸手捏了捏李平安的肩膀，“别急！会有办法的。结账了吗？”

李平安说：“结……结了。”说完这句话，脸憋了个通红，好像自己刚刚说的不是结账，是结扎。

陈医生又无比慈祥地笑了一下：“千万别着急，这不是着急的事儿。有什么事大伙一起想办法，到医院来了，医院还能不管瞧病吗？别急啊，我走了，你多休息！”说完，陈医生开车走了。

陈医生身上，带着一种发自肺腑的善良，谁都看得出来。他不会对任何人有任何恶意。但是这番话说完，李平安感觉犹如泰山压顶，呼吸困难，脖子后面冒冷汗。这种感觉很容易理解，善意往往带来比恶意更大的压力。李平安给洪妮的父亲打电话，没人接。他蹲在医院门口的石狮子旁，给几个朋友打了电话。等接通的时间里他在想，医院为什么会他妈的有石狮子？正想着，电话通了。

第一个接电话的是初中同学。我们知道，李平安在初中是没什么人缘的，大家都喜欢欺负他，而他被女生罩着。被女生罩着的男生势必更加没有人缘。恶性循环。接电话的这人是少数几个不欺负李平安的男生之一，某种意义上他们还算是同类，因为他也被人欺负，还没有女生罩他。这人叫孙洲，初中毕业以后继承了家里的台球厅，给人一种有几个钱的感觉，李平安去他店里玩过几次，孙洲都没要钱，李平安脸儿薄，反而不好意思去了。

李平安说洪妮病了，病得很重，急需要钱。孙洲问你要多少钱。李平安想说八千，转念一想又改说一万。总得留点备用金吧。孙洲想了想说对不起，帮不上忙，三百五百的我还有，上千就得问我爸了，等等。李平安道了谢，挂了电话。

接着他又打了几个电话，有村里的发小，有工厂的同事，甚至还有洪妮的朋友——他跟人家几乎没说过话。大家都很热情，但都没钱。打到第三个电话时有个来电，李平安以为是哪位朋友改变了主意，结果看了一眼，是陌生号码。打到第六个电话时，又有个来电，李平安把电话从耳边移开，一扫屏幕，上面写着：孙洲。他继续打完了第六个电话，给孙洲回过去。

“我倒是……我爸，我爸他倒是认识个放债的……”孙洲有点扭捏，“不不，咱们不跟他们借钱，他们催起债来要人命的。我是说……你有多少钱，手里？”

李平安听了半天才听明白，孙洲是想让他拿点本钱，去跟那个放债的大哥打麻将。因为李平安打麻将是一把好手，孙洲是知道的——但仅限于手机游戏里的麻将。孙洲说起一个同学，李平安也认识，这人年初的时候缺钱，打了一宿牌，一千块钱本儿，赢了一万多。李平安没再听下去，把电话挂了。

等打完第十个电话，借钱的事情依然没什么进展，那个陌生号码又打进来了。李平安一接，是护士站。

“干吗？快回病房！”护士没好气地说。

李平安踩着风火轮跑回病房，213号床上没人。他回头一看，215号老太太的儿子正在削苹果。他问：“大哥，看见我媳妇了吗？”

暴发户说：“抢救去了，什么什么腔子出血了！”

陈医生很快又从家里赶了回来。他告诉李平安，洪妮现在的情况出乎所有人的意料，十分危险，他们准备马上进行手术。李平安等了半晌，希望陈医生再说一次“别担心，有钱没钱也是先看病”，然而他并没有说，只是捏了捏李平安的肩膀，走开了。

李平安去柜台问了一下，除去已经欠的钱，护士站刚刚让他签的单子也价值两万多。不交这钱，医院会给做手术吗？应该是会的吧！医生的天职不是治病救人吗？可是医院也得活着啊，李平安心想，人家凭什么免费给我做手术？听说做手术还要给红包，我刚才咋没想起来？除了陈医生，还需要给谁红包，给多少，怎么给？这些事情对李平安来说都是全新的、巨大的挑战。他靠墙蹲下，哭了一会儿，突然睡着了。

醒来的时候，李平安陷入了熟悉的睡眠瘫痪，四肢移动不得，只有眼皮抬得起来。他惊恐地看着繁忙的医护人员和各色推车吊瓶在眼前川流熙攘，想站起来随便抓住一个人问问洪妮的情况，或是看看眼前那些推车上是不是就有刚做完手术的洪妮，但他站不起来。这种情况持续了几分钟，等他晃晃悠悠地站起来时，他拿起手机，想给陈医生打个电话，结果在通话记录里一划，拨通了孙洲的号码。

李平安按照孙洲的指示，走进棋牌室的时候，天已经又黑下来了。他到这时也不知道自己为什么来。说实话，也不太知道孙洲为什么那么执着地给他打电话劝他拿出本钱，放手一搏。在通往棋牌室的那条看起来有一万公里长的狭窄小巷里，李平安双手按着胸前的斜挎包，一步一步地蹭着。有那么一瞬间，他感觉到一束什么光从天上笔直地射下来，把他罩在光晕里，好像身处舞台的中央，又像是得到了某种眷顾。他抬头一看，一个大肚子秃瓢举着手电筒冲他喊："左边铁门，按门铃，进门交手机！"

李平安没怎么打过货真价实的麻将，他主要是在手机上玩。但手机上玩的好处是，他可以昼夜不停地练习，而且熟悉全国各地的麻将规则。他是个高手。尽管他被烟呛得睁不开眼，说不出话，喘不过气，彻夜战斗让他疲惫不堪，但他不敢放松警惕，一秒钟也不敢。他盯着桌上的牌，和大家手里的钱，那些钱加起来也没他手里的多，他已经赢了一晚上。他开始觉得在桌与桌之间游走的大汉的脸色很难看了。那个拿手电筒的大肚子秃瓢在他身后站了足有半圈儿牌的工夫，但没发现什么问题。

李平安赢了。他甚至有一瞬间笑了起来，自从洪妮进了抢救室，他还没有笑过。前一天晚上，他还思考过这个哲学问题：6点整，手机上的麻将游戏要求他登录一次，去领取当天的奖励，这个奖励已经连续领了300天，非同小可。他习惯性地拿出手机，但又收了起来，他觉得这时候玩游戏，或者哪怕只是登录了一下，都对不起洪妮。一分钟后，他又开始反思：这种时候玩游戏，到底哪里不对呢？伤害了谁呢？会造成什么后果呢？他的脑袋只适合打牌，不适合想这种问题。

笑过之后，李平安背起比来时鼓了很多的斜挎包，蹭着秃瓢的大肚子挤出门去，秃瓢在脑后喝了一声："兄弟，再来玩儿啊，不来可不行啊！"李平安没敢回头，但他知道，这句话又给他头上挂了一柄新的宝剑，现在头上随时会戳下来的剑恐怕已经有十几把了。李平安快步走出一万公里长的小巷，拐过一个弯，踏上便道，准备坐头班车回医院，他有三万块钱，能先把手术钱付了，再慢慢想办法还之前住院欠的钱。也许留个五千一万，再来打一宿牌？他觉得这些人都太弱了，赢他们易如反掌，跟打单机差不多。李平安眺望着车来的方向，没注意到身后挟风带势冲过来的摩托车。黑暗袭来前的最后一秒，他似乎听见了武侠小说里所谓的"恶风不善"，然而他没练过，一根不知道什么材质的棍子凿在了他的后脑勺上，他应声倒地。等他迷迷糊糊抬起头来，透过被血黏在一起的睫毛看见前面停着的摩托车上跑下来一个戴头盔的人，把他翻了过来，用力从他身上摘下斜挎包。李平安的脑袋很乱，他一会儿想：这人是谁，肯定是棋牌室派来的吧？一会儿想：钱被抢了，我怎么结账，妮子怎么办？一会儿又想：妈的，后脑勺挨揍，眼睛上怎么会有血？还没想明白这些问题，他就睡着了。

再次睁眼醒来，李平安先经历了一阵子难熬的瘫痪，等能动以后，他抬手摸了摸胡子。他马上发现这很可笑，因为他还躺在原地，天还没大亮，周围还没有人，甚至头班车都没来。他昏迷了不超过5分钟。他闭上眼睛，往胸前背后、左右地面上拍打了一番。斜挎包没了。钱丢了。李平安很愤怒，也很沮丧，但他看上去却出奇地平静，倘若这时候有人瞧见他，肯定得吓一跳——一个脸上带着血的青年，摇摇晃晃地站了起来，左顾右盼了一番，没找到自己的包，却看到一根带血的木头棍子。他捡起棍子，摸着墙，一步一步往棋牌室的方向蹭。

大肚子秃瓢最先发现了李平安。此刻，大肚子秃瓢正在打一个漫长的哈欠，李平安一看就来气。他摇摇晃晃地走上前去，大秃瓢一乐："这么快就回来了嘿！"李平安说："还我钱，不然我就报警。"大秃瓢又一龇牙："什么钱？你赢了一万多，我们还没说话哪！"

李平安气得半死。他深吸了一口气，把自己那套推理像六管火神炮开火一般倒了出来："这还用问吗？人肯定是你们派的，钱肯定是你们抢的，要不你们输了那么多钱，能不着急吗？"大秃瓢愣了一下，又笑起来，他这人其实还挺和气的，不乐不说话。"孩子，"他说，"这叫鬼缠腿，懂得吗？"

鬼缠腿，明末清初本地即有记载。赌客在赌场赢了钱出来，走到僻静之处，忽被打晕抢劫，即称为鬼缠腿。行抢的人一般不是赌场派来的，因为赌场是坐商，跑得了和尚跑不了庙，何况赌场里赢钱的主儿都是他们故意放走的，这种人必定还会再来，而且必定会输得很惨，最后往往把媳妇的内裤，或媳妇本人都输了。而鬼缠腿一般是道上另一拨势力干的，赌场对他们也很忌讳，因为他们行抢后，赌客恼羞成怒，十有八九要报官，赌场虽然往往有些势力，但也不愿意为了不相干的人背锅，何况钱被你抢走了，我放的饵醒了攒儿，怎么办？所以鬼缠腿在一个地方作案两三起，一般就会流窜到另一个地方，很难抓。

李平安听完，坐在台阶上，哭了起来。"大哥，"他对大秃瓢说，"不瞒你说，我那是救命的钱。"大秃瓢摸摸秃脑袋，显得并不意外。"救命钱被鬼缠腿，我见多了。"他说，"来我这儿的大部分都是带着救命钱来的。我这人，既不行善，也不作恶，你别跟我这儿哭了。钱是你赢的，归你了，你的钱现在被抢了，别找我。"

李平安又哭了半个小时，站起来要走时，门里"唰"地飞出一张旋转的卡片，落在李平安肩头。李平安拿下来一看，上写：包小姐。

以及一个电话号码和一个难看至极的女人。李平安皱了皱眉头，身后传来大秃瓢的暴喝："翻过来！蠢孩子。"

卡片背面是一个名叫毛黑头的人的电话。这人负责替镇上各家棋牌室料理诸如鬼缠腿等事宜，有时也出面去缠人家的腿，总之是个内行。李平安赌钱的这家棋牌室，最近一阵子还没发生过鬼缠腿；而且有职业精神的鬼，是不会在缠腿的时候把棍子扔在那儿的。李平安在一家网吧找到了毛黑头，把棍子交给他，毛黑头看了看，冷笑起来。他有一半脸笑起来是不动的，殊为恐怖。"这不是老鬼干的，"他说，"哪有使这玩意儿的？大秃子这人也是，不懂规矩，你刚让鬼缠了，哪有钱给我买人？"李平安出了一身冷汗，后脑上的伤口一跳一跳地疼，身子也有点打晃。但事到如今，他其实已经什么都不怕了。他甚至发现自己已经有几个小时没想起过洪妮了，他只想找到拿棍子打自己后脑勺的人，或者鬼。

毛黑头盯着李平安看了半天。"大秃子既然张嘴了，这么办吧。"他低下头，开始在腰包里翻找。半晌，他找出一张名片，指着地址说："你拿着我的片子，去这个棋牌室打牌，打血流成河（一种麻将玩法，十分凶残，作者注），一二四百，打到中午，我去找你，给你人。"

李平安说："我……我没有本钱。"

毛黑头喝道："我的片子就是本钱！输赢都算我的，赢了，给你人。输了你走路。去吧！"

对于李平安来说，这真是无比荒谬的一天。现在回想起来，他简直难以复述自己是怎么神魂颠倒地跑到棋牌室去打牌的。路上他给孙洲打了个电话，没接。人一遇见点事儿就不接电话，也真够可以的，李平安心想——跟我这相比，你们那叫事儿吗？挨打的又不是你。现在后脑勺倒是不流血了，毛黑头给了他一条十分可疑的毛巾，让他按着。李平安没钱打车，坐车又怕引起太多人的注意，毕竟自己晃晃悠悠，浑身是血。等他溜达到名片上的地址，发现是个小学。小学？李平安觉得自己瞎了，不是棋牌室吗？名片上还有个电话，他试着打了一下，结果小学传达室的门开了，出来个大爷，接过名片，又打量了李平安半天，把他领进去了。世界真他妈奇妙。

棋牌室在小学的教学楼四层，电子化教室里。这里跟昨晚一样烟雾缭绕，一样有很多桌在打牌，一样有人巡逻倒茶。李平安迷迷糊糊地在大爷指定的一桌坐下，觉得自己在做一个漫长的梦中梦。他开始打血流成河。别人用的是钱，他用的是冥币。一亿相当于一百，大场面。一边打，他一边怀疑自己的后脑勺又开始流血，甚至产生了脚下真的已经血流成河的错觉。接着他又开始担心自己会不会随时睡着，醒来再瘫痪个十分钟。要是在这种地方发病，那可真是要了命。

事情进展得还比较顺利。打到中午，李平安赢了不少，大约有几十亿吧。他正准备从对桌灼热的目光中逃脱，毛黑头来找他了，李平安这时才发现他除了面瘫，还是个瘸子。“你要的人我扫下来了，”他递给李平安一张纸，“这小子不是干这个的，但是他哥哥是个老鬼。我们扫着了他哥哥，他说已经洗手好几年了。他这个兄弟，看上了单位一个小姑娘，想跟人家结婚，人爸爸说了，没有两万块钱别想结婚，而且年底就要把姑娘许配给别人。这人叫梅文涛，很好认，是个小胖子，在万星大厦里当保洁，每天白天都上班。”

毛黑头看了看表，又说：“你现在去，腿脚快的话，兴许就能逮着他。他管扫20楼到24楼。”

万星大厦是镇上唯一的摩天大楼。其实也摩不着天，只有24层，但是整个镇子其他楼都不超过10层，这使它看上去有某种使命感。李平安上楼之前，想起自己还没吃饭。他拿出毛黑头给他的100块钱，吃了碗排骨米饭，喝了瓶啤酒。进大厦时他还有点犹豫，他从来没进过什么大厦，担心有保安或者传达室大爷拦着不让进，结果并没有。进了电梯，他看着20到24这五个按钮，不知道按哪个好，只好都按了。后脑勺一涨一涨地疼。他想起洪妮以前讲小时候摔伤的事，提到过那神秘而不吉利的“咔嚓”一声。他怀疑自己早上被打的时候也听见了这么一声。继而他想到了洪妮。亲爱的洪妮。姐姐一样照顾他的洪妮。又白又软的洪妮。昏睡不醒的洪妮。想着想着，他睡着了。

睁眼醒来，他坐在电梯的角落里，四肢完全不听使唤。电梯里只有他一个人，所有按钮都熄灭了，门上的指示牌显示着“24”，顶楼。门估计已经关了很多次，李平安坐过的电梯很少，不太理解它的逻辑。他站起来，按下开门键。“门，要开了。”电梯说。门开的一瞬间，一个穿着保洁服装的小胖子正推着一辆装有黄色水桶的保洁车经过，他身后的月亮门上，挂着某某古典家具的匾。李平安用力摆了摆头，想了三四秒钟。他想起来了。

“梅文涛？”他试探性地问。

梅文涛回头看了看。“啊？干撒啊？”他说。

李平安从外套后背领口里抽出那根带血的棍子。梅文涛转身就跑，还把保洁车放倒了，李平安也很听话，在上面滑了个跟头，爬起来又追。有人在后面喊：“嘿，干吗的？”但李平安顾不上理他。他穿过办公区，绕过拥挤的样品家具，跳过纸箱，钻过栅栏，撞开被梅文涛别上的门，追到走廊，追到天台，继而追到天台边缘的万丈深渊边上。他发现梅文涛不见了。

操，大变活人？李平安心想。当然不可能。他俯身往楼顶的边缘下一看，梅文涛居然手扒房檐把自己缒了下去，这可是24楼！找死吗？李平安又想，自己这么瘦小枯干的一个人，真要追上了，也不一定谁输谁赢，他怕个屁？贼人胆虚，呸！他蹲下身，冲梅文涛喊话。

“姓梅的，你上来，咱们好商量。”他说。

“商量你妈×！”梅文涛摇摇晃晃地喊着。李平安这才发现他为什么敢下去。23楼就有一个橙黄色的吊篮，擦楼体玻璃的那种，有三四米长，半米来宽，位置稍微有点歪，梅文涛晃动身体，想跳到里面去。

“我告诉你，你别瞎跳，跳不准就死了知道吗？”李平安说，“你把钱给我，我不追究你打我这事。”想了想他又补充道，“大秃子跟毛黑头他们也都说放你一马。你没有钱，还可以一边谈恋爱，一边赚钱。你没了命，娶谁去？”

梅文涛不说话，全神贯注地晃动身体，进行瞄准。

李平安说：“咱们是一样一样的，我也有一个女朋友，她快死了，我等这钱救命。你能明白我吗？”

梅文涛抬眼皮看了看李平安。他的一对大眼珠子布满血丝，看上去有一种裸眼3D的效果。“明白你妈×！”他大喝一声，荡起双腿，向吊篮甩去。李平安想扭头，或捂住眼睛不看，但他发现他又动不了了。这是他第一次醒着瘫痪。

咚！

梅文涛稳稳落在了吊篮里。他哈哈大笑起来，像电影里所有要死的坏人一样。李平安想，接下来你要怎么办？打破23楼的玻璃撞进去？但很快他就发现自己太无知了，原来这种吊篮的一端有个摇把，是可以自己控制升降的，他可以平平稳稳地把自己放到地上去。

李平安屏息凝神，身体剧烈地一晃，险些跌下楼去，但终于摆脱瘫痪，站了起来。他打算转身回到楼里，坐电梯去抄他后路。但他反应太慢，事情发生得太快，以至于他都没来得及恐慌或是昏倒。梅文涛得意扬扬地摇着那个摇把，大概摇得太快了，也可能是钢缆本身就有问题，摇到20楼的时候，左边的钢缆“咔”地断了——完全没有电影里那种一丝丝拉扯开的过程——直截了当，说断就断，像李平安昏睡一样干脆。吊篮快速失去平衡，梅文涛滑向左边，双手抓住栏杆，但吊篮晃了起来，撞到了玻璃，他没能坚持五秒钟，就掉了下去。他甚至没有发出想象中的那种“啊——”的带有淡出效果的惨叫。他只是掉下去，摔成了泥。

李平安忘了自己是怎么离开万星大厦的。基于他有限的逻辑思维能力推理得出：警察一来，肯定会马上查知梅文涛在24楼被一个满脑袋是血的人提着棍子追，然后从楼顶跳到吊篮里，结果钢缆断了，他被摔成了馅儿饼。满脑袋血的人就是我，李平安想。等他进行完这些推理，他的动物本能已经带他回到了医院。他要去病房，护士拦住他说：“小伙子没看过病啊？一个人来的？你这个先急诊清创，看看需不需要缝合，走，我带你去……”李平安甩开她，往病房走去，边走边想：为什么每个医生和护士都这么善良，但我并不喜欢他们？肯定是因为我没钱。而我现在依然没钱。

洪妮已经回到了普通病房里。暴发户的妈看到李平安回来，挣扎着坐起来要跟他说话。她的床前只有小孙女，那个长得很好看、头发很黑很黑的小女孩。小女孩很懂事，马上站起来扶住奶奶，而前一秒钟看起来她还在睡觉。她具有跟李平安相反的能力，一个快速睡眠，一个快速清醒。老太太说：“你去哪儿啦？姑娘一直没醒，陈医生来过几次，说要跟你聊聊。你……你这脑袋怎么啦？”

李平安无力解释，笑着点点头，又摇摇头，他自己也不知道这是哪国礼仪，什么意思。他坐在洪妮床前，握起洪妮的手。真奇怪啊，人还活着，手又软又热，但就是不能动，不能说话啊，这是为什么，为什么哪？难道是因为没钱？李平安把洪妮的手贴在脑门上，肩膀剧烈地抽动起来，抽着抽着，睡着了。

醒来时陈医生正好站在洪妮身边，检查她的眼睛和脉搏，又确认了一下插在她胳膊上的那些管子。李平安已经醒了，但全身上下只有眼皮能动，眼皮又不能说话。他急于向陈医生了解很多情况，然而陈医生却不知道他已经醒了。眼前的状况基本上跟人鬼情未了差不多，他就是那个鬼，再怎么着急，也影响不了物理世界。他跟这个世界隔着一层东西。

陈医生走了很久，李平安才恢复了行动。他想问老太太，陈医生说什么了没有，但老太太已经睡着了。小女孩醒着，正在玩手机，手机显然比他的贵不知道多少倍。他想问小女孩，又怕小女孩什么也听不懂。想了一会儿，他问："嗨，你多大啦？"

这基本跟成年人之间聊天气差不多，算是最差的开场白了，小孩子并不喜欢被这么问。但是这个孩子很有礼貌，她说："我六岁，我叫杜小枣。"李平安一愣："小枣？你爸爸叫江米吗？"小枣说："什么江米？哦，你说我们是粽子，哈哈哈！"李平安也笑了一下，但前几天想过的那个关于玩游戏的问题又在脑袋里闪了一下，搞得他脑仁一跳。他不去想这些，也不再笑了。他问小枣："你爸爸呢？"小枣说："我爸爸，唉，出事啦！"李平安吓了一跳，但看起来，小枣并不慌乱，应该不是什么了不起的事。"什么事？"他问。小枣用六岁小孩中最优秀的表达能力七拐八拐地把事情说清楚了。

小枣的爸爸叫杜十全，做建材起家，最近半年开始倒腾高空作业器材，比如，擦玻璃用的吊篮。他跑了一条歪道，让几个乡镇的大楼都采购他的器材，结果被人举报之后，资质被吊销了。于是他开始做起没证的买卖：采购不合格的钢缆和替换件。为这件事，老太太没少跟他翻脸，但没用，这东西比正规件便宜太多了。这么搞了几个月，钢缆没出事，妈出事了，住进了医院。杜十全钱是没少赚，住个把月的院倒没什么问题，但是今天下午，他突然接到一个电话说，有个人从万星大厦上的吊篮摔下来了，原因似乎是钢缆断裂，那条钢缆就是从他这儿买的。报信的是他的供货商，一条绳上的蚂蚱，这人的意思，让杜十全赶紧跑路。可是杜十全的妈在医院里，媳妇跟另一个供货商跑了，估计这就是他脑袋上文个王八的原因。女儿六岁，说大不大，说小不小，带着她往哪儿跑？杜十全左思右想，跟小枣说："你看着点你奶奶，我打几个电话去。"现在我们知道，当一个人说"我打几个电话去"的时候，往往会出很大的事，比如，李平安就曾经说过这句话，说完就去了棋牌室，赢了钱，遇上了鬼缠腿，找到了毛黑头，抓住了梅文涛——几乎抓住了，但他摔死了。

李平安心想，有这么巧的事？万星大厦，摔死的不就是梅文涛吗？他脑子有点乱，想不出来杜十全"打几个电话去"的下一步是什么。但是转念一想，这跟自己没啥关系，现在自己坐在病房里，守在洪妮旁边，还是先管自己和洪妮吧！他摸了摸小枣的脑袋，她的头发又滑又凉。李平安站起身去找陈医生。

"平安啊，"陈医生推了推眼镜，开言道，"不是我催你，我说过，有钱没钱，我们也是要救人的。现在手术已经做完了，比较成功。但是……你看，首先，之前住院你们已经欠了不少钱，手术的钱，如果你不及时结算的话，我们科室要摊10%，我是主任，我个人还要摊10%。平安，我跟你透个底，地方上是有政策的，财政给补贴50%，剩下的部分，连我都不知道从哪儿解决。但是，地方上这个钱，从来就没落实过……”

这时候，李平安脑袋根本没跟着陈医生转，他在想，陈医生以前戴眼镜吗？这种问题毫无意义，但他从小就是这样，总会关心一些毫无意义的事，好像他自己没在这个世界里，他和这个世界之间隔着一层什么。现在他觉得隔着的那层东西就是钱。

“陈医生，”他说，“您别着急，我不是那人。哪能让您贴钱？你们救人，已经是菩萨心了，我不给钱，我跑了，那不成畜生了吗？”

陈医生很温雅地笑了一下。“言重了，”他说，“我真的不是催你，只是告诉你这个情况。”他站起来，再一次捏住平安的肩膀，“平安，不管多急，多缺钱，千万可不兴走歪道，我们在医院见过不少。我跟你说这些，你明白不？”

李平安回病房的路上，一直在想什么是歪道。他想起孙洲，就是开台球厅、介绍他鬼使神差地去打牌的那个孙洲。上学的时候，这人就是一个穷孩子，当时大家都很奇怪，你爸爸是开台球厅的，也算有产业的人，你怎么比我们普通家庭的孩子还穷？后来李平安渐渐明白，孙洲不是真穷，是脑袋穷。人脑袋一穷，就爱走歪道。一个人真穷不可怕，他只是穷而已。但是一个人脑袋穷，他除了穷，还坏，还看不了别人不穷。如果别人的不穷，是经由正道而来的不穷，他也看不见任何正道，他有能耐把一切正道都想成歪道，而不是去学人家怎么走正道，让自己变得不穷。

孙洲就是这么个人，他脑袋穷，尽管兜里时常有几个钱，但舍不得花，也见不得别人花钱。李平安现在明白了，孙洲的穷和坏都深入骨髓，他介绍自己去打牌赌钱的时候，既没有想后果，也不是处心积虑，他就这么一人，他不用动脑子，就能想出这步棋。

这就是歪道。

但是，人走在悬崖上，有条又险又歪的道下山，你能不走吗？李平安轻易地说服了自己，甚至有点得意。他从自己变成自己讨厌的那种人，只用了从陈医生办公室走到病房的时间。

回到病房，洪妮没醒，老太太也还在睡，而小枣依然在玩手机。杜十全还没回来。天黑了，警察既没有来病房调查杜十全，也没有来调查李平安。李平安一度还担心梅文涛的哥哥找来，那人不是个老牌儿的鬼缠腿吗？应该挺可怕的吧？现在回想起来，杜十全长得其实也很可怕。李平安心烦意乱，走到阳台上看月亮。月亮又大又圆，好像杜小枣的头。他回头看了看杜小枣。

突然之间，李平安想出一条歪道。

直到他把杜小枣藏好的那一刻，他都没有感觉到他想象中的那种恐慌和剧烈的心跳，他行走如常，心思澄明，手疾眼快，俨然一个训练有素的刺客什么的。他是这么跟小枣说的："你爸爸现在有麻烦，你知道吧？他让我带你去一个朋友家等他，还托我照顾你奶奶，反正我一直在这个病房，也方便。"这个所谓的朋友，他想了很久，只有一个人选：孙洲。

孙洲的台球厅生意不怎么样，很早就打烊了。李平安砸开门，孙洲见是李平安，吓了一跳，但李平安却热情地冲上去大笑拥抱，嘴里说着好多年没见了生意怎么样啊之类的屁话。等进了屋，他低声对孙洲说："我赌钱的事儿发了，现在把大秃子和毛黑头一干人等都牵连进来，警察要捞一网大的。你跟大秃子什么关系你别以为我不知道。"其实他真不知道，到死都没能知道。孙洲慌了神，问他要干什么。李平安指指小枣。

孙洲把小枣带去地下室玩游戏机，那儿有一堆老式街机，用的还是CPS1基板，女孩子不太会喜欢玩那些东西。临走时李平安对小枣说："我手机没电了，拿你手机给你爸打个电话，我跟他说事。"小枣眯着眼睛一笑，拨通了杜十全的电话，递给李平安，然后一蹦一跳地下楼了。

杜十全接起电话，以为是杜小枣，很烦躁地说："干什么？你奶奶的，你奶奶咋样了？"

李平安花了五秒钟想了想杜十全会不会对自己的声音有印象。答案是肯定的。他想了个歪招：说方言。这叫什么招？他也不知道有没有用。他压低声音，学着某种不伦不类的口音说："里吕鹅在偶叟丧。"

顿了一会儿，他又说："里敢报警，偶就撕票。"

杜十全说："我操你妈！"

但他很快恢复了理智："你是不是摔死那人……他们家的什么人？你是他兄弟吧？听你声儿不像他爸。你也别给我装外地人了。你就是本地人，不然你不用装外地人。本地人我就不怕你，我不敢说一个省，但是左近几十个县城，我让你站着出不去你信不信？"

李平安说："偶信，但四里吕鹅在偶叟丧。"

杜十全说："我操你妈！"

李平安翻了翻白眼，感觉进入了某种时间循环。杜十全很快跳出了循环，问道："你要多少钱？你肯定是要钱，你要想报仇你就直接撕票了。甭吓唬我。"

李平安说："偶要五万块。"

杜十全似乎乐了一下："五万啊？我杜十全的女儿就值五万？你在哪儿呢我现在就给你拿过去。"

坏了，李平安心想，我还真没想过这事，怎么拿钱？所谓贼起飞智，李平安闭目思索了一会儿，差点睡着了，但终于在梦境的边缘站住了，他想起一个地址。他翻出毛黑头的名片。

交代完地址，李平安决定回一趟医院，看看洪妮，也看看老太太。他跟杜十全约定的时间是夜里两点整，用门口的垃圾桶交易，他会把小枣的位置写在纸上，放进垃圾桶，杜十全需要把钱放进去，否则他还是会撕票。这当然都是虚张声势，李平安觉得自己是个好人，好人怎么会干撕票的事呢？

至于选择毛黑头的地盘，他也说不出个理由，他只觉得那里有一种莫名其妙的安全感。万一发生意外——不知道能发生什么意外——他就往毛黑头屋里闯，那好歹也是一方势力。

现在回医院吧！看看洪妮去。他说不好，也许再不看没机会了。此言近乎理。哪有第一回绑架就成功的？第一回摊煎饼都未必能成。回医院的路上，他路过了一个彩票摊。毛黑头给的100块钱，除去吃饭，还剩几十，他全部下注，买了一张很长的彩票，卷成卷，揣在兜里。回到医院，走进病房，坐在洪妮边上，想着万一中了彩票，不但能结账，能治病，还能解决杜十全、毛黑头、大秃子这一团乱七八糟的事。至于具体怎么解决，他还没来得及想明白就睡着了。

这一睡不知睡了多久，总之不是平时那种短暂的睡，是很深、很长的睡，因为他被电话吵醒的时候，并没有陷入瘫痪。他摸出电话，屏幕没亮。他揉了揉眼睛，忽然明白是小枣的那个手机在响。

“喂？”李平安虚弱地接通了电话。电话那边非常嘈杂，有人争吵，也可能是在打架。有人大声喧哗。过了半天，才有一个男人的声音传了过来。

“我吕鹅呢？”杜十全恶狠狠地说。周围的人笑了起来。李平安全身一震，他们找到小枣了！不然他们怎么会这么放松？但仔细想想，这不可能，没道理，他们怎么可能查得到孙洲？我给的地址明明是毛黑头啊！

很快，电话里的声音就消除了李平安的疑虑。“把他弄过来。”杜十全说。过了一会儿，电话里传出另一个声音。毛黑头。

“我，我操你妈的，”毛黑头的声音有点发颤，“你他妈是谁啊？你是不是会打牌那小子？老子不认识你，大哥，我不认识他啊！孙子，你把大哥女儿绑哪儿了，没必要搭上我！”

李平安完全蒙了，他拿起自己的手机看了看时间：2:30。他睡过头了。他什么后手都没安排，就回到医院，睡着了。如果是因为自己发病突然睡过去了，他还可以原谅自己，但他没有发病，他只是太累了，他像一个正常人那样正常地睡着了。

“把他腿架那椅子上。那条！操你妈的，好的那条！对。”电话里传来杜十全的声音。“喂？兄弟我告诉你啊，你这朋友就一条好腿。你现在马上给我撂个话儿，我女儿在哪儿，我相信你也没胆子动她。你碰她一根头发，我把你蛋给你砸散黄了。”

李平安感觉下体一紧，赶忙夹了一下腿。他想起自己曾经摸了一下杜小枣的脑袋，头发又凉又滑。“里里里……”他不知道说什么好。

“里你妈了×！”杜十全大喝。接着李平安听到一声较轻的“动手”和一声清晰的“咔嚓”。毛黑头发出奇怪的“嘿哟”一声，就没动静了。

“操，晕过去啦？他妈什么黑社会啊！”杜十全说，周围的人又笑了起来。“喂？兄弟，你在吗？你尿了还是拉了？你现在知道你惹着你全儿哥了吗？我告诉你，我给你个……我给你个四十五分钟吧。一堂课就是四十五分钟，一堂课的工夫你考虑好，怎么平平安安地把我女儿给我送到这儿来，还能别让我逮着你。”

电话挂断以后，李平安愣了足有十分钟。十分钟很长，但在他的感觉而言，得有十个小时。紧接着他意识到，只有三十五分钟了！得赶紧去接小枣。他站起身，突然眼前一黑，心说不好，这会儿可不能再睡了，人要是睡饱了，怎么还能连着睡呢？然而，这是病态的睡，不是正常的睡……

李平安再醒来的时候，正好靠坐在病床右侧，背对着墙上的表，而手脚全都像被钉住了一样，一动不动。他备受煎熬，只想抬手看看表，这堂课还有多长时间。上学的时候，他总觉得每节课都无比漫长。怎么会这么快呢！不会吧！他这么想着，努力唤醒每一条神经，每一块肌肉，每一寸皮肤，终于慢慢恢复了知觉。抬手一看，完了，还有十分钟。他拿出小枣的手机扫了一眼，上面没有未接来电。

李平安站起来，转身就走。走了两步，他又回过身，来到床边握起洪妮的手，拼命亲了几下。亲完之后，他再度转身，夺门而出，迎面撞上一个人，两人都摔倒了。那人捡起眼镜戴上，喝道："平安！慌什么呢！洪妮怎么了？"李平安一看，是陈医生。"啊，洪妮没事，我有点事，出去一趟！麻烦您了……"李平安说完，扭头就走。陈医生低头一看，地上有个纸卷，便捡起来晃了晃。"平安！你东西掉了！什么玩意儿这是……"李平安头也不回，喊道："归你了陈医生！"

李平安疯狂地跑着，边跑边给杜十全打电话，边打边拦住一辆出租车。等他上了车，电话通了。里面有个疯狂的声音正在惨烈地号叫着。

"喂！喂！"李平安大声喊着。

过了半天，惨叫声平静下来，杜十全轻声数着："五、六、七……唉我操，这个烫歪了，重新烫！"接着惨叫声又响起来。伴着惨叫声，杜十全说："兄弟，你这时间观念不行啊？头回绑票吗？也是，一般绑票的，没有你这么被动的。哎，兄弟我问问你啊，和尚脑袋上那个香疤，有六个的，有九个的，是不是，都啥意思啊？”李平安听不下去，挂了电话，催促司机快点开。司机说：“您还没告诉我去哪儿呢。”李平安把孙洲的地址念了一遍。杜十全现在在大秃子那儿。毛黑头被打断了腿，但又没有李平安的任何线索，只好把大秃子出卖了。大秃子被烫成了住持，马上就会把孙洲出卖了。而小枣就在孙洲那儿。

“师傅您能快点儿吗？人命关天啊。”李平安说。

“朋友，这里有摄像头，超速是要罚钱的，好吗？”司机平静地说，“罚钱你出吗？喊。再说了，交警罚钱你出了，我们队里罚款你也出吗？很贵的，好吗？”司机说着话，开着车，李平安忽然发觉有点不对劲。当时他接了孙洲的电话，从医院去大秃子的棋牌室，一共就坐了两站车，又走了几分钟路。现在开了不止两站了，还没有一点熟悉的景色。看看月亮，方向似乎也不太对。再往前一看，窗外竟然出现了万星大厦！李平安大惊，问道：“师傅，这路对吗？”师傅依然平静地回答：“放心吧，我是专业的，好吗？”李平安说：“您可不能绕道啊，我急啊！”师傅回头看了他一眼说：“我绕道？我开了十年车，我是专业的，好吗？我绕道？你下去，好吗？”说着把车停在了路边。

李平安抱着脑袋沉默了几秒钟。他抬起头，堆出一脸诚恳：“大哥，对不起，我态度不好，您尽快把我送到，我多给一倍钱，谢谢，谢谢！”师傅这才嘟嘟囔囔地上路了。拐过万星大厦，师傅钻进一条胡同，这里似乎不是走车的地方，地上铺的都是便道砖，疙疙瘩瘩的。“朋友，我跟你说过，我是专业的，好吗？”师傅说，“只要我想，我分分钟就可以把你送到任何地方。这条路根本没几个司机知道，好吗？这大半夜的——”

车穿过这条铺满便道砖的小路，车头从巷口露了出来，再拐过一个弯，就可以回到大路，看得到公交站牌了。就在这时，一辆黑色“皇冠”拖着两条红光，像没贴地皮一样飞了过来，结结实实地撞在了出租车的车头上，整个车翻了过去，发出一系列复杂的巨响之后，车顶朝下落在了地上，玻璃碎了一地，一条胳膊从车窗里垂了出来。

而出租车呢，它十分滑稽地原地旋转起来，转到第四圈的时候，出租车司机飞了出去，插进了路边的玻璃展示橱窗。

车转了不知道多少圈，终于停下来了。李平安觉得左臂完全失去了知觉，脸上有很多血，腿上也有几处在流血，剧痛不断地从各处袭来。他从窗户爬出来的过程中，清楚地感觉到左边的肋骨断了几根。

好了，现在该干吗了？李平安站在寂静的街道上，因为肋骨剧痛不已而不得不向左弓着身子。他心想，刚刚撞完车的现场应该这么安静吗？这时，皇冠里面那只手动了一下。李平安挪了过去，蹲下身子一看，杜十全。他看见李平安，咳嗽了一下，喷出一口血来。

“哥们儿，”他喘了口气，“我见过你，你……你跟我妈一病房，是不是？”

李平安没说话。

“哥们儿，帮……帮个忙，”杜十全每说一句话，就吐出一点点血，“我女儿……我女儿被人绑架了，她叫杜小枣，你见过她，你……你快报警……”

李平安愣了一下，接着，他不由自主地剧烈点起头来。他拿出手机，拨通了110。

“喂，啊，喂，那个，”他开始组织语言，“我叫李平安，不对，你不需要知道我叫什么……喂？我有事，我当然有事，啊……有一个，有一个小女孩被绑架了，他叫——”

“杜小枣。”杜十全接茬道。

“杜小枣，对，江米小枣的小枣，她被绑到……我哪知道她被绑到哪儿去了，我应该知道吗？我知道吗？啊？”李平安有点气急败坏。

“我知道，我知道……”杜十全又喷起血来。他一字一顿地说了个地址。孙洲的台球厅。

李平安对警察复述了这个地址。

“啊，还有，”他接着说，“我这儿出车祸了，我在……我在哪里？我现在在哪里？”

他意思是问问杜十全。但是，杜十全的双眼已经凝固了。他的目光最后落在李平安手里的手机上，粉色外壳的苹果手机，粘着水钻拼成的HelloKitty的手机，杜小枣的手机。杜十全就这样看着自己女儿的手机，断气了。

“是啊，我现在在哪里？”

李平安站起身来，举目四望。有那么短短的几秒钟，他感觉自己是一个赢家。只有他活下来了。梅文涛摔死了。杜十全撞死了。毛黑头被打断了腿，大秃子被烫成了住持。警察已经知道了小枣的下落，孙洲也会受到惩罚。小枣，小枣应该没事吧！从绑架到现在才过了几个小时。

我呢？他想。我得回医院。我赢了，我得回去接我的洪妮。我还得解决钱的问题。我不是买了张彩票吗？没什么是一张彩票解决不了的。哦，不对，那张彩票我答应过归陈医生了。没关系，如果一张解决不了，就再买一张。李平安这么想着，以赢家的姿态，沐浴在一轮明亮的光辉里，全身上下都被镀上了光环。跟那条一万公里长的小巷里那道光一样，让他感到平静安详，充满安全感，似乎受到了某种眷顾。

接着，他睡着了。

在入睡前的一刻，他突然看出那道光是一辆巨型卡车的头灯，他想：我操，我得躲开！

但是，他睡着了。

他睡了三秒钟。第四秒，大地的震动和震人心魄的气喇叭将他吵醒，没有人能在这样的声音和震动下睡着。他需要躲开，他需要站起来，或者滚到一边去——

然而，他动不了。他瘫痪了，一如往常。他的四肢被钉在剧烈震颤着的大地上，尽管那种震颤可能是他想象出来的。

然后他最后一次听见了那种不吉利的咔嚓声，这次，是很多很多的咔嚓声，连成一片，响个不休。

尾声

陈医生来到洪妮的病房，他面带微笑，迎接洪妮回到人类世界。

“睡得怎么样？”陈医生温柔地问。

“好……极……了……”洪妮说话的速度变得异乎寻常地慢。接着她抬起手，摸了摸自己的下巴。

“想喝水吗？”陈医生问，“这可不行。你正在输液。你的吞咽反射还没恢复。”

“不，”洪妮说，“我……胡子……”

陈医生皱了皱眉，但依然保持微笑。身后的老太太说话了：“她说呀，她想摸摸胡子长了多长，好知道自己睡了多久。”说完，她和陈医生都笑了起来。老太太又补充说，“她跟她男朋友经常这么闹着玩。”

“平……安……”洪妮换了一种微妙的表情。

“哦，”陈医生看了看表，当然，这只是一个无意义的动作。“我估计他去给你买吃的了。这傻小子，你现在还什么都不能吃哪。好好休息，我会再来看你的。”

陈医生路过护士站的时候，护士们在叽叽喳喳地讨论着什么。陈医生发现她们在看一张报纸，指指点点的。“你们居然在看报纸？”陈医生笑道，“百年不遇啊！”

护士们的脸红起来，其中一个把报纸递给陈医生：“你看看嘛，都说死的是咱们医院的病人家属。”另一个说：“搞不好就是欠钱的那个，交不起钱，开车自杀了，还拉了个垫背的！”

陈医生斥道：“胡说！疯丫头。”

护士一伸舌头，不再说话了。年纪稍大的护士长问：“主任，到周末，如果213还不结账的话，咱们科……”

陈医生拍拍她的肩膀，微笑着说：“没事，该用什么药，就用什么药，钱的事情，我会想办法。总有办法的。”

陈医生拿着报纸回到办公室，关起门，坐下来阅读那条新闻。并没有什么证据证明是什么病人家属，这帮疯丫头就会捕风捉影。连张照片都没有。陈医生边想边翻着报纸，在中缝里，他看到一则彩票开奖公告。他想起白大褂兜里那个纸卷。他把纸卷拿出来，戴起眼镜，对着中缝看了三遍。

“我操？”

陈医生站了起来。

慢慢来，反正也来不及

我认识山哥的时候，山哥不到40岁。如今山哥已经50岁了，但看起来几乎没变。这不是说他驻颜有方，而是因为他40岁的时候看起来就已经很老了。40岁的时候，山哥就背着手走路，且走得极慢，看上去像80岁似的。他背手走路的姿势十分诡奇，不像别人把两手背在后面左手握右手，而是双手掌心朝天，拇指关节相对，像是某种祈祷仪式。我认识山哥算是很早了，但我很长一段时间之内都不知道他为什么要这样走路，一度以为他边走边做结印，随时准备发动厉害的忍术。后来我才知道，我认识山哥还是太晚了。这是后话。

和中国大多数同龄的摇滚乐手一样，山哥总是戴一顶帽檐压得很低的棒球帽，只是上面没有红五角星而已。现在我们知道，摇滚歌手一般都很愤怒，只是其中大部分人都不知道自己在愤怒什么。山哥乍看起来也是这样的。山哥其人相貌猛恶，目露凶光，嘴唇极薄，常常给人一种锯齿獠牙突出唇外的错觉。民间有一种错误的印象，摇滚歌手一生气就要砸东西打人。山哥这种相貌尤为甚之，要是惹他不开心，搞不好他会拆栋楼什么的。这简直错得离谱，认识的人都知道山哥是一个最老实不过的人。再说，都五十了，打谁呀？大家都是这么想的，很久以后才知道想错了。

有关山哥的老实，最近的一个例子是这样的。相传在一年前的冬天，有一天晚上，山哥去朋友家喝酒，经过朋友家小区里的花园时，忽然听见一声暴喝："别他妈动！"山哥吓得一缩脖子，循声望去，在早已干枯殆尽的蜡梅篱笆后面，有两个人影。凑近一看，一个半大小子，十八九岁，挺高挺壮，三角眼，厚嘴唇，看上去有点像不太严重的智障，正揪着一个小丫头的领子，另一只手从人家后腰往里塞。山哥走近了两步，踩响了地上的树叶子，半大小子一惊，回头一看，一个戴帽子的老头，看不清长什么模样。这小子把小丫头的嘴一捂，回头骂道："看什么看，老东西，滚！"

山哥站在蜡梅篱笆外，路灯穿过凉亭的栏杆投在他身上，影子很短，像个侏儒。何况他还驼背。看了一会儿，山哥叹了口气，转过身，驼着背，背着手，踩着树叶，走了。快走到朋友家楼下时，他听见蜡梅篱笆方向传来一声喝骂，接着是女孩的脚步声，女孩很快跑过了他身边，进了旁边的单元。山哥没有回头看，只是用手指猛戳朋友家的门禁按钮。

请山哥喝酒的这个朋友也是玩摇滚的，如今我们也已经认识了。此人相貌惊人，一张脸长得酷似羊的肾脏，即俗称的大腰子，因此得名"张腰子"。张腰子身材奇特，上宽下窄；上身生得肩宽背厚，肚大腰圆，像一个颇有古风的陕北大汉；而下身则是两条甘蔗一样的细腿，颇为滑稽。这人比我还小几岁，比山哥小二十岁挂零，但擅长交游，能歌善舞，而且很有本事，年纪轻轻居然在闹市区开了一家KTV。店虽不大，但我们所住的这个城区娱乐场所比较稀缺，生意是很好的。张腰子脸皮很薄，特别容易把自己感动了，朋友来唱歌，往往不要钱。他现在生意还没黄，唯一的原因就是他那些摇滚圈的朋友唱歌根本不需要KTV。像山哥这样的老摇滚，拿起琴来，一把吉他就是一个乐队，繁复无比，令人心驰神摇。有关山哥的音乐，我们很快就会提到了。现在先说说喝酒的事。

山哥的酒量现在已经大不如前了，据认识得早的朋友透露，山哥以前喝酒如喝水，且热情似火，喜欢主动出击，转桌偷袭，是一个令人敬畏的对手。现在不灵了，喝两瓶就开始多愁善感。这天晚上，到了张腰子家，山哥就开了瓶啤酒，猛灌了一气，就骂道："×你妈的，什么啤酒？"回头一看电视，又骂，"什么××节目，跟傻逼似的，关了关了！"一扭头，看见张腰子养的雪纳瑞，指着它的鼻子大喝，"你瞅你那……你再看我？你再看我？"说着说着抄起瓶子还站起来了。张腰子也不敢乐，拉住山哥，笑道："山哥山哥！坐坐坐……"山哥坐下以后，气喘得像是刚跟谁打了一架。张腰子问怎么回事，山哥双手拄着膝盖，运了半天气，把楼下的事讲了。

玩摇滚的人就这点好，性情耿直，不说瞎话。偶尔吹牛逼，也都在人类可以接受的逻辑之内。山哥这人从不吹牛，怎么干的就怎么说，说完张腰子就急眼了。"我操得嘞！"他一摔酒瓶，把狗吓一跳，"谁呀，跟我眼皮底下！山哥您也是，您看见了怎么不管哪？三更半夜的小姑娘让人欺负了怎么办？哎我去！"这个"哎我去"是个口头禅，不是说他真要去哪，但这次他说完，穿上衣服就要下楼。山哥把他拦住了。"你干吗去？"山哥问，"小姑娘都跑了，你追谁去，那小子能在那儿杵着让你逮吗？"张腰子也不干了："那您怎么不把他逮着啊？这不上边一晃底下一脚的事儿吗？"山哥看了看张腰子的甘蔗腿，露出狐疑的神色。张腰子一甩胳膊："您甭瞅我腿，我跑得快着呢我！我找找去。”

张腰子以前踢过足球，两条腿骨折累计六七次，跑得快不是吹牛的，不过那是十年前。现在他可能连狗都追不上了，太胖。没过多久，他就气喘吁吁地回家来了。这人有一点好处，就是无论多么生气，该有的礼数总不会缺了，就算跟山哥吵架，嘴里也是您您地叫着，山哥自己也没什么理，不能真跟他吵，但是肚子里又全是邪火，俩人喝了一晚上闷酒，平时他俩喝高兴了喜欢弹琴唱歌，这回也没唱，散了。

有关看见小流氓干坏事为什么不管，山哥的理论是这样的。他说，像这种十七八的半大小子，最是没轻没重，他敢跟四五十的老东西真刀真枪地干，但是真不敢跟半大小子动手，而且他已经露面了，那小子知道附近有人，也不敢真干什么大事，当时毕竟才八点。张腰子对此并不买账，俩人不欢而散，但张腰子还是礼貌地送山哥出门，嘱咐他慢点。山哥背着手下楼，两手手心翻着，姿势十分别扭，走得别提多慢了。

过了两天张腰子去山哥家喝酒，一开始俩人都憋着不提这事，最后还是张腰子年轻，心里装不住事儿。他说：“山哥，您说十八九半大小子耍个流氓，也不是多大事，我那么大的时候也挺浑的，我也不是非逮着他怎么地。我就是觉得这事，咱们没看见也就完了，看见了不管，怎么想怎么都，都……”山哥抬起手止住了他的话头，喝了口酒。“管什么呀，”山哥叹道，“管不了，那么大的世界，那么多的人家，千千万万、桩桩件件的糟心事，你能管几家的啊？管好你自个儿吧！”张腰子说：“您说得对，我管不了全世界，我就管我自个儿，我要不知道这事我当然不管了，我知道了，就是我自个儿的事。”山哥说：“那你要怎么着啊，咱哥俩蹲点去啊？像《埋伏》里那样，找一个烟囱，弄俩望远镜？”张腰子说：“我把我KTV的保安都叫回来，撒在小区里，按照您说的体貌特征、时间地点，找了一溜够，也没找着。”山哥笑了：“你哪儿成啊，干这事咱们都不如街道的大姐。”

街道的大姐，张腰子得管人家叫大妈。张腰子的KTV离小区不到一公里，有一天他去查完店，回家路上听见几个大妈聚在一起议论纷纷。一个说：“老大不小的人了，也没个正经营生，也难怪媳妇跑了。”另一个说：“天天喝酒，喝多了就打孩子，他们家童童才十二岁，一个女孩子，跟一个老光棍过日子，本来就够别扭的了，还得挨打。”又一个说：“可不是吗，没有家长管，外头也受欺负，校里校外的，这孩子……唉。”张腰子一听，凑上前去，嬉皮笑脸地问：“大妈，您说的是哪家儿啊？”前边忘了提了，张腰子那张羊肾脏脸上，布满了雄壮的大胡子，看上去绝对是山哥的同龄人。因此，大妈听了很不高兴：“嘿，死腰子，谁是你大妈？娘儿们这儿拉拉家常，没你的事，别跟你大妈这儿讪脸，走走走。”

虽然挨了撅，但还是得到了一部分信息。嫌疑人虽然没找到，但受害者很可能找到了。大妈们说的这个童童，年龄跟山哥提到的那个挨欺负的小姑娘差不多。一打听，这孩子的爸爸叫半坡子，是个老混混，坐过牢，出来以后老婆留下童童自己跑了，两口子都不是什么好东西。半坡子出狱以后几乎不出家门，偶尔有狐朋狗友来家里，就把孩子轰出来。童童经常临时性地无家可归，就在附近的网吧里游荡，挨欺负是肯定的，但这孩子性格懦弱胆小，倒没跟着学坏。张腰子心想，还他妈不如学坏了呢，欺负别人也比挨欺负强。这种想法是不对的，不代表本文观点。

几个礼拜之后，山哥带了几个朋友来店里做客。这帮人虽然不爱在KTV唱歌，但KTV有很多妙用，比方说当练功房。开一个豪华大包房，把系统一关，架起键盘支上鼓，一把贝斯一把琴，能玩一天，有吃有喝，还不吵人。只不过没有熟人的话，一般KTV不让你带这么多设备进去。另一种妙用就是点好歌开着原唱当背景音乐，联机打游戏，不过这种乐趣，像山哥这种摇滚老年是不会理解的。张腰子这天玩得也很尽兴，全程给山哥唱高音部和声，唱得大汗淋漓，汗毛奓起，最后大家举起杯，觉得度过了完美的一天。店里酒贵，山哥提出去张腰子家喝。这逻辑真奇怪，都是花张腰子钱，哪儿喝不一样啊？就当为了强行引出下面的剧情吧。

下面的剧情是这样的。天擦黑以后，山哥和张腰子走在小区里。因为山哥背着手走得慢，张腰子不得不放慢脚步陪着他，一边走，一边忍不住东张西望，忽然看到自己家隔壁单元里跑出来一个小丫头，十二三岁，瘦瘦小小的，一手用手背捂着嘴，一手甩嗒甩嗒地跑过来了。张腰子惊呼："山哥！是不是她？"山哥扶起帽檐，眯起大环眼看了半晌，说："好像是！"只见小丫头跑到无人处蹲下，从兜里拿出一根皱巴巴的烟，用一次性打火机点了几下，终于点着了，抽了一口，忽然猛烈地咳嗽起来，烟也掉了。张腰子抡挲臂膀走上前去，抱住小丫头，喝道："别跑！"那场面如果说不是拦路抢劫或者绑架儿童，殊难解释。

张腰子抓耳挠腮了半天，想让小丫头相信自己是好人，未果。山哥一扒拉他，说道："起开这儿吧你！"然后弯下腰，扶起帽檐，对小丫头露出慈祥的笑容，小丫头一屁股坐在地上，哇哇大哭起来。忽然间一束手电的光将三人笼罩起来，一个大妈高喊着："干什么的！"

三人被大妈带到了居委会。大妈对张腰子喝道："你说说你是个什么东西，啊？光天化日之下抱住人家小姑娘，还说你是好人，你像好人吗？”张腰子把脑袋都快缩到腔子里去了。大妈又看了看山哥，怒道：“你是干什么的，老戴着个帽子，也不像好人！都看不见眼睛，电影儿里坏人都看不见眼睛！你有眼睛吗我看看？”山哥说：“有您哪。”说着把帽子抬起来一点，两道火光从中射出，大妈打了个冷战，忙扭头说：“小刘，给两位大哥倒点热水，冰箱有酸奶给童童拿一个。”

童童的性格极冷，让人联想到冬天窗户上冻出来的冰花。她不但沉默寡言，而且连动都很少动，眨眼的次数似乎都比别人少，常常让人感觉面对着一尊少女石膏像。最后张腰子和山哥了解到事情的全貌，还是托大妈的福。全貌也没有多复杂，在大妈的劝说下，童童挽起裤腿，给大家看了小腿上的伤。伤口呈条形，中央红肿，有触痛，部分出血，初步判断为较有韧性的条状物抽打造成。童童说：“是连在电视后面的线。”这种线叫HDMI，以粗壮坚韧著称，外部包裹有螺纹状尼龙外皮，十分凶残。因为童童看电视被半坡子发现，半坡子一怒之下摔了电视，顺手抄起HDMI线对童童进行了抽打。童童跑了出来，半坡子没追，只说敢回家就弄死她。

听完这段全貌，张腰子已经全身颤抖，关节咔咔作响，感觉很快就要周身冒火，腾空而起，穿破房顶去发冲击波了。而山哥则背着手，双手掌心朝上，用极别扭的姿势来回踱步。大妈看了看山哥，笑道：“这老哥真有意思，走道跟背着个孩子似的。”

大妈说完这话，也把自己吓了个半死，屋里的温度仿佛骤降了十摄氏度。张腰子却不在意，说道：“大妈您照顾下童童，我跟山哥去给她买点吃的。”大妈把眼睛眯成两条线，说道：“你们玩儿摇滚的，一群愤青，唯一的优点就是不说瞎话。你小子要是学会说瞎话，你还有治吗？”张腰子不知道自己这么淡定如常的瞎话是怎样被识破的，只得讷讷地说道：“没治，没治。”大妈说：“好在你没学会，我们家虎妞都比你演得像。”虎妞是一只哈士奇，在小区里十分有名。“说吧，你们两位老哥准备做什么违法乱纪的事情啊？”张腰子把腰一挺，脖子一拧，怒道：“我，我打了杂种×的！”大妈把嘴抿成一字形，表示无奈。她还要再说什么，在一旁踱步的山哥却说：

“打人是不对的。”

山哥的主意谁都没想到。他说：“我们应当报警。”大妈说：“老哥啊，这你就没我懂了，我做社区工作几十年了，这方面我很有经验。家庭暴力报警，这肯定是对的，但是警察也没办法啊，如果不是抓现行，一般就不能抓人。童童身上这伤是挺重，但是半坡子如果咬死不认，咱们也没什么办法。”

山哥摇摇头：“不是。”

他蹲下身，把帽檐压了压，不让眼睛露出来，否则童童就不敢说话了。这么说吧，直到今天，山哥跟我喝酒时说起话来，我都把耳朵对着他，眼睛看着地板，防止我控制不住，突然给他跪下。山哥问童童：“你爸打你是几点的事？”童童说：“忘了，就刚才，六七点吧。”山哥问：“你们吃饭了吗？”童童说：“还没呢。”山哥又问：“你爸平时喝酒吧？”童童摇摇头：“他很少喝酒。”

这一下大妈和张腰子都震惊了，半坡子酗酒打孩子在小区里是出了名的，怎么童童说他不喝酒？山哥又问：“你在你们家见过注射器吗？”童童摇摇头。山哥想了想，又问：“你爸有没有一个专用的勺子？”童童露出莫名其妙的表情，但很快又说道：“我们家就一个勺子，我爸不让我用勺子，说太娇气。”逻辑莫名其妙。山哥又问：“你刚才抽的烟哪儿来的？”童童低头玩了半天衣角，说：“偷我爸的。”说完没等山哥让她交代，自动把烟和火交了出来。大妈关切地责备道：“你这孩子怎么这么不学好，学抽烟？”童童哭了：“我看我爸抽烟的时候，表情挺轻松的，就那时候像个人，感觉什么烦人的事儿他都忘了。”

山哥走到灯下，按下打火机的按钮，火苗冒了出来：蓝白色，几毫米高，很难点着烟。

山哥说：“腰子，报警，有人吸毒。”

半坡子被警察突然袭击，抓了个正着，带走了。张腰子对山哥崇拜不已，说山哥不应该姓景，应该姓福，福尔摩斯的福，干脆就改名叫福山雅治吧！山哥的推理也很简单，他是个喝了三十几年酒的人，十分清楚酒鬼的行为逻辑。如果是在吃饭前就开始喝的人，这种人往往常年保持着酩酊大醉的状态。童童腿上是连续的、细密的伤痕，不是在追逐中打伤的，而是控制住童童之后打的，那种酒鬼通常没有这么稳。民间喜欢喝酒闹事的那种酒鬼，则不过是吃饭时喝个七八两的量，就算开饭早，也没有那么快喝完七八两的，时间对不上。山哥想起自己以前乐队的鼓手，这人叫六锤子。锤子这个词在祖国各地方言中有不同的含义，六锤子这人几乎符合所有含义。这个人后来吸了毒，每次吸毒之后就打老婆。与酒鬼不同的是，吸毒的人脑子虽然混乱，身体控制得却很好，只是跟眼睛配合得不太牢靠，常常觉得阳台外面是坦途大道，六锤子最后就这样从阳台走了出去，把楼下的洋灰地捶了个坑，死了。

半坡子被警察带走，拘留了。山哥请大妈把童童带回家去照看两天，大妈表示：“照看个十天半个月倒不打紧，但是这孩子也得有个着落啊。”于是几人又开始商讨福利院的事。正因各方意见不同吵得跟闹蛤蟆坑相仿，童童突然说了一句：“叔叔！”众人回头一看，童童指着山哥：“叔叔，那天大猫子欺负我，您是不是看见了，然后您走了？”说着说着要哭，把嘴唇一咬，上下牙隔着嘴唇打战，看上去十分可怜。大妈一听就急了：“老哥，有这事？好哇，大猫子这浑小子，回头我再找他算账，现在先说说您的事！”张腰子也在一旁扇阴风点鬼火：“对，说说您的事！”

山哥被声讨了一番，背着手走到墙角，蹲下了，像是准备接受政府的审问。然而抬起头来，张了张嘴，又摇了摇头，站起来，背着手，保持着那个像背了个小孩一样的姿势，用脑门撞开门帘，走了。

直到此时为止，山哥看起来都是这样一个人，即使被人指着鼻子斥责干了错事，也不当面解释。而且这事干得看起来也确实没法解释。实则不然。张腰子嘱咐童童说：“马路斜对面下一个红绿灯，有个KTV，以后有事就到那儿找我。”就离开了居委会。这事过了大概半个月，山哥都没有联系他，而他也觉得十分尴尬，不知道这种情形怎么破冰。

有一天张腰子回到店里，发现来了个朋友。这个朋友有个绰号叫羊脖子，跟腰子是一个系列的，得此诨号，皆因为他姓杨，是个卖保险的，平时需要同时面对好几个客户，说话时一句看左，一句看右，脖子锻炼得十分灵活。羊脖子比张腰子年纪大一些，认识山哥比谁都早，是山哥老家拆迁之前的街坊。以前此人也玩摇滚，是个贝斯手。一个摇滚乐队贝斯居然收拾得溜光水滑，梳着背头穿着皮鞋去卖保险，着实难以想象。张腰子见羊脖子来了，十分高兴，两人很快在经理室喝了个脸红脖子粗，张腰子嘴没把门，把山哥看见童童被一个叫大猫子的小流氓欺负而没有出手制止的事情讲了。张腰子说得口沫横飞，满以为羊脖子会拍桌大怒。没想到冷场了。

羊脖子吃了半天花生米，又喝完了一听啤酒，抹了抹嘴，终于对张腰子说：

“山哥没管这事儿，就对了。”

一开始张腰子还以为羊脖子持有跟山哥一样的处世观：半大小子下手没轻重，不好惹，况且实际上也没出大事。然而不是。羊脖子又开了一听啤酒，倒进胃里，开始讲一个年代久远的故事。这个故事是关于山哥的，关于他为什么不管闲事，也关于他为什么用奇怪的姿势背着手走路。

话说二十年前，山哥三十岁刚出头，血气方刚，带领着六锤子和羊脖子几个人玩儿音乐，在京西很有点名气。山哥开过一个酒吧，叫“茧”。山哥弹吉他兼主唱，六锤子打鼓，羊脖子担任贝斯手，还有个键盘手叫金大满，是个超级胖子，十根胡萝卜一样的手指灵巧无比，能弹野蜂飞舞。乐队也叫“茧”，只在自己的酒吧演出。酒吧因为开在郊区，除了朋友捧场和左近的回头客以外，生意并不是很好。

彼时有一些小青年儿，很喜欢“茧”的调调，天天厮混于此。他们穿着破洞牛仔服和牛仔裤，手腕上缠着铁链子，每人挎一蜜，一天抽两包烟，酒量特别差，也喝不起什么酒。大多数时候都是男的喝酒，女的喝白开水，白开水不要钱。内中有一人，名叫徐冉，是个小胖子，十八九岁，好像混成了一帮人的头儿。他总是带着一个特别漂亮的女孩子，人称小蝴蝶。小蝴蝶个子很矮，眼睛又黑又亮，脸上永远带着笑，站立的时候，双手不自觉地向外微微翘着。徐冉对小蝴蝶很粗暴，总是对她大吼大叫，但小蝴蝶似乎很喜欢他。徐冉这个孩子，是那种没什么脑子的坏孩子，什么事都敢干。有时候喝多了，他会冲到舞台上，对着山哥大喊：“别唱了！小蝴蝶你来跳个舞。”这种时候六锤子和羊脖子就要把他叉出去，但山哥总是制止两人，再叫店里伙计给他一瓶啤酒。“喝多了嘛，”山哥对三人说，“玩儿呗，别较真儿。”

夏天里，徐冉对小蝴蝶明显失去了兴趣，有几次带了别的女孩来，但多数时候小蝴蝶还跟在他身边。即使这样，小蝴蝶遭到谩骂的次数也越来越多，有一次还差点挨了打。事情是这样的。这天徐冉带了几个小子在“茧”喝酒，不知道哪里弄了点钱，几人喝得挺多，酒量又不行，很快就大了。徐冉属于一喝大了就要闹事的类型，站起身来，拎着酒瓶走到舞台前。正好一曲终了，大家鼓掌毕，徐冉对山哥说：“你给我唱个国际歌儿。”山哥没说话，羊脖子冲上去说：“我唱你妈了个……”被山哥搡回去了。山哥对徐冉说，现在客人多，先唱点大家都喜欢的，晚点儿咱哥儿几个随便玩。徐冉不买账，又转头对键盘手金大满说：“咱俩都是胖子，你下来让我弹会儿。”金大满这人阴得很，笑眯眯地站起来说：“行啊，你来。”此时底下的观众颇有几个老年地头蛇，已经聒噪起来了，有两位老哥马上就要站起来。山哥拍了拍徐冉的肩膀说：“你先回去坐下，一会儿老哥们闹起来我生意不好做，给哥个面子。”

徐冉看了看那两个站起来的老哥，知道惹不起，面子上又下不来，把山哥放在他肩膀上的手拂开，低声道：“你他妈是谁哥啊，想好了再说话。”说完就走下台去了。羊脖子又冲了上去，问山哥：“丫说什么来的？”山哥咳嗽了两声，定了定弦，开始演奏。

徐冉回到座位上，小蝴蝶起身迎他，大概是说了两句“你少喝点，少说两句”之类的话，没想到徐冉突然急眼了，一把将小蝴蝶搡了个趔趄：“你谁啊？你以为你是我妈还是我媳妇啊？”小蝴蝶愣了一下，笑道：“我当然是你媳妇呀！”徐冉一把掐住小蝴蝶的脖子，让她脸上的笑容扭成了一个奇怪的表情。徐冉把她推到酒吧角落里，不知道说了些什么，可怕的是，他此时还没有意识到音乐停了。

等他回过头来，山哥、羊脖子和六锤子都站在他身后。山哥要拍他肩膀，他举起手来试图挡开。山哥举起双手，意思是说：好，你肩膀上有金子，我不拍了。徐冉松开小蝴蝶脖子上的手，小蝴蝶跑开了。徐冉个子比山哥矮一些，得抬头看他。

“怎么着啊，人多啊？”徐冉说。

山哥答说：“是不少。”

徐冉越过他的肩头一看，除了羊脖子和六锤子，刚才站起来的那两位老哥也在往这边张望，一副蠢蠢欲动的样子。他没敢说话，但面子架在那里，十分尴尬，于是做出了一件说来也不算特别奇怪的事——他往地上吐了口痰。

地上有一个啤酒箱子，一口浓痰黏在了箱子角上。

山哥不动声色地说：“你吐的这是痰还是屎啊？”

徐冉叫道：“你、你他妈管不着！”

山哥说：“你给我擦了。”

这是一个经典的尴尬场面，北京人打架，经常打不好就打成这样，谁也下不来台，又缺乏一个足以动手的激励事件。徐冉擦也不是，不擦也不是，正在琢磨，突然小蝴蝶又蹿了过来。“大哥大哥，”小蝴蝶满脸堆笑，试图拉开众人，“他是个小浑蛋，不懂人事，你们别跟他一般见识，我擦，我来擦。”说着，小蝴蝶蹲下，拿餐巾纸去擦啤酒箱子。还没动手，就被徐冉一脚踹飞了出去。

“别他妈给我丢人！我×你妈。”徐冉说这句话的时候是看着山哥说的，因为他发现山哥竖起双手的食指，举过肩头。“什么意思啊？”徐冉问道。山哥没答话，只是像老套的西部片里的牛仔一样，把两手的食指向前一压，身后的羊脖子和六锤子就扑了上去。徐冉带来的小青年假模假式地抄起酒瓶子要来帮忙，山哥回头冲他们一指，又张开五指向下一压，示意他们坐下。“这儿不用帮忙，”山哥说，“我们人够用。”

实际上羊脖子和六锤子并没有打徐冉，只是一个勒脖子，一个抱腰，把他抬到了酒吧外面。店里有两个老哥马上说说笑笑地跟出去，后面的事情比较恐怖，就不描述了。总之，徐冉当天没有再回店里来，小青年们放下一句“老东西你丫有本事等着”之类的无聊狠话，一哄而散。山哥一脸诧异的表情：“我开店的，不等着还能跑了吗？”众人笑了起来，笑了一会儿才发现小蝴蝶还在店里，正坐在椅子上哭。

山哥对小蝴蝶说：

“丫头，这帮崽子不是好人，你别跟他们混了。”

小蝴蝶没说话，鼻子一抽，脑袋就抬起来一下，怪可怜的。山哥又说：

“那胖子早就带别的女孩来过了，你知道吗？”

小蝴蝶抬起头来看了看山哥，露出甜甜的微笑。“瞎说，”她嗓子有点哑，声音拐了个奇怪的弯儿，“我不信。”

羊脖子在远处一边扫地一边喊：“你傻逼你！”

山哥怒道：“怎么说话呢！”

羊脖子嘟嘟囔囔的，把酒瓶碎片扫成一堆儿。客人喝得扫兴，时间也不早了，三三两两地散了，酒保开始关灯。山哥说：“今儿打烊早了点，你回吧。”他说着，抬起手来想摸一下小蝴蝶的脑袋，但又像突然发现自己在做什么坏事一样住手了。小蝴蝶使劲吸了一下鼻子，站起来露出一脸调皮的笑容，对山哥说：“谢谢大哥，我走啦！”便头也不回地出去了。

羊脖子等人走的时候问山哥：“没事儿吧？要不我们再盯会

儿？”他们是怕徐冉带人回来报复。山哥摇摇头，让他们走了，还嘱咐他们要照顾好金大满，他有糖尿病，腿不太好。又耗了个把钟头，山哥锁上店门，背上琴，准备回家。这把琴并不值钱，但跟了山哥多年，他是很在意的。走到店后的小巷里，徐冉带了六七个人，手持木棒铁管等物堵住了山哥。

“我操，”山哥说，“你们俗不俗啊，跟电影儿学的？”

“你甭废话，”徐冉说，“今儿让你见识见识什么叫生性。”

那时候山哥还没有那套“半大小子打架没轻重”的理论，二话不说就冲进人群干了起来，一个人打翻了三四个，自己也挨了两铁管，正当计较处，忽然眼前一黑，徐冉合身扑上，背后一股庞然巨力虎虎推来，把他俩和另外两个拿铁管的小青年推成一团巨大的肉丸，滚作一团。山哥抽身站起，看见灯下有个伟岸的黑影，双臂平伸，食指张开，一呼一吸间，颇有巨灵神的风采，正是金大满。身旁站着羊脖子和六锤子，山哥暗道不好，有羊脖子并不可怕，有六锤子在场，必定成为流血事件，这厮才是真正的没轻没重。为了不让徐冉被六锤子打死，山哥只好主动出击，和徐冉打作一团，边打边关照羊脖子看好六锤子不要出事，这王八蛋真带了把锤子。结果变成山哥和金大满打徐冉一党，羊脖子和六锤子玩儿老鹰捉小鸡，六锤子愣劲上来，差点把羊脖子砸死。

徐冉的同伙们大多是虚张声势、狐假虎威之辈，很快就不灵了，队伍四分五裂，不成阵势。山哥揪住徐冉，准备做一下收尾的工作，突然金大满冲了过来，猛地一推山哥，喝道：“山哥留神，有刀！”手已经被徐冉手里的折叠刀划了个大口子，白肉外翻，鲜血淋漓。

山哥愣了一下，说：“小子，不规矩啊！”

徐冉退出几步，弓着身子，刀子在身前缓缓比画着，笑道：“规矩你妈×！”

山哥说：“锤子呢，给我捶丫杂种×的！”

六锤子听了，像吃了蜜蜂屎一样蹿了出来，举着锤子哇哇怪叫，把徐冉吓了个半死，转身就跑。一转身，撞见了小蝴蝶，这一下谁也没想到。

小蝴蝶笑着说：“你撞着我了，慢点。”

徐冉推了她一下，没推开。

小蝴蝶低头看了看徐冉的手和自己的身体中间连接着的那件冷兵器，抬起头来，又笑着说：“你好像把我给杀了。”

徐冉猛地松开手，推了小蝴蝶一把，小蝴蝶晃晃悠悠地坐在了地上。徐冉被夹在小蝴蝶和山哥中间，他慌了神，像羊脖子那样来回冲两边的人扭着脖子——羊脖子那年还没这毛病——边看边惶恐地叫喊着：“我没杀人，我没——是你们杀的，是你！是你！是你！”每说一次“是你”，就指一个不同的人，最后连小蝴蝶都指了。说完，他跨过小蝴蝶的腿，转身就跑。

山哥暴喝一声：“脖子，锤子，给我拿下！”两人得令而出，羊脖子还没跑两步，忽然觉得耳边一凉，一柄铁锤转着圈飞了出去。他扭头冲着六锤子喊：“×你妈，差点捶着我！”六锤子血灌瞳仁，根本听不懂人话，嘴里赫赫有声，恨不得四蹄腾空地跑过去了。

山哥来到小蝴蝶跟前，蹲下身。此刻他也有点慌了手脚，因为小蝴蝶肚子上插了把刀。血流得不多，比电影里少多了。“你、你、你别乱动啊，”山哥说，“救护车，大满，叫救护车，看你妈×哪？”金大满说：“没有，我看您哪。”那年头手机还没有普及，金大满腿脚又不好，蹒跚着跑上街去找公用电话。山哥骂了一句：“废物，干点儿什么行你！”再回头一看，吓了个三魂渺渺，七魄茫茫，只见小蝴蝶肚子上那把刀没了，刀在她手里。这回血流得极猛，比电影里多多了。山哥赶紧脱下衬衫，卷成一团用力压住伤口，但血还是在往外流。“刀呢，谁给你拔的？”山哥问小蝴蝶。小蝴蝶说：“我自己拔的。”山哥说：“你他妈是傻逼吗？”小蝴蝶说：“冉哥也这么说。”说完就把头一歪，不说话了。山哥搂住她的脖子，把衬衫拧成一股绳，绕过她的后腰，在伤口上狠狠勒了一圈，又把衬衫的袖子拉出来，绕过肩膀做了个三角固定，用手按着伤口，举目四望，嘴里念念有词：“菩萨保佑，菩萨保佑，圣母马利亚，太上老君……”

小蝴蝶忽然又把头扭回来，悠悠地说：

“大哥，您身上这四不像真好看……”

山哥此刻光着膀子，身上肌肉坟起，血管偾张，胸前文着的巨大蓝色麒麟随着他急促的呼吸一会儿变成哭脸，一会儿变成怒容，十分滑稽。“什么四不像，胡说！”山哥怒斥道，“这叫麒麟。”他把小蝴蝶的胳膊拉到脖子上，继而把她的身体搬到自己后背上，一挺身，站了起来。

“估计大满没找到救护车，咱拦一个车，我送你去医院。”山哥说着，跑了起来。小蝴蝶虽然个子小，但是挺肉头，估计得有一百斤，但山哥正当壮年，又刚刚自产自销了一罐天然肾上腺素，十分轻松。小蝴蝶把下巴搁在他肩膀上，有气无力地说：“大哥，您别摸我屁股。”声音被山哥的小碎步颠得一颤一颤的。山哥说：“闭嘴！”小蝴蝶不再说话了。过了一会儿，山哥又问：“丫头，丫头，活着你吗嘿？说话呀！”小蝴蝶悠悠地说：“您不是不让说吗……”

山哥来到大马路上，伸出右手拦车。可想而知，天已经这么晚了，又是郊区，一个壮年大汉，身上文着一头麒麟，两手是血，背后背着个不知死活的小姑娘，有人敢停车吗？搁我我也不敢停。金大满气喘吁吁地从老远跑了回来，说：“山哥，没有救护车。”山哥啐了一口，让他滚蛋。一秒钟之后他又改了主意，叫住金大满：“最近的医院在哪儿？”金大满说：“那就得是县二医院，就在前面两个路口。”山哥怒道：“早说啊，叫毛救护车？”说完大步流星地背着小蝴蝶跑了出去。

羊脖子回忆，这时候估计已经11点多了，街上没人也没车，路灯一盏一盏地后退着，把光洒在小蝴蝶飞舞的头发上。这场面他没有亲眼看见，是后来山哥回忆的，因为当时他正在跟六锤子追杀徐冉一伙。俩人追杀六七个人，场面蔚为壮观。主要是因为六锤子的暴走状态实在惊人。

山哥跑了一会儿，速度慢了下来，嘴里干得沙沙作响，喉咙里有股血味儿。也可能是小蝴蝶身上的血味儿。他还得经常问一句：“丫头，活着吗你？”“丫头，死了吗？”这消耗了大量的氧。他觉得自己就要跑不动了，膝盖直打软，随时可能跪下。这会徐冉要是迎头杀来，那就死定了。呸呸呸，不能死，身上还有个活人呢！山哥给自己打了打气，往上托了托小蝴蝶的屁股，小蝴蝶用微弱的声音在他耳边说：“您又摸我屁股。您手往后点儿。再往上点儿。”山哥想让她住嘴，又担心她就此不再说话，只好默不作声地疾奔。

据羊脖子后来回忆，山哥跑的那段路着实不近，根本不是两个红绿灯。山哥跑到第二个红绿灯，没看见医院的影子，心里有点绝望，又担心是不是金大满指错了方向，又怕小蝴蝶撑不住，只好对她说：“马上到了，马上到了。”

小蝴蝶说：“到哪儿了？”

山哥说：“医院啊。”

小蝴蝶问：“上医院干吗？”

山哥莫名其妙："给你治伤啊。"

小蝴蝶说："我有智商啊。您有吗？"

山哥不知道她在说什么，只好又重复着："就快到了，就快到了。"

小蝴蝶说："您喘得好厉害啊。"

山哥说："废话，谁让你这么胖的！"

小蝴蝶抗议道："根本就不胖。"见山哥不说话，小蝴蝶又问："大哥，您是不是根本不认识我？您为什么要救我？"

山哥怒道："我这儿都跑不动了，你少问点儿没用的行不行？"

小蝴蝶说："跑不动您就……歇会儿吧……"

山哥说："歇个屁，歇就来不及了。"

小蝴蝶没说话，扣在山哥胸前的两只手松开了。山哥停下脚步，扭头想看看什么情况，但看不见。"喂？"他一着急，以为自己在打电话，马上又自嘲道："咳，我跟谁喂呢！"说着又跑了起来。

他是真跑不动了。他的两个肺被尼古丁损害了，不像上学的时候那么有劲了。现在唱一首歌就得歇一分钟，让气儿喘匀实一点。

但是他还得跑，用力跑，豁出命去跑。"不跑就来不及了，"他说，"不跑就来不及了，不跑就来不及了，不跑就来不及了。"他重复着这句话，借以调节脚下的节奏。节奏，他想，体育老师就是这么说的：突破极限之后，全靠节奏。妈的，老子是玩儿摇滚的，节奏我比你们丫都熟。不跑就来不及了，不跑就来不及了，不跑就来不及了，不跑就来不及了。跑着跑着，山哥心想，我这是干吗呢，我背的这人是谁，我认识吗？好像不认识，还快死了，一会儿去完医院，妈的还得去派出所。我怎么说啊，这是我酒吧的客人？让她男朋友捅死了，她男朋友呢，此刻脑袋可能已经被铁锤凿了个万朵桃花开放。咳，想这有用吗？山哥对自己说，想啥都没用，都跑到这儿了，前面模模糊糊出现了一栋白色的建筑物。模糊是因为他快要到理论上的极限了。

跑！不跑就来不及了！

这时候，小蝴蝶醒了。

“大哥，别跑了。”

山哥想也没想地答道：

“不跑就来不及了。”

小蝴蝶说：

“那您慢点儿，”她把黏糊糊的小手儿放在山哥的左胸上，“看您心脏跳的。”

山哥看见了那栋白色建筑的大门，门口有个长条木牌，上写：地税局。

“操！”山哥骂道。

小蝴蝶的手又垂了下去，她在山哥耳朵边吹了两口气，很凉。事后想来，那不是在吹气，是在吸气，用最后的力气。接着，小蝴蝶说了一句富有哲理的话：

“慢慢来，”她说，“反正也来不及。”

讲完这段历史，羊脖子悠悠地抬起头，重复了一句：

“慢慢来，反正也来不及。”

张腰子问：“那后来呢？”真是个好听众。羊脖子说，后来山哥还是跑到了医院，但果然没来得及，小蝴蝶死了。羊脖子和六锤子抓住了徐冉，扭送到派出所，但六锤子说什么也不进去，临阵脱逃，被我公安干警机智地察觉出异样，追上去拿下了。原来六锤子那时候就吸毒，到了派出所心虚，这事大伙儿都不知道。

羊脖子问：“现在你知道山哥为什么不打架了吗？”张腰子摇摇

头：“我还是不明白。”羊脖子说：“你丫，白活。”张腰子追问：“遇见不平事，该伸手的时候伸一下手，这怎么了，又不会死人？小蝴蝶又不是山哥害死的！”羊脖子说：“山哥说过，管得了一家的事，管不了全世界的事。就算你管了一家的事，你也管不到底，等你走了，人家还会出更大的事。你要是不管，也许就不会有事。”张腰子表示不服：“那咱们堂堂七尺男儿，路见不平，就不能管了？”羊脖子说：

“管是要管，但是要注意方法。”

“什么方法？”张腰子问。

“山哥说，威慑大于打击。”羊脖子答道。

张腰子在这个问题上纠缠了半天也没明白，只得转变话题，问羊脖子：徐冉判了多久？答说不知道。张腰子又问，六锤子吸毒关了多久？羊脖子说，十五天。

“十五天……”张腰子掐指一算，“我说，从半坡子被抓到现在多少天了？”

羊脖子奇道：“我哪儿知道，你有病吧？”他们这些玩摇滚的攻击性都很强。张腰子觉得有什么隐隐不妙，拿起手机，又忘了自己要打给谁，这时候服务员敲门进来了。

“腰总，有朋友找您。”服务员说。羊脖子一口啤酒喷了出来，张腰子气急败坏：“谁让你喊腰总的，谁教你的！”大骂而出。出来一看，是童童。这天外面在下雨，童童没打伞，头发和衣服都是湿的，气喘吁吁，显然是跑着来的。

“怎么了？”张腰子问。“你爸是不是出来了？是不是又打你了，我就知道。”

“是，”童童的眉毛蹙成了八字形，“但我今天来不是因为他，是……”

话音未落，大猫子带着两个人走进店来。大猫子就是之前山哥目击的那个半大小子，他指着张腰子问童童：“他是谁啊？”张腰子乐了，没理这个小屁孩，冲着门口的保安勾勾手指。保安走过来，张腰子抬腿就踹了他一脚，给保安和大猫子都吓了一跳。

“你怎么当的保安，”张腰子骂道，“黄鼠狼都进店里来了，没瞧见吗？”

大猫子低头一看，自己穿了一件黄鼠狼色的T恤衫。他打量了一下张腰子，说：

“大哥，我知道这是您的地盘，但是我哥是煤油灯儿，我来办点事，您别掺和。”

张腰子愣了一下，不知真伪。他知道煤油灯儿是个惹不起的地头蛇，自己开这个店的时候，还去给煤油灯儿送过烟酒，人家都没开门，就派一个大光头接了礼物，架子大得很。看来这小子是借着他哥的势力不学好，看上了童童这小丫头。张腰子乐了：“你……哦，我知道了。你找她是吧？”

“没错，她是我女朋友。”

“你知道她多大吗？”

“我们都是未成年，反正。”

张腰子哑口无言，这逻辑太诡异了。大猫子又说：“大哥，我是一小孩，您不能跟我计较，传到我哥耳朵里，说您欺负小×崽子，好说不好听，您就别管我们小孩谈恋爱了吧。”

张腰子十分为难。煤油灯儿真有点惹不起，但是让小崽子一拍一吓唬就认栽，这才叫好说不好听呢。这时候身后传来羊脖子的声音：“怎么了腰子？”张腰子吓得直冒冷汗，让这个凶神恶煞插手这事，那可大大地不妙。他转过身，刚要说点什么，羊脖子已经一手插兜，一手往嘴里塞着花生米走过来了。

“我瞧明白了，”他说，“不就是这小子要找这小丫头，让咱们店里别管吗？”

大猫子说：“大哥您最好别管，您开您的店，我谈我的恋爱，这是我俩的事，跟您二位没关系。”

羊脖子扭扭脖子，发出咔咔的声音。他一拉童童的肩膀，把她揽在怀里，接着伸出右手，抓住前台桌面上的显示器，用力一扯，后面连着的电线噼里啪啦地掉了下来。他把显示器塞给童童，说：

“抱着。”

又跟大猫子说：

“人我管不着，我店里设备我能管吗，兄弟？”

大猫子一脸茫然：“什么意思啊大哥？”

羊脖子说：

“反正我的设备不能出我店门，人你可以带走。不过要是弄坏了我设备，你人走，手指头都得给我留下。讲理吗？”

大猫子愣了半晌，笑了，一笑就伸手捋自己的背头。“行，”他使劲一点头，“讲理，特别讲理，大哥，您喜欢，您留着吧，不过您想好了，您可不是未成年，三年起步，最高死刑。”

羊脖子摸了摸童童的脑袋说：

“你说什么呢，我听不懂，这是我家里人。”

大猫子走了之后，羊脖子开导了张腰子半天，说万事都有兄弟们顶着，再怎么地不能让一个小崽子吓得店都不开了。张腰子说：“你懂什么，这叫强龙不压地头蛇，这又不是咱们郊区……”正说着，山哥来了。

山哥给张腰子打电话，俩人都没听见，因为正在斡旋童童的事情。山哥去家里敲门，没人，只好到店里来找。童童一看见他，嘴一噘，抱着显示器钻到前台后面去了。山哥问：“这孩子在这儿干吗呢？”张腰子和羊脖子你一言我一语地把事情讲了。羊脖子说：

“山哥你说，这事要搁你，你怎么办？还能在自己店里被小崽子欺负了吗？”

山哥抽了半支烟，才开口说话。他说：

“打架是不对的。”

两人的反应可想而知，张腰子气急败坏：“山哥您又来了，您要是不管您就不管，您别来教育我行吗？什么威慑大于打击啊？”山哥说：“这话谁跟你说的？”羊脖子把脸扭过去，弯腰赏玩架子上的塑料花瓶。

三人喝了一夜，谁也没说服谁，干脆跳过这些不开心的事情，弹起琴唱起歌来。中途，山哥把琴一放，出门打了半个小时的电话，俩人也不敢问，熬到半夜就睡了。第二天上午10点，山哥叫醒二人，说声：“走。”俩人问去哪儿，山哥说：“主动出击。”两人穿好衣服，迷迷糊糊地跟着山哥出了店门，一出门，被阳光晃得睁不开的四只肉包子眼睛都凝住了。

这时候雨早就停了，雨水在地上形成一个个小水洼，倒映着门前的奇景。店门口的停车场上，整整齐齐地停着大概有50辆黑色挎斗摩托车，车上各坐一名虬髯大汉，头戴风巾，身穿黑T恤衫，两条大花臂，一挂金链子，脸上的墨镜闪着蓝光，车把的皮条猎猎作响。张腰子愣了一会儿，认出了当头一辆车上的人：“哟！这不是传说中的金大满金老师吗！”金大满抬起手示意：“久仰久仰。”张腰子回头问山哥：

“哥，咱们这是要出征吗！”

他跟羊脖子兴奋地直蹦。

山哥摇摇头：

“出什么征？打架是不对的。”他压了压帽檐，“咱们去演出。”

又补充说：

“带上小丫头。”

中午时分，他们来到一个老旧小区的活动广场，几个大爷正在乘凉，见几十辆摩托车和上百双大花臂列队而来，吓得扭头就跑。金大满指挥人马，从车上卸下了音箱、电瓶、鼓架子、吉他、贝斯、键盘和各式设备。坐在金大满旁边的童童头一次见这场面，觉得又新奇又可怕，待在挎斗里不敢下来。

山哥问张腰子：

“煤油灯儿住哪楼？”

张腰子指了指右手边的7号楼：

“我记得就这儿。”

山哥抬头一看，整栋楼的窗户都开了，阳台也趴满了人。回头一看，广场四周也悄悄聚集了不少人，远远站着交头接耳，不敢靠近，也不敢大声说话。

山哥对金大满说：

“鼓冲那边。”

鼓是舞台朝向的坐标原点，金大满调整好了鼓，就等于架好了一座面对7号楼的舞台。山哥搬出一把椅子，放在舞台正前方，让童童坐下，说这是头排，VVIP。

他指着鼓问张腰子：“会玩儿吗？”

张腰子兴奋地说：“太他妈会啦！”马上被羊脖子在后脑勺敲

了一下。“怎么跟你哥说话呢！”羊脖子调着贝斯弦说。张腰子也不理他，坐在鼓前，展开一卷各色的鼓锤，如同山中怪兽在欣赏自己的财宝。

山哥站在麦克风前，用手指弹了两下，音箱发出“砰砰”的声音，伴着一段啸叫。

“女士们，”山哥开言道，“乡亲们。”

远处响起了开玩笑般的掌声。

“今天，我们在这里举行一个小型的义演，这次演出送给我们的小公主：童童。”说着用手一指坐在椅子上的童童，吓得童童赶紧一捂脸。舞台上的张腰子、羊脖子和金大满听见这么复古的台词，也忍不住捂住了脸，张腰子还忍不住嘟囔了一句：“我操，太土了。”山哥继续说：

“童童这孩子，”

他愣了大概有15秒，笑了一下，接着说：

“算了，啥也不说了，咱们唱起来吧！”

他回头看了看张腰子，张腰子拿起鼓槌，轻轻敲着：1、2、3、4——无须多言，山哥的吉他响起，羊脖子和金大满自然地跟上，一段所有人都熟悉的旋律响了起来。前奏响过，山哥扯开破锣嗓子，高声唱了起来：

“起来，饥寒交迫的奴隶

起来，全世界受苦的人

满腔的热血已经沸腾

要为真理而斗争”

间奏时，山哥脱了上衣光着膀子，露出那只麒麟文身，麒麟因为胖已经变成了一副十分委屈的表情，但周围的大妈还是发出了意味深长的惊呼。四面八方的群众渐渐围拢过来，楼里拥出更多的人，男孩子们挤到前面，看见大花臂方阵后又纷纷缩到后面。楼上的阳台里有人叫好，有人吹口哨，还有人拿铲子敲锅。第二段唱起，所有人都站了起来，年轻人跟着节奏蹦跳着，高举双臂，一起呐喊着：

“不要说我们一无所有

我们要做世界的主人”

接着是一段吉他solo，和繁复无比的鼓点。在音乐结束之前，山哥高高举起右手，喊道：

“谁是童童的家里人？”

大花臂方阵站了起来，高举双臂，齐声喊道：

“我们是！”

大花臂们的嗓音宽广雄浑，声震屋瓦。

山哥又问了一遍：

“谁是童童的家里人？”

楼上楼下，圈里圈外的男女老幼们一同跳起来大声说：

“我们是！”

/ 后记 /

用一碗鸡汤的时间

前年初，我跟编辑谈妥了这本书的大致思路，开始组稿，约定的完稿时间是去年的三月。我写完最后一篇《慢慢来，反正也来不及》，已经快到今年三月了，拖了几乎一整年，这个书名可谓一语成谶。有关这个书名的来历是这样的：许多年前的某天，我发了一条微博，大意是说我对现在流行读物的书名已经厌倦了，尤其厌烦鸡汤，所以我准备写一系列毒鸡汤，书名就叫《慢慢来，反正也来不及》之类的，还有《总会有人替我揍你》《相见不如还钱》《跟你的全世界作对》。那段时间流行全世界，书名里如果没有个世界，很多公司就不给你出，好像有了世界就能卖100万册。我写了篇名为《放过全世界，好吗》的豆瓣日记，一时间出现了几千推荐，至今还有许多人在转，可见看不上全世界的不止我一个人。

后来有个朋友找我约稿，她在一家电子杂志工作，说喜欢《慢慢来，反正也来不及》这个名字，想让我以这个题目写一篇小说给她。可惜那家电子杂志对篇幅的要求非常严格，而我写作是极为啰唆的，所以那篇小说写得别别扭扭，这次就没有收录，作为对良心的补偿，我重新写了一篇像样点的《慢慢来，反正也来不及》，但多少有点命题作文的味道，尽管里面的人和事有许多都是真的。

关于书里的人和事是不是真的，这种问题从我写第一本书开始就一直困扰着我。我说是真的，读者就说：“什么呀，不信，骗人。”我说是假的，他们就哭鼻子，说我欺骗了他们的感情。我只好说半真半假，谁也无法对此说什么怪话。这本书里写了不少人物，算算总有几十人之多，年龄、职业、出身、性格都不相同，如果有人问起我：“这些人物是真的吗？”我还得说半真半假，如果我写的都是真的，我很快就会枯竭，哪有那么多神经病让你写呀！再说，如果不让小说作者虚构，那么大家都会写起自己的家事来，作者的家里人看了又要翻脸：这是我吗？我有这么不堪吗？啊？这让作者还怎么动笔？头疼。

以前有一位编剧行业的前辈批评我说：“你写的这根本不叫小说，不过人物写得还算那么回事，最多就只能叫十几个人物小传。”人物小传是编剧术语，指对剧中人物的年龄、职业、出身、性格等元素的大致勾勒，方便共同工作的人对人物形成一致的理解。由于我写的是人物小传，而不是小说，所以我的人物小传被人拿去拍成了电影和电视剧，我一点脾气也没有，人家可以说：“世上碰巧有那么多相似而有趣的人嘛！许你写就不许我拍？名字又不一样！”我两手一摊，我连书名都被抄过了，还怕人名吗，你们要抄就一起抄呀，改的那叫什么破名字！这次我又交出了几十个人物小传，要抄的编剧朋友可以关注一下。

这本书里的一部分稿件，原载于《读者·全世爱》，那是一本以“爱”为核心元素的文学刊物，所载极博，小说、散文、诗歌、漫画皆有，对篇幅的要求也比较宽松，给作者提供了舒服的写作环境。关键是稿费也不错。在此要感谢一下这本刊物的主编苏小懒老师。还要感谢一下我老婆，她从没对我说过什么“慢慢来，反正也来不及”，相反总是说：“赶快写呀，又偷懒，找揍吗！”说时捋胳膊挽袖子，十分恐怖，每次一说我就能写出一篇佳作。我能写出这本书，跟她的支持和鼓励是分不开的。要是没有她，明年恐怕也写不完。

有人说《我讲个笑话，你可别哭啊》卖得比《我讲个故事，你可别当真啊》要好，是因为其中充斥了大量的鸡汤。这我不能苟同，我从来没写过任何鸡汤，最多只写过鲫鱼汤。我哪有那工夫？有工夫写鸡汤，还不如去熬一锅真的鸡汤。你看，这里所说的鲫鱼汤和鸡汤是有区别的。两者都感悟人生，感悟人生本身就够无聊的了，鸡汤感悟完了还要说：看见没，我就是这么活的，你也应该这么活。而鲫鱼汤感悟完了就完了。想念该想念的人，感谢该感谢的人，致敬该致敬的人，除此以外，不多说话，只讲故事。我坚持写故事，一方面是个人爱好和所长，另一方面，也是想通过讲故事，找到能听完故事的人。现在的人心里太躁了，一篇三四千字的东西，底下的回复往往都是“真长啊”“好长啊”和“真的好长啊”，这是不对的，人如果停止阅读，就会变蠢，如果只能阅读一百四十字的长度，那就跟咸鱼没有什么区别。能看到这里的人，十几万字都轻松拿下了，绝不是咸鱼，而是人中龙凤，因此，本书最后要感谢的是你们。

敬读者。

囧叔

2017年2月6日 于北京

图书在版编目（CIP）数据

慢慢来，反正也来不及 / 囧叔著. — 南昌：百花洲文艺出版社，2017.11
ISBN 978-7-5500-2463-2

Ⅰ. ①慢… Ⅱ. ①囧… Ⅲ. ①故事—作品集—中国—当代 Ⅳ. ①I247.81

中国版本图书馆CIP数据核字（2017）第244998号

慢慢来，反正也来不及
MANMAN LAI FANZHENG YE LAIBUJI
囧叔 著

出 版 人　姚雪雪
责任编辑　杨　旭
特约监制　王传先
特约策划　张雪子
特约编辑　李　彤
营销编辑　林沫言　常　冰
封面设计　46设计
版式设计　刘珍珍
封面绘图　卖才华的小火柴
内页插图　Stay川
出版发行　百花洲文艺出版社
社　　址　南昌市红谷滩世贸路898号博能中心1期A座20楼
邮　　编　330038
经　　销　全国新华书店
印　　刷　北京嘉业印刷厂
开　　本　800mm × 1230mm　1 / 32
印　　张　9.5
字　　数　228千字
版　　次　2017年11月第1版第1次印刷
书　　号　ISBN 978-7-5500-2463-2
定　　价　42.00元

赣版权登字：05-2017-404

发行电话 0791-86895108
网　址 http://www.bhzwy.com
如发现图书质量问题，可联系调换。质量投诉电话：010-82069336